图书在版编目（CIP）数据

文心自注集/郑远龙著．—广州：暨南大学出版社，2022.9
ISBN 978-7-5668-3489-8

Ⅰ.①文…　Ⅱ.①郑…　Ⅲ.①新闻报道—作品集—中国—当代　Ⅳ.①I253

中国版本图书馆 CIP 数据核字（2022）第 157619 号

文心自注集
WENXIN ZIZHU JI
著　者：郑远龙

出 版 人：张晋升
项目统筹：张仲玲
责任编辑：武艳飞　刘雅颖
责任校对：刘舜怡　林玉翠
责任印制：周一丹　郑玉婷

出版发行：暨南大学出版社（511443）
电　　话：总编室（8620）37332601
营销部（8620）37332680　37332681　37332682　37332683
传　　真：（8620）37332660（办公室）　37332684（营销部）
网　　址：http://www.jnupress.com
排　　版：广州良弓广告有限公司
印　　刷：广东广州日报传媒股份有限公司印务分公司
开　　本：787mm×1092mm　1/16
印　　张：19.5
字　　数：300 千
版　　次：2022 年 9 月第 1 版
印　　次：2022 年 9 月第 1 次
定　　价：120.00 元

序一

◎胡国华*

东莞广播电视台副台长郑远龙，在从事广播电视工作时，完成了不少作品，写了一些文章。最近，他将这些文章结集成册，嘱我为序。我翻阅了初稿，为他的经历和情怀所感，觉得应该为他写几句。

郑远龙是鄂西恩施地区土家族人，熟悉他的人都叫他阿龙。他大学毕业后即开始从事新闻工作，在湖北电视台恩施记者站工作了11年。因机缘巧合，加上自身努力，他从恩施来到位于中国改革开放前沿的东莞电视台工作，一干就是二十几年，由普通记者一直当到总编辑、副台长，殊为不易。

作品集的前半部分，是他在湖北电视台恩施记者站工作时所写。其中反映苗寨风情的那些内容，生动有趣，画面感很强。可以看出，他当年采访调研十分深入，经常翻山越岭，深入基层，因而掌握的材料生动感人，富有说服力。这段经历，为他的新闻生涯打下了扎实的功底。

作品集的后半部分，是他在东莞电视台工作时所写，内容多样，有他刚刚南下广东时满怀激情留下的作品，也有论文、讲稿、诗歌。虽然不太成体系，但从中却可看出他到东莞之后的工作轨迹和做出的努力。

通观阿龙的作品集，有一点给我留下了很深的印象：他几乎在每一章节

---

* 胡国华，浙江杭州人，毕业于中国人民大学新闻系新闻学专业，曾在新华社总社、甘肃分社、福建分社、广东分社工作。他曾任中共广东省委宣传部副部长、广东省广播电影电视局局长，是中国作家协会会员、高级记者。其著有散文集《在古丝绸路上旅行》《游历万里长城》《祁连山纪行》《大地芬芳》《异域之门》，通讯特写、报告文学集《当代名流访谈录》，长篇通讯集《告别饥饿》，长篇小说《戈壁奇案》，专著《银色世界》等。

的后面都写了注释，甚至不少注释比正文还长。这些注释，不仅是正文的补充，也是写作背景的交代、情感的流露。有的章节，正文已散佚，他仍详尽回忆了当时的情形，读起来颇有兴味。

阿龙是个很有性格特点的人，样子有些憨厚，实则聪慧认真，待人诚恳。对领导交办的工作，他一定尽心尽力，圆满完成。作为一个外地人，他不但在东莞站住了脚，而且得到提拔重用，这肯定和他的性格、为人有很大关系。

在广东人眼里，郑远龙是个“北方汉子”。他也确实有北方人的豪爽。在他的文集里，有不少篇章写到了他在工作之余，待客交友时的热情周到。他这种有明显江湖气的“北方汉子”，能被东莞人尊重、接受和喜爱，说明他真诚坦率的性格，也赢得了同事们的认可。

东莞 2021 年常住人口已超过 1 000 万，并成为 GDP 突破万亿元的城市之一。这对一个本地人口只有 160 万，由县级城市发展起来的地方，可谓奇迹。这一奇迹，和占总人口约百分之九十的外地人所做的努力和奉献是分不开的。郑远龙就是融入其中的佼佼者，他的作品集就是一个证明。

序二

◎亘玉*

本是山中人，不闻山外事。但读了远龙老弟的这本《文心自注集》，感觉还是值得为他写几句话。

远龙老弟将自己的作品结集出版，说明他是真的热爱记者这个职业，一辈子干了自己喜欢的行当，可谓人生大幸。

三十多年前，我与远龙老弟同登武当山，在金顶当着真武大帝的面相约：今后若有难处则共赴，若有佳作则共享。当年在汉阳古琴台一别之后，我俩虽见面不多，但问候常有，神交如故。

据我所知，这是他的第二本书。他们这一代人，一生能够生二子、写二书，可够吹一辈子的了。生子也好，出书也罢，这都是千秋大业。所以，为兄为友，无论如何我都要祝贺他。

这本书的写法颇有意思，或者说编辑体例有点特别。一般的文集，就是作品汇编，付梓印刷，操作简单，而他这本书却是"以文为目，以注补文"，这是我从未见过的新"玩"法。他自称是因为作品字数不够，用注来凑，我看倒也未必。作为记者，笔耕数十年，绝对不只这区区几十篇作品。他优中选精，宁缺毋滥，并非虚伪的客套，而是为了把对读者负责、对自己负责、对后世负责的记者良知进行到底。他别出心裁地自写自注，客观地说，还是

---

* 亘玉，天资聪悟，慧根仁厚，中西兼修，诗酒俱佳。常流连于山水之间，游走于僧俗两界，亦人亦仙，亦怪亦癫。此文发来时，随附一阴刻闲章印文"亘玉"，并反复叮嘱，文可用而名不可留。是故，此序只署其闲章而不署其名也。

有点创意的。正是因为用了这种写法，书中竟出现了“注”长于“文”、“注”重于“文”，甚至“注”优于“文”的十分有趣的现象。这在类似的作品集中十分少见。起初读那“文”，倒也没有超出我的预料。但后来读完那“注”，细品那“文”背后所隐藏的惊心动魄的故事背景、曲折陡峻的心路历程和坦荡真诚的生命情感，我这个被称为山中之人的人，还是禁不住为之稍稍动容。

据远龙老弟说，这本书本是想写给儿子的。这很好理解，父子情深，“怜子如何不丈夫”？但细心体察，从“写给江湖”到“写给朋友”再到“写给儿子”以至于最终“写给自己”，颇具深意。这个过程，何尝不是天下男儿共同的生命轨迹？他把人生哲理蕴含于真情之中，既温暖人心，又启迪人慧，有点含蓄，还有点小小的暧昧。试想一下，若不是经历过人生的波折感悟，断无此等情怀。从这个角度来看，本书其实并不怎么适合孩子们现在就来读。因为要他们去体验一个成年人毕生的感悟和苦难的经历，既不太现实，也不太忍心。

从内容上看，远龙老弟一定非常认真地读过卢梭的《忏悔录》。这位影响了马克思、恩格斯、托尔斯泰的伟大思想家，也影响了鲁迅、巴金、郁达夫等一批中国作家。卢梭在书中勇敢地批判现实，坦诚地剖析自己，完成了他内心的救赎。远龙老弟自称这本书“既有点像作品集，又有点像回忆录，还有点像感谢信”，我倒觉得，还有点像是心灵的自白书。他在本书中，除了选编自己的遂意之事、如意之愿、得意之作以外，还不止一次地坦述了自己的理想困惑、职业败笔和情感遗憾。全书浸润着对这个世界所有人、所有事的深深感恩之情，这是值得肯定的，也是本书的可读之处。当然，有的地方多少有些矫情之嫌，似也难免。

《周易》云：“天行健，君子以自强不息。”又云：“谦谦君子，卑以自牧也。”一个人要做到自强自立不是太难，但同时还要能够保持自省自律，却不太容易。看得出来，他一直在努力地去做一个真正的君子。

书中不少人生感悟，颇具慧心，独到而又深刻，值得细品。特别是把他的自序和跋文联系起来看，让人觉得人生的生生死死、恩恩怨怨、起起落落原来不过梦境而已。

此外，书中几处留白也特别引人注目。据他说，有几篇他自己觉得写得不错的稿子，因为时间久远找不到了，但又不忍舍弃。于是，在书中专门留出空白页面，并特别注明“期待有朝一日能够寻回原稿，正位此处”云云，有点像中国画中的“留白”，让人遐想。这种尊重历史、尊重自己的良苦用心，让人又多了几分感动。

人们常说“文如其人”。也许是当电视记者久了，他在本书中十分注重画面感。读完全书，跃然于纸上的是这样一个充满矛盾的戏剧性人物形象：体格敦实而又内心敏感，性格粗犷而又文思缜密，行为洒脱而又言辞谦卑，酒性豪放而又情感细腻，坚韧抗压而又多愁善感，率性豁达而又严苛自律。很多时候，他似乎在追求一种“道法自然”的精神境界，崇尚“万事随缘”的人生态度，但书中又时不时流露出想要探究一下道家所说的“自然”的刻度和佛家所说的“缘分”的深度。也就是说，他依然或自觉或不自觉地总想着去努力摸一摸哲学的高度。但其实，这种努力本身恰恰并不是人生中自然修行的规范性动作。他有一句口头禅，人生可以接受遗憾，文章务必追求完美。读完此书，我倒觉得，人生也好、文章也罢，都不可能完美。完美这种东西，就像女人的心思，可以无限接近，但永远也不能抵达。

远龙老弟当了一辈子记者，磨了一辈子的文笔，其文采还是达到了应有的水平。叙事、写景、状物、抒情、评议，既很用心也很用情，算得上精彩。文史典故，信手拈来，无不妥帖。也许是平时写新闻特写之类的稿子多了，书中的“注”呈现出一种散文式的风格，自由奔腾，收放自如，信马由缰，形散而神聚，既有故事性和可读性，又有抒情性和思辨性。语言精练准确，笔法老道，几乎没什么废话，仍然保持了一个优秀记者惜墨如金的好习惯。

简单写了几句，期待他日泉边煮浊酒，溪畔咏松风，山中叙卷云。

自序·江湖

作为一个以文为业的记者，在职业生涯行将收官之际，总想弄个作品集什么的，就像当年中文系的学生毕业时，个个都想当作家一样。

想当年，那是一个碧云天、黄花地、北雁南归的季节。毕业的钟声刚刚敲响，一群刚刚长齐胡须的愣头小子就迫不及待地奔出校园，带着半瓶墨水、一纸文凭、几套课本，在青春荷尔蒙激起的满腔豪情的鼓励之下，呼啸着杀入了江湖。梦想着那种指点江山、激扬文字、家国天下的功成名就，憧憬着那种铁肩道义、妙手文章、快意情仇的侠义人生。其实，人在江湖，身不由己。当你真正感受过江湖险恶、体验过人情冷暖、品味过世态炎凉之后，蓦然发现，江湖已远，所有的一切，都只不过是少不更事的书生意气罢了。

初入江湖，我曾想写给天下。但江湖自有江湖的规矩，江湖说："天下熙熙，皆为利来；天下攘攘，皆为利往。"后来想，那就退而求其次，写给朋友吧。一打听才发现，无论是黄酒诗友还是红颜知己，他们都很忙。直到最后，望着渐渐隐去的江湖，忽然觉得，这下只能写给儿子了。但儿子慢慢长大，最终也会踏入江湖。实在无奈，那就写给自己吧，只有自己才是自己最忠实的读者。

自闯荡江湖以来，我笔耕不勤，亦不太懒。但真正要把过去写过的东西汇编辑集，才尴尬地发现它们分量不够，压不住"秤砣"。一方面，要把电视节目这种集声音、图像于一体的立体呈现肢解为纯文字，非但吃力而且效果未必如意。另一方面，回望我的职业作品，不少是应景之作、易碎之物，如果为了结集而拼凑将就，心有不愿。

一日无事，不经意间翻到了朱熹的《楚辞集注》，联想到战国时鲁人毛亨和赵人毛苌注过《诗经》，汉代郑玄注过《周礼》，清代段玉裁注过《说文解字》，我灵机一动，何不为自己的文章写个注？如此，一则增加书的物理厚度，不至于出版以后太难看。二来可以增加思想厚度，提高它的可读性，因为文章背后的故事可能会比文章本身更为精彩。主意虽不错，却并无先例。古往今来，被注的全是经典，写注的皆为大师。思来想去别无他法，也只好自己注自己了。

行走江湖几十年，经历过无数次深深的凝望、匆匆的奔跑、烈烈的豪饮、偷偷的思考、默默的忍受、傻傻的狂笑、痴痴的表白、悄悄的祈祷，还有苦苦的思念、轻轻的作别、静静的忏悔、深深的叩谢。现在通过写“注”的方式，重走一次曾经的江湖，再看一眼残存的屐痕，复听一遍心灵的独白，状其行、叹其思、感其情，不用忌讳，无须掩饰，何其痛快！我突然发现，这才是可以率性裸奔的真正江湖。

当写注这个想法刚一掠过我的脑海，便感到了从未有过的写作快感。虽然我明知道那会带来另一个问题，就是本书既有点像作品集，又有点像回忆录，还有点像感谢信。不过我听朋友们说，有时候一锅炖的东西，恰是别有风味。是好是坏，就看个人的偏好了。于是乎，就把本书弄成了今天这么个新样式儿。

当记者久了，养成了一个“可以有不说的真话，但绝不说假话”的习惯，就像我非常崇拜的一位老记者，坐上桌子的第一句话就是“可以不喝酒，要喝咱就来白的”。

真人真事真性情，这是本书写作的基本风格，用现在比较流行的说法，本书应该属于“非虚构作品”。在文字方面，比较注重字句的锤炼，动不动问下出处，时不时来点铺排，有时甚至还有些刻意追求工整。所有这些，都是那种半吊子文人的臭毛病，既改不了，也不想改。

江湖在哪儿？其实它就在心里。

目　录

Contents

苗乡风情录[①]

山连着山，山叠着山，山骑着山，山倚着山，山抱着山。这个用山垒成的摇篮，以它雄浑壮美的大自然灵气，哺育了一个有着山一般脊背的民族。

这，就是鄂西山区的苗族聚居地——宣恩县的小茅坡营村。

同它所哺育的民族性格相同，这里的山是粗犷而陡峻的；同它所哺育的民族情感相同，这里的岩石是深沉而含蓄的；同它所哺育的民族向往相同，这里的竹木是蓬勃而挺拔的；同它所哺育的民族灵魂相同，这里的溪流在重峦叠嶂中艰难而不屈地流向自己理想的长河。

不知从什么时候起，这条纤弱的小河，以它坚韧的毅力，冲刷出了一条长长的峡谷。

难道，这曲曲折折的谷道，竟是这个民族进化的历程？

四百多年前，在人类历史这个大舞台上，民族冲突导致了一场悲剧。

他们的祖先世代居住在湖南花垣。

在一次血与火的拼杀中，他们的祖先冲出重围，来不及向被焚毁的家园洒一捧泪水，便被赶进深山，与兽群为伍。

经过艰苦的跋涉，他们最后在这里重建家园。

老人们说，用甲子纪年法算，这天在地支中属午。于是，他们牢记着这个屈辱与抗争的日子，把这一天当作一年中最神圣的日子，叫作“小年”。

---

① 文稿选录本书时，略有修改。

到了这一天，人们不许杀生，不许讲话，即使是偷东西的贼来了，也不会喊叫。

是祈祷和平与安宁，还是对祖先表示悼念？抑或是用沉默这种特殊的方式，庆贺这个脱险的日子？这个深沉的民族什么也不说。

是啊，每个人都有自己的秘密，更何况，这个倔强的民族！

在漫长的历史演进中，苗族没有形成自己的文字，但是他们却有自己的一整套语言体系。在湖北的苗族聚居地中，这里是保存苗语最完整的地区，这里的苗族使用的语言属于苗语西部次方言、东部土语。

这里的人们，尤其是老年人，十分珍惜自己的传统文化，没有外来客人的时候，他们总是用本民族的语言来作日常交流。小孩子从牙牙学语开始，就接受长者的言传身教，所以有的小孩五六岁时才开始学汉语。学生们在课堂上讲汉语，下课后讲苗语。

哦，这个小姑娘在用苗语向观众致意。

现在看来，随着现代文明的发展，苗语或许最终将被淹没。对此，人们不知是应当感到欣慰，还是应当感到遗憾。

在这欢快的婚礼进行曲中，你是否能想到，就在二三十年前，他们还严守着不与外族通婚的习俗。

“花烛之夜无新郎”是他们的古老习俗。在新媳妇回门之前，新郎官是不准进洞房的。

三五个姑娘陪着新娘，唱着笑着。她们追忆姑娘们的青春韶华，寻找曾经的美好记忆，憧憬着成熟，憧憬着收获。

无法考证这一习俗的来历，我们问了许多老人，都只笑着说，人家娘家的人还在这里呢。

品味着老人们的话，我们终于悟到，这个大度的民族，尊重人、理解人的美好天性，一直贯穿着他们整个历史进程。

赶秋，是苗家人庆祝丰收的盛大节日。虽然这是苗家人自己的节日，却也经常邀请邻近村的客人。他们拿自己最好的东西招待客人，在赶秋前好几天，就准备好了大海碗酒、大块猪蹄肉、大块糍粑。

赶秋节上，最隆重、最激动人心的节目是打三棒鼓，这是苗家人最主要的一种娱乐方式。他们说："会打三棒鼓，还要九个人。"这种形式将歌、舞、杂技融为一体，表现了较高的技艺。

看，这套班子是由一家人组成的。

猴儿舞是苗家独有的舞蹈，它模仿猴子的某些动作，呈现一种活泼自由的风格。在一面大鼓的伴奏下，众人应节而舞。参加者，少则百人，多达上千人，邻近七八个村的人都来助兴。

在这里，土家、苗、汉等民族没有任何差别，有的只是欢乐情感的高度凝聚和尽情宣泄。

苗歌，也许代表着苗族文化发展的一个高峰，也是他们最喜爱的山歌。

他们唱祖先的功业，也唱苦难的历史；唱青青的禾苗，也唱飘荡的白云；唱丰收的喜悦，也唱深深的相思。

这歌声舒展、深沉、亢奋而又带点野性，有一种穿云裂石而融进大自然的魅力。

既没有文字，更没有乐谱，但是苗歌却一直传唱到今天，不得不让人惊叹它旺盛的生命力。

现在，苗歌已从丰富多彩的社会生活中获得了新的生命。它们歌唱党的领导，歌唱美丽的家园，歌唱自己的新生活。

打猎，在这里叫"赶仗"。

秋收以后，男人们带着猎狗吆喝着上山了。这既是一种生产活动，又是一种特殊的娱乐活动。

这双深沉的眼睛，似乎在窥测茫茫宇宙里的生命之神。

这古老的猎枪，是他们的贴身伙伴。

啊，这是人与自然的合奏曲，这是力量与智慧的交响诗。

从这壮观的场面里，我们仿佛看到了这个民族在莽莽丛林中搏虎擒狼的祖先，以及深藏在虎皮裙下的那种不畏强暴、勇敢进取的民族之魂。

这里有一句谚语，叫作"围山赶仗，见者都尝"。打到的猎物，无论大小，凡是到场的人都会分得一份。

哦，他们辗转迁徙，苦苦寻觅，不仅仅是为了找一个栖身之所，更主要的是为了寻找“平等”这一人类的尊严。

我们看到，打猎，这种人类最原始的生存手段，已经从以功利为主转向以审美为主了。

这条栈道，他们的祖先不知走过多少次，而在今天，当他们再次爬上这道悬崖的时候，这群苗族的忠诚子孙连同他们的精神境界，一起爬上了一个崭新的高度。

在与大自然的长期斗争中，苗族的祖先也创造了自己心目中的神。

他们的家神不是供在宽敞的堂屋里，而是供在火塘后边。

这里是个禁区，任何人都不得跨进半步。这不满五尺的地方，成了他们心目中最神圣的殿堂。

多少次，他们在梦中，沿着这条母亲河，寻找着光明女神。在这个盛满汗水的灯盏旁，编织着关于夜明珠的神话。

一代又一代，一个世纪又一个世纪。

1984 年，政府给这里送来了电。真正的“光明女神”给这个偏僻的小村送来了“夜明珠”。

这里的房子，全都是用木头做的。有的陷进岩凹，曲径通幽；有的依岩而立，危楼高耸。

为了帮助苗乡人民发展生产，国家扶持了 15 万多元，修建了通往苗乡的公路，兴建了苗族医院、苗族学校。

于是，从这条路上运来了钢筋、水泥、化肥、农药，也运来了新的生活观念和现代信息。

于是，从这条路上运走了药材、粮食和木材，也运走了闭塞、饥饿和贫困。

多少年来，这只背叉，一直伴随着它的主人，忠诚地扛起山民的命运，如同这只肩膀在生活的重担之下，颤抖过、呻吟过。如今，它终于在马达的轰鸣声中完成了自己的历史使命。

山民们第一次从这宽阔的马路上走出了吊脚楼，走出了山寨，走进了富裕的大门。

实行生产责任制以后，他们的生产积极性大大提高了，他们用原始的犁耙、石磙，获得了他们历史上最好的收成。1985 年，村里人均粮食产量达到

1 500 多斤，仅储备的粮食可用两年。村内人均总收入达 490 多元。

在这个用钱从来都是以角、以分为单位计算的小村里，这样的收入对他们来说，无异于一个天文数字。

无法考证这块岩石是如何进入这个水田的。

远远望去，它多像一个硕大的盆景。

多少年来，它迎送日月星辰，目睹山川变迁。

人们不禁要问，现代文明足以轻而易举地将它化为粉齑，为什么在那个曾经一天只有三两米的饥饿年代，竟然没有“移石造田”呢？

也许，苗乡人民的全部审美内容都已融进了神奇壮美的大自然，美的天性始终贯穿着他们的整个历史进程，哪怕在最痛苦的年代。

婀娜多姿的翠竹，多像一群盛妆起舞的少女，她们在缅怀这个民族英勇不屈的历史，在歌咏这个民族勤劳智慧的性灵，在憧憬这个民族光明灿烂的未来。

崇高的劳动，辛勤的耕耘。

他们创造了历史，他们追求着更加美好的未来。

纺车悠悠，情愫悠悠。欢乐与辛酸，宁静与躁动，空间与时间，一切抽象的概念，在这里都变得那样亲切与和谐。

谁能说，这不是编织历史？谁能说，这不是编织未来？谁能说，这不是编织人本身？

牛铃声虽然悠长，然而，在现代的高速度、快节奏的进行曲中，这铃声似乎略嫌单调。

应该承认，比较起来，他们前进的步伐还比较缓慢，与现代文明还有一段距离。但是，在党和政府的关怀、帮助之下，他们在不懈地努力，并取得了不小的进步。

我们相信，这个勤劳勇敢的民族一定会用自己的双手托起一个朝阳般的世界。

腾飞吧，可爱的苗乡，历史的长河中，将永远跳动着你们这个光荣民族奔腾的浪花。

再见了，苗乡！只要青山还依着青山，只要浪花还追着浪花，历史，就会永远记住你们。

遥忆苗乡

这是一部电视专题片的解说词，是我踏入记者行列的职业首秀，于情于理都必须成为本书的“首发”。

1985年7月，我从鄂西大学中文系毕业，极其幸运地被分配到湖北电视台。

我的老家恩施州，地处湖北西南部，据鄂、湘、渝三省市交会之处，被称为“湖北的西伯利亚”。沪渝高速通车前，沿着318国道，费时两天、长驱七百多公里才能到达武汉。这次毕业分配，我能够走出三峡，挤进省会，要特别感谢我的恩施老乡杜哥的鼎力推荐。

杜哥对我不仅有知遇之恩，更有榜样之范，一直是我崇拜的硬汉子。此君较早进入当地的歌舞团工作，刻苦练习，从不懈怠，后来居然练得一身童子功，乃至于年过半百，仍可以轻松地来几个“鲤鱼打挺”之类的架势。当年高考时，他已在歌舞团担任大提琴手。他将英语单词抄在一张小纸片上，然后贴在琴把的后面。演奏时，他右眼瞄琴谱，左眼看单词，一边装模作样地拉琴，一边认认真真地背单词。最终，他一举考上北京广播学院，毕业后被分配到湖北电视台任记者。

杜哥做事认真。当年拍摄世界最大的溶洞之一——利川腾龙洞时，他和当地老乡一起，硬是吭哧吭哧从十几公里以外将一台柴油发电机抬进洞中。靠着这台发电机，他拍下了古洞之中的绝美景象，揭开了清江古河道的神秘面纱，他成为拍摄腾龙洞的第一人。

杜哥天性洒脱，豪爽大气，幽默机智，酒量极大，笑声亦爽，饮必尽兴，笑必开怀。得意也好，失意也罢，他所呈现出来的都是一种笑傲江湖的豪放心态和从容气度，所到之处，同行诸君莫不受到感染。

杜哥为人仗义。1996年4月，他带着武汉诸兄的嘱托，告别江汉关那壮美的钟声，特意告假送我南下。每每思之，感动如初。一次杜哥来访，我们两人坐在运河边的一家大排档，每人点了一瓶四川产的高度白酒，瓶中插一吸管，就着温润的江风，一起回味老家土家族人“咂酒”的感觉。喝完酒后，他打掉了我的门牙，我打折了他的左臂。当然，双方都没有报保险，各自自费修理。酒醒之后，两人相约，下次打架，不得打门牙、不准打手臂，因为打掉门牙影响采访，打折手臂影响扛机。

多年来，杜哥苦学实干的拼搏精神、苦中作乐的人生境界给了我巨大的精神力量，至今仍激励着我。

在武汉集训三个月以后，我被派到湖北电视台驻恩施记者站当驻站记者。从此，走上了一条用脚去丈量大地、缀文以养家糊口的道路。

位于宣恩县的小茅坡营苗寨，现为湖北省重点文物保护单位，是湖北唯一“活着”的苗语村寨。这次采访，是我记者生涯的第一次重要采访。在宣恩县民委彭主任的带领下，我们一行走进了这个古老的苗寨。

苗族，是一个历史悠久的民族，除了分布在中国的黔、湘、鄂、川、滇、桂、琼等省区以外，在东南亚的老挝、越南、泰国等地，乃至欧美国家亦有其足迹。根据历史文献记载和苗族口述资料，苗族的先民最早居住于黄河中下游地区，他们的祖先就是那个面如牛首、背生双翅的蚩尤。上古时期，黄帝与蚩尤在冀州之野展开大战，蚩尤兵败被杀，部落开始向南、向西迁徙，进入西南山区和云贵高原。

彭主任是宣恩本地人，从事民族工作多年，也是个苗族通。据他介绍，早在清朝年间，湖南苗民起义失败后，为了逃避清军追杀，纷纷背井离乡，四处寻找安身之所。其中湖南花垣县的龙、石、冯三姓苗民，经过长途跋涉，几经周折，最后在地处深山峡谷的小茅坡营定居下来，繁衍生息，至今已传二十余代，当地的墓碑记载已有四百余年。

沿着一条小河逆流而上，耳边回荡着溪水的吟唱。大片大片的油菜花，排在小河两岸，青绿托着金黄。三三两两的蝴蝶和蜜蜂，或玩笑般地掠过花丛，或恋人般地驻足花蕊。偶有牛群越过田埂，牧童横跨牛背，轻吹竹笛，余音婉转，呈现出一派温馨祥和的景象。拐过一个小山坳，就可以看见云雾缥缈的青山脚下，缕缕炊烟升腾之处，成片的吊脚楼若隐若现。穿过一片竹林，便可见整个苗寨的全貌。村寨由三个山头和一个山窝组成，近五十栋房屋沿着小溪、顺着山坡散布成寨。房屋多为木结构穿斗式瓦屋，由正屋、厢房组成庭院，厢房多为吊脚楼。

按照计划，我们这次采访借住在一户姓龙的人家中。这是一个四世同堂的家庭，家中最年长的男主人已经八十多岁了，仍然红光满面，精神矍铄。他是寨子里为数不多的仍然健在的亲身参与过五十多年前苗寨“还大牛愿”的老人。我们见面不久，老爷子便主动和我们聊起了当年的盛况。

还大牛愿，又称“椎牛”，是苗族祭祀活动中最盛大、最隆重的还愿仪式。据说，这个仪式发端于父系社会初期，以崇苗祖、祭苗魂为主要目的，以苗老师为主持，以群体鼓舞为娱神手段。古时候，苗家人如患重病或无子嗣，被认为是牛鬼在作祟，需要许下椎牛大愿，病愈或得子后践约还愿。小茅坡营苗寨的还大牛愿，始于清乾隆时期，盛行于清末民初。

“冯远太，德高望重，是村里的有钱人家……”龙老爷子谈起民国二十年（1931）的那次还大牛愿，眉飞色舞，仿佛就发生在昨天。

冯远太为人和善，家境富裕，但人到中年仍无儿无女，乃在始祖神“阿普蚩尤”面前许下宏愿，如若神灵保佑，赐子于他，必以椎牛之礼酬谢。随即挑选一头小牛犊，好生喂养，以作还愿之用。一年以后，此愿果然灵验，冯远太喜得贵子。在孩子满一周岁时，遂不负前誓，请来苗老师主持，举行椎牛大典践约还愿仪式。

还愿仪式极其繁杂，既要敬雷神、祭蚩尤、敬神农、敬盘瓠、祭主家祖先，也要敬大舅爷、二舅爷，历时十余天、二十多堂。苗老师根据他们自己的历法，推算出良辰吉日。到了整个还愿仪式的第八天，正式举行椎牛大典。

宽敞的院坝上，恭设神台法案。法案前竖两根“将军柱”，将军柱上刻有十八个菱形和三十三道环形图案，表示十八重地狱和三十三重青天。

祭牲为青壮水牛、黄牛各一头，肥猪三口，公鸡一只。苗老师和他的助手先在将军柱上各套一个大篾环，再将水牯牛和黄牯牛套在将军柱上，把牛角和牛鼻捆在篾环上。苗老师身着法袍，手执竹筒和铃铛，边敲边哼，念念有词。

沉重而悠长的牛角法号从寨院响起，越过青山，穿透白云，直达天听。这是邀请诸神就位，飨食祭品。四个身着短扎法衣、脸涂油彩的年轻枪剑手，手执长剑，在苗老师的指挥之下，在大鼓响锣的激促之下，依次从东方甲乙木、南方丙丁火、西方庚辛金、北方壬癸水四个方位冲出，交替刺杀牯牛。那牛吼叫着，围绕着将军柱狂奔，复被束住，如此反复，最后力竭身亡。这期间，除了上刀梯、踩铧口等惊险刺激的节目以外，还有幽默滑稽的猴儿舞表演。四邻八乡的亲友们围着数十张八仙桌，一边吃着流水席，一边踩着鼓点，摆动双手，尽情歌舞。场面壮观，气氛浓烈，规模宏大。所有的人尽情地吃喝玩乐乃至通宵达旦，这场祭天敬祖、践约还愿、人神共娱的盛大法事，礼成如仪。

龙老爷子说，他当时正是镇守北方的枪剑手，最后是他那庄严的一剑，刺倒了牯牛，将它送上了登天的归程。老爷子声若洪钟，手舞足蹈。他讲得热血澎湃，我们听得如痴如醉。

三天的采访时间，我们有幸耳闻目睹了苗乡极富魅力的传统文化，亲身体验了他们的生活方式。应该说，采访还是比较成功的。临别时，龙老爷子还特意送给我一杆用当地竹蔸制作的烟袋，我十分珍惜。后来辗转搬家时，不慎弄丢了。每每想起，仍有一种淡淡的失落。

在返回的路上，彭主任从另一个角度表达了他对小茅坡营苗寨的深层思考。小茅坡营是湖北省唯一的苗语保留地，事实上，它一直处于汉语方言的包围之中，形成了一个“苗语孤岛”。现代生活中如“电视机”“洗衣机”等，在当地苗语中没有相应的词汇。随着社会的发展、民族的融合，如何保护和传承当地苗语，应当引起人们的高度关注。

另外，苗族传统文化如何传承也是一个值得思考的问题。社会的进步与生产力的发展，必将改变和重构苗寨的家庭习俗和生活观念。苗寨的年轻一代对现代文明心向往之，对本民族传统文化的兴趣日渐减弱。前几年，宣恩县民委组织小茅坡营的年轻人前往他们的发祥之地湖南花垣县学习苗族歌舞，却无人报名。后来，县民委承诺给他们发工资、付车费、包住宿，才勉强凑到了十来个人。但坚持到最后的，却只有三个人。

彭主任最后说："小茅坡营苗语的学术研究价值超越了它的经济开发价值。苗族的传统歌舞只是为生存而进行的表演，不太可能成为生活本身。"这句话让我想了很久。

采访结束后，我很快写成了初稿，名为《苗乡畅想曲》，作为习作交给了记者部。但后来不知怎的被何台长看到了，他对稿子甚为满意，亲笔批示："此稿甚好，拍摄时务要告我。"

现在看来，这篇稿子仍显青涩，学生味也比较浓，但当时何台长的这个批示给了我极大的鼓励。

又三年，在恩施州委宣传部彭科长和宣恩县民委彭主任的大力支持下，这部专题片终于开机拍摄。

小茅坡营山高林密，植被多样，野猪、山羊、黄麂等野生动物随处可见。因此，我们特地组织了一场真正的狩猎。根据当地老猎人的指点，我们将拍摄地点选择在黄麂出没的必经之路上。

高耸入云的大山，云遮雾绕。半山腰处有一悬崖，崖壁之上隐隐有一东西走向的小道，这是山中的黄麂多年来用蹄子踏出来的生存之路。老猎人根据经验，判断傍晚时分将有一群麂子路过。据此，我们一吃过午饭，便在指定地点集中，在隐蔽之处架好了摄像机。

夜幕即将来临，老猎人经过仔细观察后，发现了黄麂的动静。待那麂群进入崖壁上的小道，随即吹响了牛角。隐藏在树木丛中的一众老少男人齐声吆喝，同时敲响了手中的响器家伙。一时间，锣鼓声、铜盆声、吆喝声此起彼伏，山鸣谷应。受到惊吓的麂群，拼命往枪手潜伏的方向跑去。早已埋伏在此的三个枪手在老猎人的指挥下，瞄准麂群一齐开火。只见那领头的雄麂猛地向前蹿了几步，一头栽下悬崖。

悬崖下面，早有一队人马在此等候。他们用藤条将麂子的四蹄捆扎起来，用两根木杠穿过藤条。四个年轻小伙在苗歌的伴奏之下，在众人的簇拥之下，赤膊袒胸，抬着雄麂，沿着山脊，一步三摇，向着寨子方向行进。他们的动作极其夸张，左右晃荡，晃得如醉如痴，荡得如癫如狂，在天地之间，恣意摇曳着他们的智慧和力量。也许，正是在对这个猎狩过程的不断重复和漫长感悟之中，他们摇出了自己的诗歌，摇出了自己的舞蹈，摇出了自己的生命品格和独特文化。

当时，在人文类专题片中，极少见到真正的猎狩场面。虽然这次是单机拍摄，但由于我们巧妙地运用了地势，准确地预判了麂踪，注重了场面调度，再加上快节奏的画面组接，仍然产生了很强的视觉冲击力。

专题片播出时，定名为《苗乡风情录》。1990 年，专题片稿子入选由湖北教育出版社出版的湖北电视台建台三十周年《优秀电视专题片解说词集锦》。该书由湖北省广播电视厅副厅长王文厚作序、湖北电视台台长何宏业写跋。

其中我的《苗乡风情录》由文化学者吴桂森作评析推介：“《苗乡风情录》，能从一个村的侧面反映整个苗族的发展进步，这与该作品纯熟的艺术表现手法有着密切联系。首先是边行边‘录’的记述方式，打破了时间与空间的限制。其次是叙事的画面、议论的解说、抒情的语言融为一体的记述格调……再如把排比、对偶的手法融于诗一般的解说词之中，使作品具有较强的艺术感染力。如‘纺车悠悠，情愫悠悠……谁能说，这不是编织历史？谁能说，这不是编织未来？谁能说，这不是编织人本身？’这种艺术表现手法，既能同时把作者与观众，以及解说主持人的感情调动起来，也能引起观众深思，以至回味无穷。”

我的职业首秀即忝列行家之中，这是我意想不到的，也让我兴奋了很久。

湖北宣恩小茅坡营苗寨

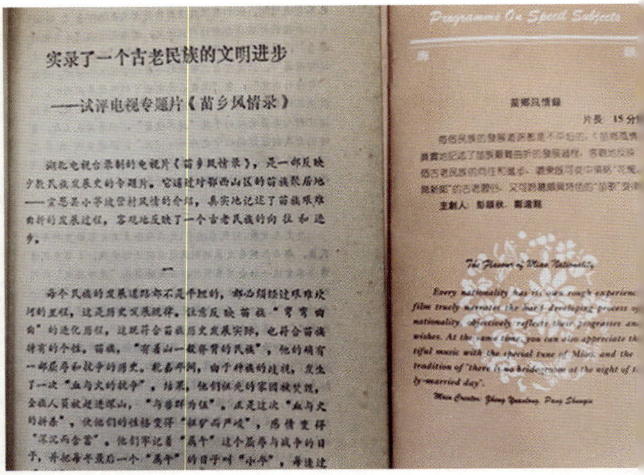

实录了一个古老民族的文明进步

——试评电视专题片《苗乡风情录》

湖北电视台录制的电视片《苗乡风情录》，是一部反映少数民族发展史的专题片。它通过对鄂西山区的苗族聚居地——宣恩县小茅坡营村风情的介绍，真实地记述了苗族艰难曲折的发展过程，客观地反映了一个古老民族的向往和进步。

一

每个民族的发展道路都不是平坦的，都必须经过艰难坎坷的里程，这是历史发展规律。注意反映苗族"弯弯曲曲"的进化历程，这既符合苗族历史发展实际，也符合苗族特有的个性。苗族，"有着山一般脊背的民族"，他的确有一部屈辱和抗争的历史。乾嘉年间，由于种族的歧视，发生了一次"血与火的抗争"，结果，他们祖先的家园被焚毁，全族人员被赶进深山，"与兽群为伍"。正是这次"血与火的洗礼"，使他们的性格变得"粗犷而严峻"，感情变得"深沉而含蓄"。他们牢记着"属牛"这个屈辱与战争的日子，并把每年最后一个"属牛"的日子叫"小年"，每逢过

苗鄉風情錄

片長：15分

主創人：彭順秋、鄭遠龍

Every nationality has its own rough experienc

film truely narrates the hard developing process o

nationality, objectively reflects their progresses an

wishes. At the same time, you can also appreciate th

tiful music with the special tune of Miao, and the

tradition of "there is no bridegroom at the night of t

ly-married day".

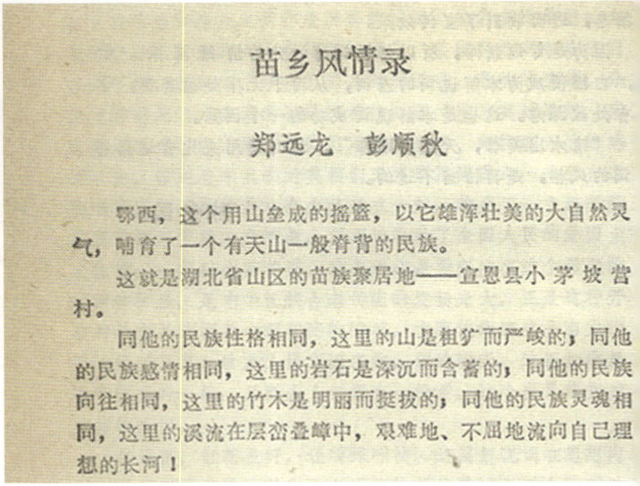

苗乡风情录

郑远龙　彭顺秋

鄂西，这个用山垒成的摇篮，以它雄浑壮美的大自然灵气，哺育了一个有天山一般脊背的民族。

这就是湖北省山区的苗族聚居地——宣恩县小茅坡营村。

同他的民族性格相同，这里的山是粗犷而严峻的；同他的民族感情相同，这里的岩石是深沉而含蓄的；同他的民族向往相同，这里的竹木是明丽而挺拔的；同他的民族灵魂相同，这里的溪流在层峦叠嶂中，艰难地、不屈地流向自己理想的长河！

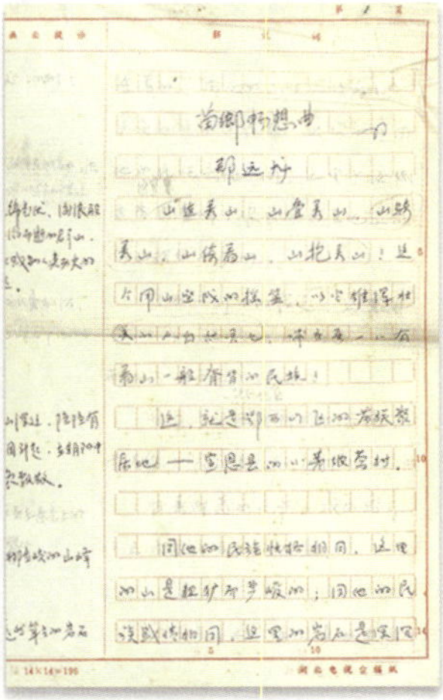

这，就是鄂西山区的苗族聚居地——宣恩县的小茅坡营村。

同他的民族性格相同，这里的山是粗犷而严峻的；同他的民族感情相同，这里的岩石是深沉

意外发现36年前的手稿

巴东遭泥石流袭击

导语：前晚至昨天上午，位于巴东县城区的信陵镇发生罕见泥石流，造成人员失踪、房屋倒塌、交通中断，整个县城停电停水。

（现场：县委招待所，山洪倾泻而下，水中垃圾涌动……）

解说：从昨天后半夜起，在县城约两公里范围内普降特大暴雨，一直持续到今天中午，总雨量近200毫米。特大暴雨导致县城后面的金字山多条山沟突然涨水，引发的泥石流，冲入县城，致使县城所在的信陵镇全面受灾。

（现场：鲁家巷，断了一只系带的背篓，倒扣着的脸盆，横在巷子中间的树枝……）

解说：灾情发生后，当地政府立即组织抢险救灾。目前，县城已有部分地区恢复供电、供水。当地群众也自发地开展自救。在黄桷树巷，记者看到不少居民用木桶、水瓢将涌入家里的泥水往外舀，有的在用木板往外清理涌进屋里的淤泥，有的用斧头砍堵在门口的树枝。在县百货商场，职工正在清理被泥水浸泡的商品，尽最大努力减少损失。

县百货商场职工：看下还有哪些可以用的，把它弄出来，打折卖。像这些东西，水泡了就不行了。

解说：据有关部门初步统计，截至记者发稿时，这次泥石流共造成县城3人失踪，倒塌受损的房屋170多间，受灾农作物面积2 000多亩。

本台记者郑远龙报道。

遥远的故城

1991 年 8 月 6 日，我的老家巴东县发生特大泥石流灾害，十二股泥石流席卷县城，街道泥石堆积平均达一米多厚，县城交通、通信、供水、供电几乎全部中断，共造成 77 人重伤，5 人死亡。

这是巴东县城百年未遇的特大泥石流灾害。

8 月 5 日，我正在巴东县城对岸的江北执行另一项采访任务，当晚住在县委招待所二楼。

6 日凌晨，天未大亮。我还在睡意朦胧之中，忽然间听见窗门呼呼作响。我立即披衣下床，准备走到靠近街边的窗户看看。就在这时，一阵强烈的狂风夹杂着暴雨，将一扇原本就破旧失修的窗门活生生地撕开了。一眨眼工夫，那窗门就被扯断，掰成数截，被大风卷走，随即听到窗玻璃在外面的台阶上摔碎的声音。再看时，那窗棂上只剩下半根被撕裂的木枋，仍在风中无助地摇晃着。紧接着，大雨直接从窗户灌进了房间，我来不及躲避，身上已被雨水浇了个半透。

这才意识到，我遇到了特大暴雨。

也许是职业的敏感，我立即准备好摄像机。由于当时的雨实在太大，考虑到对摄像机的保护，我只能在床边透过窗户拍摄。好在昨天在江北采访时，遇到了一阵小雨，采访对象给我们准备了不少塑料布，正好可以派上用场。

天亮以后，雨更大了。我尝试着走出大门，只见门前的那条通向山顶的大巷子，已不能通行。抬头望去，巨大的泥石流仿佛从天而降，沿着巷子的石阶，呼啸着奔涌而下，势如排山倒海。中间还夹杂着溅起来的石块、断掉的树枝、漂浮的拖鞋和翻滚的脸盆。人们惊恐地站在巷子两边的屋檐下，望着这突如其来的灾难，不知所措。

再往下看，沿着长江南岸形成的县城主街道，也就是人们俗称的“扁担一条街”，早已变成了一条汹涌的大河，混浊的泥水卷着浪花，咆哮着向长江下游奔去。

我扛着早已用塑料布包裹好的摄像机，蹲在门边，记录下了这一可怕场面。

据史料记载，宋朝以前的巴东县城在长江北岸，系隋代开皇十八年（598）所建，故址在今天的旧县坪。北宋寇准任巴东知县时，县治即在此处。《巴东县志》载："公为令时手植双柏于庭，人比甘棠。"寇准在县治左侧修建了白云亭与秋风亭，"秋风亭在旧县治左，寇莱公建，南宋乾道间尚存"。寇准曾在此做了三年的县令，自编了《巴东集》，录诗156首，其中"野水无人渡，孤舟尽日横"之句更是名扬天下。

但是，让后人不明白的是，当年的寇准为什么要把县城从江北搬到了江南这个本不适合人类居住的金字山下呢？

陆游在《入蜀记》中对旧县坪有这样的描述："遂登双柏堂、白云亭……然南山重复，秀丽可爱。白云亭则天下幽奇绝境，群山环拥，层出简见，古木森然，往往二三百年物。"这说明，此地依山傍水，植被茂盛，地势平缓，是建城的理想之所。

而江南的金字山，临江耸立，地势陡峭，土少石多，县城只能"依山而筑，历阶而进"。于是，巴东县城就成为当时罕见的没有城墙的县城。当然，寇准并不知道，江南的金字山地处三峡深处，地质活动十分频繁，有史可查的地震、滑坡、泥石流等地质灾害频发，他的县城就建在这个方圆数十平方公里的古滑坡体上。

由于山势太陡，整个县城只有一条与长江平行的主街道，亦街亦道亦市。从主街出发，顺着山势，用巨大的条石建成数条通向金字山的巷道，是为马鹿巷、向家巷、鲁家巷、黄果树巷，等等。所有的巷子全是由石头砌成的台阶组成，当地人称"礓碴子"。随着大巷道的延伸，再横生出若干次巷道，之后又分出数不清的小巷子。这大大小小的巷子数不胜数，九曲十八折连成一体，巷巷相通。通过巷子，可入山中，可通街上，可抵江边，实在是变幻无穷。在巷中行走，经常会碰到几家邻居围在巷边，横上一块门板，放上七大碗八大碟土菜，加上一钵腊肉汤，再来一壶苞谷酒，推杯换盏、吆五喝六，初来者还以为走进了餐厅。每到夏夜，在巷子两边，有的架上竹床，有的铺上篾席，有的甚至就着一床毯子席地而卧，或纳凉、或谈天、或打牌、或遛娃、或睡觉，横七竖八绵延数百米，蔚为壮观。有时候走着走着你会感到前途无路，似乎到了巷子尽头，可忽然间一拐弯又柳暗花明，别有洞天。这里的巷子如迷宫般复杂，却又四通八达，构成了巴东县城的基本格局。所以，当地人说，巷子是巴东城的血脉和人们情感的纽带，一点也不夸张。

整个县城只有一条主街道可以通车，街道逼仄，行车极其困难也特别考验车技。每有汽车来时，便有戴着红袖圈的大爷大妈，拿着铁皮话筒，大声喊道“车子来哒，行人走两边”，于是，行人赶忙紧靠街边。等汽车鸣着喇叭贴着行人通过后，被溅得一身灰或者一身泥的行人又骂骂咧咧地各自赶路，这是巴东县城一道独特的风景。

吃过早餐，我和县委宣传部的小金，以及昨天一起在江北采访的恩施电视台的谭记者会合了。几人商量，这里的泥石流这么大，隔壁的黄果树巷的灾情可能更严重，因为那条巷子通往山上的巷口靠近金字山最大的排水沟。于是，我们决定，谭记者在招待所等候县委宣传部的领导，我和小金涉险去黄果树那条巷子再拍一组画面。

两人穿好雨衣，用塑料布包好摄像机，冒着大雨，穿过两条小巷，跌跌撞撞地摸到了黄果树巷。果然，那里的情况比我们预想的还要严重。

站在巷口向山上仰望，已看不清金字山了，只见一团乌云在山顶上不停地翻滚。那黄中带乌的泥石流，仿佛是从破了洞的天幕上漏了下来，带着恐怖的啸叫，顺着山势飞泻而下，经过几个较大的台阶拐角处的冲撞激荡，溅起半楼高的泥浆，将树枝杂物抛向空中，忽又砸向地面，然后又以更快的速度，裹挟着沿途无力反抗的杂物，奔涌而下，汇入江边的主街道，再冲入波涛滚滚的长江。

站在巷子旁边拍了几组画面后，我对小金说，还是应该到巷子中间，迎着泥石流的方向来拍，那画面绝对有冲击力。小金有些犹豫，我知道他是为我担心。我说没事，你抱紧背包机，站稳脚跟，万一我摔倒了，你拉着连接线，就可以将我拽回来。

我扛着摄像机头，用脚在水中探索着到了巷子中央。我来不及喘息，便开始半蹲着逆流而拍。那泥石流紧贴着我的镜头飞驰而过，极其震撼。数点泥水溅到镜头上，无意中使得画面实中带虚，更增添了现场感。我再次把身子下蹲，机位更低，拍摄的仰角更大。那浑浊的泥浆像是要从我的头顶上盖将过来，直拍得我自己都心里发怵、腿肚子抽筋。

正在这时，只听到小金大叫一声："快，让开……"我定睛一看，一个破旧的单桶洗衣机，从巷子上面高高的石坎上重重地砸了下来，然后左冲右突，翻滚着朝我冲了下来，巨大的撞击声让人胆战心惊。眼看着躲是来不及了，我赶紧将摄像机的机头扔给小金，往下一趴，那洗衣机擦着我的头皮，飞了出去。我一紧张，脚下一滑，往后一仰，立即被洪水冲下了台阶。我想，这下完了。心里一急，双手胡乱扑腾，滑过一个小坎后，居然于慌乱中抓住了一根木头门杠。这时，一个向左旋转的浪头涌来，将我连人带杠卷到了巷口边缘。万幸的是，那门杠的一端正好顺势插进了楼房下面立柱与石墙之间的缝隙，另一端将急速漂移的我挡在了墙边。也许是我命不该绝，当我死死抱住那根门杠时，我的脚慢慢地可以踩到石阶了。我稳住了神，四周张望，发现我所在的地方正处于一个很高的石坎上面。如果掉下这个石坎，就必然会被主街上那汹涌的急流冲入长江，然后，就没有然后了。感谢那根伟大的门杠，在我性命攸关的时刻，毅然劈开了阴阳两界，全力顶住了那扇生死之门，救了我一条小命。

正如前述，巴东县城地势太陡，几无平地。建房子时，或者先用石头砌坎培土，或者用数根粗壮木柱做基础支撑，为的是造出一块平整的地面。所以，在巴东县城，随处可见楼下的木柱，成排成对，高低不同。有的木柱竟然屹立了上百年而不倒，其与土家族的干栏式建筑吊脚楼有异曲同工之妙。

随着三峡工程开始蓄水，巴东老县城被江水淹没，那根救命的木柱也随之沉入江中。后来，每到巴东县城，我都要向那木柱曾经屹立的方向拱手鞠躬，以谢救命之恩。

终于，我被众人连拉带扯弄到了县委招待所。

其时，当地宣传、水利、电力、移民等很多部门的人都赶来了。惊魂未定的我来不及回忆那惊险的过程，当即与他们商量发稿的事。

时近中午，各方面的统计数据还在汇集之中。最后商定，我即刻出发，携带素材，赶往武汉。到武汉后，电话核实有关数据和材料。

当时，县城的陆路交通已完全阻断。在当地宣传部门的协调下，我搭乘一艘快艇，顺江而下，取道宜昌。

我到宜昌后，已无当晚到武汉的汽车。不得已，选择坐火车经襄樊到武汉。次日上午，我转了多趟公交车，终于赶回台里。由于此前已通过电话报了题，这条新闻当晚在全省新闻联播中播出。

在当年的湖北省广播电视新闻奖评选中，这条消息获得了二等奖，这是我职业生涯中第一条获奖的短消息，值得记住。

巴东县城位于巫峡之口，是举世瞩目的三峡工程建设中少数几个需要整体搬迁的县城之一，它的任何与地质有关的问题都会引起广泛关注。稿件播出后，很快引起了有关方面的高度重视。省地质、农业、环保、移民等多个部门，以这次罕见泥石流为样本，对巴东县城及其周边地区较为独特的暴雨坡面型泥石流的生成环境、发育特征和形成机制进行了现场勘察。应有关部门的要求，我贡献了全部录像资料，以作研究之用。

后来查明，1991 年 8 月 5 日 23 时 59 分至 8 月 6 日 12 时 25 分，历时 12 个多小时，在巴东城区 1.65 平方公里范围内，普降特大暴雨，总雨量 182.9 毫米。其中 6 日 6 时 53 分至 7 时 53 分 1 小时降雨 75.2 毫米，致使城后山体 5 条纵向山沟和 2 处斜坡发生历史罕见泥石流，泥石流总量约 250 万立方米。

自 1993 年起，因地质灾害频繁和三峡工程建设的需要，巴东县城开始陆续向黄土坡搬迁。

但是，1995 年 6 月 10 日和 11 月 20 日，黄土坡二道沟和三道沟相继发生滑坡，体积分别为 4 万立方米和 20 万立方米。

这表明，此地风险仍然很大，不宜久留。

2004 年，县城再次搬迁到白土坡、西壤坡。多灾多难的巴东县城终于在此落地生根。

新县城建有主干道路 4 条，全长 28 公里，大中型桥梁 9 座，其中巴东长江大桥将江南的西壤坡同江北的太矶头连为一体。新建了日供水能力 3 万吨的水厂，新建的程控电话交换机容量达 2.4 万门，还建有巫峡广场、宣传文化中心、体育场馆等。

如今，劫后重生的巴东县城，巍然挺立于峡江深处。站在新城宽阔的街道，眺望远方，江水浩荡，山河无恙。偶有长者，手指金字山方向，拖着长声对身边的年轻人说，那里，是我们曾经的故城……

早已回不去的

故城

劫后重生的巴东新城，屹立在峡江深处

利川发现土家族古寨

导语：日前，记者在恩施自治州利川市谋道镇鱼木村发现一座土家族古寨。

（现场：古寨全景、中景，进出古寨的村民）

解说：据当地村民介绍，这座古寨名叫鱼木寨，始建于明朝，原来是一座军事城堡。

记者：从这里可以进入古寨，大家可以看到，这条石板路只有不到两米宽。确实是一夫当关，万夫莫开。

解说：远远望去，鱼木寨居于群山之中，四面都是万丈悬崖，地势十分险要。

村民：要进到寨子里来,要过三阳关，爬“亮梯子”，外面的人是打不进来的。

解说：这里就是三阳关，在绝壁上还隐约能看见“三阳关”三个隶书大字。再往上走，就到了“手扒岩”。因为这里特别陡峭，村民们上下时必须手脚并用才能通过，于是他们就把这里叫作“手扒岩”。

村民：就是这样子，这只脚踩稳当，这只手扣着上头这个岩窝窝，再往前挪，手脚搞错了就过不去的。

解说：这里就是亮梯子，走在上面确实是心惊胆战。

（现场：从群山摇到石梯，绝壁上陡峭的石梯全景。主观镜头，从石梯一步一步往上走，镜头突然翻转，天地颠倒，众人惊恐大叫）

解说：这不是特技，而是记者走在亮梯子上，不慎失足造成的画面抖动。进入寨中，我们看到，绿油油的庄稼，还有成群的牛羊，悬崖之上居然是一派田园风光。

（现场：水田中有人耕作，田埂边有牛羊、牧童）

解说：这个木楼叫六吉堂，是整个鱼木寨最漂亮的建筑。据介绍，六吉堂始建于清末，民国九年（1920）才建成。它占地约 1 000 平方米，建筑样式是土家族的四合院式。中心院坝用规整的条石铺成，两边的彩楼还有特别精致的浮雕，真实地展现了土家族人的智慧。

院子正中间建有石头阶梯，左右两侧雕刻着人物山水，还刻着《南阳柴夫子训子格言》，看这刀工，非常娴熟。据目前的考古发现，寨子里现存有土家族人居住、织布、榨油、铸币的遗址一百多处。

这座古寨的发现，对于进一步研究鄂西土家族的历史文化和民族风俗具有重要的意义。

本台记者郑远龙报道。

鱼木古寨

在恩施担任驻站记者的11年间，我访问过很多土家寨苗寨，翻越过不少高山峡谷，历险无数，充满了惊险和刺激，实为人生难得的经历。

恩施州多为山地，大致是由三个主要山脉交错形成，即北部大巴山脉的南缘分支巫山山脉、东南部的苗岭分支武陵山脉、西部大娄山脉的北延部分齐跃山脉。整个地形呈现出北高南低，东南又高，再向南倾的状态，谚为“八山半水分半田”。

在齐跃山深处川鄂交界的利川市，有一个被誉为“天下第一土家古寨”的地方，名叫鱼木寨。此寨孤立于群山之中，突兀于云海之上。四周悬崖万丈，陡峭如削，铁壁三层，螺峰四座，仅有一条五尺宽的石板古道通向寨口。寨楼独耸于绝壁之上，寨门仅一人通过，极其险要。自明洪武年间始，一直是军事要塞。

清同治《万县志》载：“舆木寨，山高峻，四围壁立，广约十里，形如鼗鼓，从鼓柄入寨门，其径险仄，寨内广有田，产竹木，可容数千户，南岸名寨也。”

此寨最为奇特之处还在于，虽为孤绝之山，但水源不断，至今仍有人居住耕作，繁衍生息。寨内的鸡头沟瀑布高达三十余丈，飞珠溅玉，气势磅礴，却不知水从何来。寨中现存有织布、榨油、铸币等遗迹一百余处，清代碑墓十余座。其形势之险要，文化之深厚，极似欧洲中世纪的天然城堡。

1988年，我慕名采访了鱼木寨，成为访问这个古寨的第一位电视记者。

鱼木寨古风依然，至今仍保留着“赶草坝场”、唱“薅草锣鼓歌”的风俗，类似恩施的“女儿会”。在寨中流传的传统曲目中有一首哑谜歌，令人叫绝：“少年青来老来黄，恩恩爱爱睡一床。送君千里终一别，反把奴家丢在大路旁。眼看儿郎不回头，怎不叫奴家痛断肠。”猛一听，这是一首唱痴男怨女的情歌，不由得让人想起一首唐人的《奴家怨》：“……情深易得，同心难追，海誓山盟转头悲。奴愿共白首，君意二三回。花谢尤有再红时，人情冷却不复归，别君去，月空对，夜微凉，酒一杯，往事历历终成灰。”

其实，前面说的哑谜歌，其谜底就是草鞋。草鞋是土家人以棕麻为经、稻草为纬编制成的一种日常穿用的鞋。无论晴雨，皆可穿用。这种鞋非常便宜，也很不耐用。每一穿烂，随手一扔，再换双新的，“弃之如敝屣”大概此意。这首哑谜歌的谜面以一位怨妇的口吻，描述了一个生离死别的动人场景，写得真挚感人，表现出很高的文学价值，从侧面反映了这个多灾多难的少数民族另一种哀艳凄婉的审美取向，正所谓“高手在民间”。

据当地宣传部左副部长介绍，鱼木寨原来被称为土匪寨。清雍正十三年(1735)改土归流前，此寨为姓马的土司所据。邻近有一土司姓谭，垂涎其地，便派兵来攻。但鱼木寨的险要地势令谭土司强攻不得、久攻不下。于是，谭土司便采用围而不攻的办法，意在困死马土司。但数月之后，马土司派人每天从寨楼上扔下几十条大活鱼，以示羞辱。谭土司见此，仰天长叹：“吾克此寨，如缘木求鱼也。”从此便有了鱼木寨这个名字。

古寨最险之处，是一个叫“亮梯子”的地方，这是一个万丈绝壁的所在。所谓“梯子”，就是用约一尺见方、五尺多长的麻条石，将其三分之一硬生生地栽进绝壁上预先开凿的石孔，将三分之二留在外面，形成一个与地面大致平行的梯凳。再按同样方法，在其斜上方，按一定的倾斜方向，如法炮制，再栽一根，形成第二级梯凳，如此反复，留在绝壁外的一根根麻石条桩便组成了石梯。人们踏着石梯，便可登上绝壁。所谓“亮”，是指所有相邻的石桩，各自独立，互相平行且不相连，石桩与石桩之间形成一个高约六寸的缝隙。透过石桩之间的缝隙，可以直接看到远处的群山和山中涌动的云雾，极为险峻。整个绝壁，自下而上，共用石桩三十二级，组成石梯。沿着石梯，迂复三次，始通崖顶，进入寨门。

据当地人介绍，亮梯子的第一代为藤条绳索。平时，人们攀缘着绳索上下出行。战时，则将绳索收于寨门，便可封绝来路，阻敌于深壑。第二代为木梯，如有敌来犯，则斧劈火烧，毁梯拒敌，十分奏效。

左副部长带着我们到达亮梯子时，正好遇上了一支迎亲的队伍。新郎是寨子上的，新娘是寨脚下的。整个队伍约有五十来号人，锣鼓喧天，唢呐动地，山鸣谷应，经久不息。抬嫁妆的汉子们光着上身，负重躬行。他们穿着偏耳草鞋，双脚稳稳抓住石梯，嘴上却不停地喊着号子。新郎背着他的新娘，披红挂彩，走在队伍的中间，前后护送着他们的是媒婆和新娘家的至亲。远远望去，那支迎亲的队伍，就像一幅挂在绝壁之上移动的壁画，坚定地、缓慢地向上挪动。他们以此来表达对爱的承诺、对爱的呵护、对爱的赞美。这或许正是推动整个人类历史生生不息、永续发展的原生动力。这种动力，没有任何艰险能够阻挡，无论是自然的还是人为的。

越“三阳关”，过“手扒岩”，登高俯瞰，远山如黛，云涌如潮。忽然间，想起了一首无名氏写亮梯子的《竹枝词》：“半砌巉岩半挂天，石梯担脚乱云悬。听闻哟嚯休回首，那是阎王讹路钱！”

当年，我用的是Z31摄像机、4800背包机，用一根粗电线相连，全部加起来有数十斤重。为了保险，我们请了几个当地人在我腰部、摄像机、背包机上各拴一根保险绳，绳的另一端紧紧缠绕在巨石身上，三个当地人拉着保险绳，以作接应。

拍完了远、中、近景，我忽然想到，可以再来一组移动画面。于是，我手提摄像机，将镜头尽量贴近石梯，以远处的群山为背景，向上疾行。从寻像器中我看到画面非常饱满，近处的石梯与远处的背景形成强大的对比反差，冲击力很强，感觉十分满意。正在得意之时，不料脚下一滑，我的双腿竟然一下子溜进了梯凳之间的缝隙。我下意识地一手抓住石梯，一手护住摄像机。三个当地人见状，一齐拉紧保险绳，将我和摄像机紧紧地缚在绝壁之上。其他同行的人员见状，一起上前，连拉带扯，合力将我从石缝中拽了出来。我正要站起身来，却发现右脚上的皮鞋被扯掉了，沾满岩泥的光脚背上，鲜血直淌。我顾不得疼痛，低头张望。开始时，还能看见那鞋忽左忽右，来回晃动。后来，只看见一个小黑影，再后来，什么也看不见了。

可怜那随我“征战”多年、忠诚地保护着我那奔波于大山之中的粗大赤脚的恩施黄牛皮鞋，竟以这种悲壮的方式离开了我，永远地留在了这千山万壑之中。此后，每当抵达或者路过这里，我都会想起它，想起我那只尽忠职守的老旧皮鞋。

当地人帮我找来了一双草鞋，靠着它，我才回到了住处。回来看素材时，我才发现，由于摔跤时我来不及关机，画面里，石梯抖动，远山摇晃乃至翻转，居然造成了极其震撼的视觉效果，获得了意外收获。后怕之余，还是觉得非常值得。

让我更加意外的是，那次采访的节目居然在央视《新闻联播》栏目中以较大篇幅播出，特别是那个不规则的晃动画面还被用得很长。在我的印象中，《新闻联播》栏目很少播出类似题材的新闻。

节目播出后，在当地引起了轰动，我也被认为是为鱼木寨的宣传立了大功的人。此后，当地文旅部门对鱼木寨加强了宣传包装，加大了文物保护和开发力度。2006 年，鱼木寨被公布为全国重点文物保护单位，所在的鱼木村也于 2013 年入选第二批中国传统村落名录。

这次采访，是我职业生涯中非常惊险的一次，故写此文以为纪念。

古寨门

寨内风光

我那双忠诚的老旧皮鞋终结于此

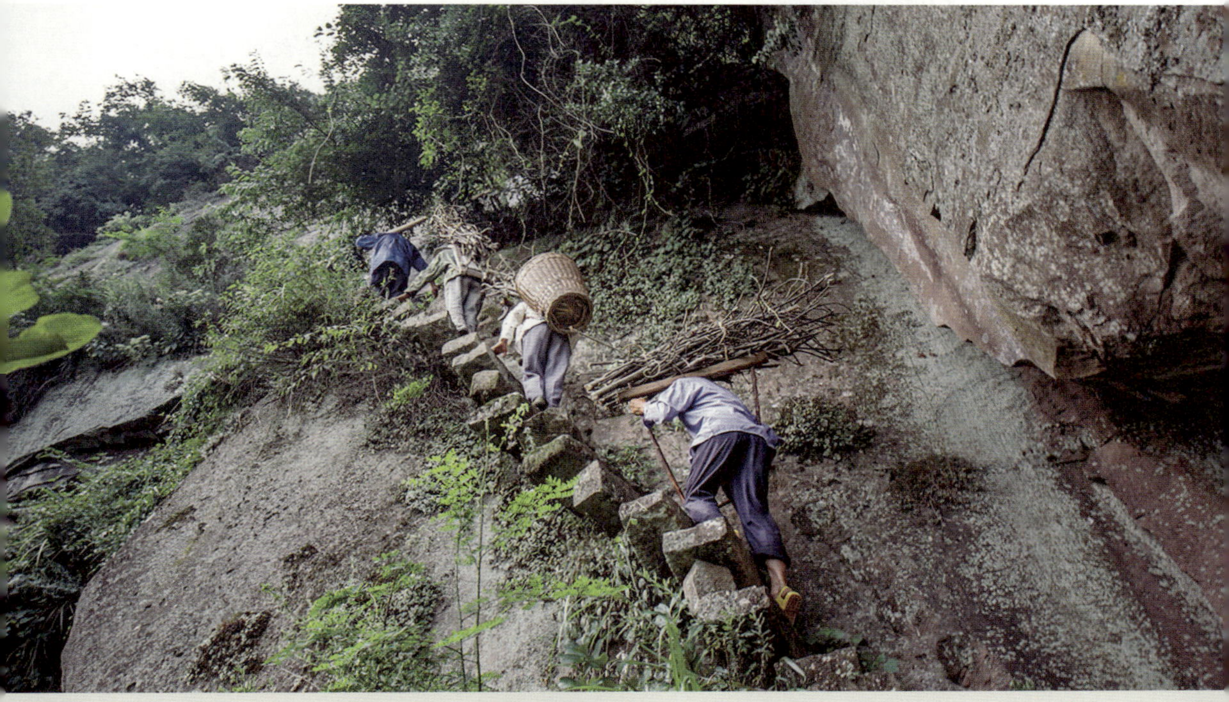

亮梯子

湖北首次发现野生珙桐群落

导语：日前，记者在恩施州鹤峰县的木林子自然保护区发现了大片野生珙桐群落，这在湖北是首次发现。

（现场：成片的珙桐林，洁白的珙桐花，林业工作者在测量花瓣的长度）

解说：珙桐是中国特有的单属植物，属于孑遗植物，已被列为国家一级保护植物，也是全世界著名的观赏植物。因其花形酷似展翅欲飞的鸽子，因此又被西方植物学家称为“中国鸽子树”。

木林子自然保护区专家：珙桐是6 000 万年前新生代第三纪的孑遗物种，有“植物活化石”之称，为中国所特有。它一般生长在海拔1 500 ~ 2 200 米的高山上，在常绿阔叶林或者混交林中，喜欢中性或者微酸性的土壤。

解说：木林子自然保护区始建于1983 年，位于恩施州的鹤峰县境内，总面积20 000 多公顷。其中，核心保护区面积7 000多公顷。保护区建立以来，他们加强了规划执行，加强了巡察保护，加强了基础研究，开展了广泛的资源普查工作。

木林子自然保护区专家：在一次田野调查的过程中，我们偶然听到当地的老百姓说，在山顶上一个叫牛池的地方有鸽子树，我们马上组织人员上山考察，发现了这片珙桐群落。

当地群众：我们肯定要保护的，老一辈的教育也要我们爱护树木，现在有了保护区，我们肯定要保护森林的，“鸽子树”我们也要保护，连小孩子也不准去摘它们的花来玩。

解说：据了解，目前为止，保护区已发现国家重点保护野生植物 30 多种，其中国家一级保护植物有红豆杉、银杏等 6 种，国家二级保护植物有黄杉、篦子三尖杉、连香树等 24 种。这次发现大面积的野生孑遗植物珙桐，对进一步研究生物多样性、保护物种资源以及了解古气候等，都具有重要的意义。

本台记者郑远龙报道。

中国鸽子树

在恩施记者站工作期间，我跑得最多的地方就是离恩施最远的鹤峰县，因为这里有我很多朋友，也因为这里是个非常神奇的地方。

听说鹤峰发现野生珙桐群落后，我第一时间打电话给我的好友、鹤峰县委宣传部谭副部长，了解情况，并表达了采访的意愿。谭副部长非常热情，不到一周，便亲自来恩施接我，成就了这次美好的探花之旅。

鹤峰古称柘溪、容米、容阳，历史悠久。早在新石器时代，土家族的先民容米部落就繁衍生息于斯。唐宋以来，为容美土司之领地，田氏土王世袭相承，雄踞一方，历八百余载，“在楚蜀诸土司中最为富强”，直至清雍正十三年（1735）改土归流废除土司制度止。

从恩施到鹤峰虽然只有不到两百公里的距离，但坐汽车却要将近六个小时。好在学识渊博、能言善侃的谭副部长一路上给我们介绍容美土司的历史文化、人文典故以及他自己的研究心得，所以旅途并不寂寞。他说，据土家族语言学家考证，“容米”在古土家语中就是“妹妹”的意思。由此可以推断，容米部落在很久以前，是一个以女性为首领的部落，或者说是一个古老的具有母系氏族社会遗存特点的原始部落。据说，这个部落是古代巴人廪君的一支，最早出现在长阳县资丘镇附近清江南岸天池河口的容米洞。后来，容米部落沿天池河逆流而上进入鹤峰。

鹤峰民族文化底蕴深厚、成果灿然。在土司时期，自田九龄至田舜年，历时200多年，田氏连续6代涌现10余位诗人，尤以田玄的诗作成就最高。他们共创作各类诗词3 000多首，现存380题、524首，并于康熙年间汇成《田氏一家言》。这不仅在土家族历史上绝无仅有，而且在中华民族数千年的历史上也绝无仅有。

据谭副部长介绍，清朝有一位著名戏曲家，名叫顾彩，才艺卓绝，与孔尚任为至交。时任容美土司的田舜年爱其文名，盛情相邀。康熙四十二年

(1703)，经孔尚任介绍，顾彩经慈利、石门，最后到达鹤峰。由于山路崎岖，顾彩先是坐船，然后骑马，后来坐轿，最后硬是被人背着到了容美土司。田舜年知其游学山东曲阜时，曾受到衍圣公孔毓圻的赏识，被聘为孔府西宾，乃亲出洞府三十里，隆重迎迓，执礼甚恭。

在容美期间，顾彩以《南桃花扇》传奇授田舜年，在万全洞聚家班上演。此洞不仅是土司的防御工事，还是藏书之处。顾彩与田舜年在洞中相谈甚欢，称“人言此是桃源地，不信桃源如许奇”，一时成为土汉文化交流融合的佳话。后来，孔尚任的名剧《桃花扇》在容美盛演不衰。据时人记载，整个容美土司戏楼林立，演员阵容庞大，演技精良，在全楚亦称上乘。

《桃花扇》与《长生殿》被誉为清代戏曲的两座高峰，与《西厢记》《牡丹亭》并称为我国四大古典名剧。著名诗家刘中柱在《桃花扇题辞》中说：“往昔之汤临川，近今之李笠翁，皆非敌手。”清刘凡赞之曰：“奇而真，趣而正，谐而雅，丽而清，密而淡，词家能事毕矣。”梁启超在《小说丛话》中称：“但以结构之精严，文藻之壮丽，寄托之遥深论之，窃谓孔云亭之《桃花扇》冠绝前古矣！”

我经常向谭副部长请教容美土司的戏曲文化，可我怎么也想象不出，在一个偏远蛮荒的古老山洞里，一群穿着粗布对襟衫的土家人，以鳞次栉比的钟乳石为背景，在一排排桐油火把的映照之下，居然长久不衰地上演中国戏曲史上的巅峰之作，那是一幅怎样神奇而又动人的景象！

顾彩遍游容美，历时半年，流连忘返。辞别田舜年后，他写下了著名的《容美纪游》，记载了他的所见所闻：“宣慰司行署在平山街，其靠山曰上平山，插入霄汉，此其平山也。司署大街，巨石铺砌，可行十马，西尽水砂坪，东至小昆仑，长六里，居民落落，多树桃柳；诸郎君读书处在槿树园；下坡为戏房，乃优人教歌处；其西街尽头，下皆陡壁深涧，恐行者失足，以竹笆插断，此司前大略也……”写得极为生动细腻，流传甚广。

鹤峰的南剧、柳子戏地方特色极浓，是容美土司时期的戏曲艺术奇葩。

容美土司不仅喜文，而且尚武。嘉靖年间的兵部尚书胡宗宪曾说：“容美兵，精悍甲诸部，万里从征，朝气正锐……”“清风岭并乍浦之胜，及剿徐海，则容美土官田九霄、九章之功。”

我们一行抵达鹤峰县城时，已是下午，当晚即住在县城。次日一早，谭副部长亲自陪同我们进山采访。

鹤峰县境内地形西北高、东南低，多山间小盆地。最高处为西北部的牛池，海拔超过2 000米，是湖北长江以南的第一高峰。

进山之前，我们每人品尝了一碗“葛仙米”。这是一种无根无叶、墨绿色珠状单细胞水生藻类植物。相传东晋时期的炼丹大师、道教理论家葛洪在隐居南土时，偶然得之，食后竟有强身健体之功效。后来葛洪将此物献给皇帝，体弱的太子食后病除体壮，皇帝为感谢葛洪，遂赐名“葛仙米”。

到了山脚下，公路已到尽头。我们将机器设备装箱、打包，请了两个当地人，用背篓帮我们运上山去。

走了约一袋烟工夫，我们见到了一株高大的国家重点保护树种连香树。只见这树通高达十余丈，基径盈丈，在同类树种中属全国之最。

牛池下的黑湾，遍生灌木杜鹃，红粉紫白，姹紫嫣红。一束束由数片花瓣组成的花朵，从枝头顶部开始绽放，重重叠叠，花团锦簇，紧密相连，姿态万千，令人陶醉。浓郁的芳香，引得狂蜂浪蝶兴奋不已。

进入森林，我和多数人已不辨方向。只见幽谷深坠，溪涧长流。越往前走，林子越密，路径越小。渐渐地，我们开始进入神秘莫测的原始森林。只看见那些古树，有的参天而立，英俊而挺拔；有的虬地而伸，曲拙而幽隐；有的交织于藤蔓，柔肠百结；有的缠绵于芳草，风情万种。时见那雷劈风摧之朽木，或横于丛林之上，或落于枯草之中，一任蕨苔藻衣之寄生、自然风化之雕饰，自由而坦荡。这里的一枝一叶一花一草一藤一蔓，无不完美地诠释着大自然“物竞天择，适者生存”的丛林法则，启示着人类社会生死存亡、荣辱兴衰的终极密码。

经过三个多小时的艰难跋涉，我们终于见到了传说中圣洁的鸽子树。只见那小溪边的山坡上成片成片的珙桐林枝叶繁茂，叶大如桑。盛开的花，犹如千万只紫头白羽的鸽子栖息在枝头，寂静的原始森林顿时显得生机盎然。据同行的专家介绍，那“鸽子”的“双翼”并非花瓣，而是两片白而阔大的苞片，上短下长。而紫色的“鸽子头”，则是由雄花与两性花或者雌花组成的顶生头状花序，那样子就像一个长着眼睛和嘴巴的鸽子脑袋，那黄绿色的柱头则刚好像极了鸽子的喙。山风起处，叶与花摩擦振动，沙沙作响。树上栩栩如生的“鸽子”们或窃窃私语、或引吭高歌、或亮翅嬉戏、或振羽欲飞，姿态万千，憨态可掬。

我选择了十多个高低不同的机位，设计了所有能想到的角度，用尽了摄像机能够实现的全部景深和景别，放肆地追逐着鸽子花那和谐的群像、圣洁的颜色、飘逸的造型和高贵的神态，总共折腾了一个多小时，拍满了整整一盒录像带，我们才恋恋不舍地告别那片神奇的土地。

在木林子林场，我们了解了整个保护区的情况。

座谈中，一位本土作家沉吟良久，道：“中国鸽子树，聚天地之灵气、合五常之伦理，仁义礼智信五德具备，灵性之物也。”还没说几句话，那作家忽然激动地站起身来，用演讲的口吻说：“大家想想，珙桐之根，中药名之‘山白果根’，煎汤内服，有止泄顺气之功；或研末外敷，具收敛止血之效，此仁也。它们聚族而居，绝不独立，忠实地保留着祖先的遗传信息，历千万年不更不弃；根系相连而不互斗，枝叶相交而不相争，共享水土，共沐阳光，枝杆相让，绿荫互衬，此义也。它们以长为尊，于人迹罕至处，聚群而生；花序纯紫而苞片洁白，不羡红艳之色，静雅清丽，花轴有形而花序井然；不争长树，不欺幼苗，只于僻静之处找到自己的位置；群落内外，皆和睦相处，此礼也。它们是孑遗植物，早在新生代即已孕育出生命，历经严酷的气候和地质变迁，浴千万年天火，破第四纪冰川，逃过万千劫难，终得绝处逢生，成为植物界罕见的‘活化石’，此智也。它们顺天时地利，知四季更迭，每年春季，花期如约而来，复而结果，子房充盈，春华秋实，从不负约，此信也。”

作家就是作家，果然语出不凡，众人无不击掌，深表赞同。

应林场吴场长之邀，在谭副部长的鼓动之下，我兴之所至，吟了一首小诗，以为纪念：“一曲一折路，三生三世家。莫道人生短，但爱此间花。”

据专家介绍，珙桐最早被法国传教士大卫发现，是他确定了珙桐的拉丁种名。珙桐之美，不仅在于它那高大挺拔的身姿和翠绿欲滴的叶色，更在于它那一大一小两朵硕大洁白的苞片与一团紫色的花芯。远远看去，仿佛是树上停落的白鸽。因此，珙桐在英文中就叫作 dove tree（鸽子树）。据有关资料介绍，1869 年以来，珙桐被引种到英、美、荷、日、俄等国，被誉为“中国的鸽子树”，今被列为国家一级重点保护野生植物。

听了专家介绍，再回想那满山遍野的鸽子树，感叹着造物主不可思议的神奇。植物与动物，从生物学上来说，本属两界，天差地别，但为何它们的造型有时又如此酷似？我不由得想起了云南大理的蝴蝶泉。

记得我们那次是四月份去的，正赶上蝴蝶泉边那株夜合欢树的花期。最让人惊叹的是合欢树昼开夜合的花瓣，白天张开，酷似一只只蝴蝶，夜晚合拢，飘出阵阵清香，以吸引真正的蝴蝶。横卧泉上的合欢古树，枝叶婆娑，树荫蔽日，花开之时，状如彩蝶，其香无比。真正的蝴蝶群集飞舞，组团寻芳，在泉水之上嬉戏盘旋。徐霞客在他的游记里曾作过这样的描述：“还有真蝶万千，连须钩足，自树巅倒悬而下及于泉面，缤纷络绎，五色焕然。”那千百只蝴蝶串在一起，犹如一条条五彩缤纷的彩带，实在是令人叫绝。

当地人传说，一对相爱的男女为逃避恶霸，跳入水中，化为蝴蝶，并由此衍生出了“蝴蝶会”。其实，在中国传统文化中，“化蝶”的故事还是不少的，最典型的是梁山伯与祝英台的故事。梁山伯相思成疾，病逝后葬于高桥九龙墟。祝英台闻此噩耗，誓以身殉。在山伯墓前，英台哀恸欲绝，感天动地。忽然间雷电齐作，大雨倾盆，山伯墓开，英台翩然跃入，以身殉情。风歇雨霁，彩虹高悬，梁祝化蝶。

我们发现，所有的“化蝶”故事大多是悲剧故事，而“中国鸽子树”则成了和平、友谊、团结和圣洁的象征。

在遥远的过去，鸽子曾被人们看成爱情的使者。在古巴比伦神话中，鸽子乃是法力无边的爱与育之女神伊斯塔身边的神鸟，被少男少女们称为“爱情之鸽”。

《创世纪》说，上古大洪水之后，诺亚从方舟上放出一只鸽子去探明洪水是否消退。上帝让鸽子衔回橄榄枝，表示洪水退尽，人间尚存希望。诺亚终于知道，洪水已开始退去，平安就要来到，呈现在世间一切生灵面前的将是长满绿色树木的山谷和开着鲜花的幽静小道。从此，人们就用鸽子和橄榄枝来象征和平。

2008 年汶川地震后，东莞对口援建映秀镇，我曾数次采访东莞援建工作。短短两年间，东莞无偿投入援建资金 11 亿多元，高质量、高标准完成了包括安居房、市政道路和震中纪念馆等在内的 55 个援建项目，将映秀建成了独具藏羌民族风情的精美小镇，成为全国灾后恢复重建的样板。“东莞大道”“莞香楼”等东莞元素以及它们所代表的大爱精神在遥远的历经劫难的映秀镇深深地扎下了根。

在一次采访中，我们在映秀湾公园中心位置的东莞援建纪念碑前，见到了几位系着红领巾的小朋友在唱歌。驻足细听，歌词清新明快，旋律宁静优美。一打听，才知道这首歌的名字叫《鸽子花》，是一位四川籍援建工作者创作的。后来才知道，原来四川荥经、天全、汶川等地的高山密林中，也大量分布着“中国鸽子树”。

美学家们一直认为，人与对象的关系从来都是美学的核心问题，对自然的关注是美学获得哲学尊严的必要保证。但是，单纯的自然美是没有独立品格的，它的真正价值在于被发现并承载了人的某种思想理念、情感体验和济世价值。

作者以鸽子花作为物像，表达了大爱、和平与希望的意象，构思巧妙，寓意深刻。想那从漫长的冰川期走过来的鸽子花和从大洪水的劫难中走过来的人类，我们要虔诚地叩拜苍天、叩拜生命。这个蓝色星球的生命是如此伟大、如此顽强，只要它们自己永不放弃，任何灾难都不可能摧毁它们。无论这个生命的形态是以植物的方式存在还是以人类的方式存在。

临别时，同行的志愿者收到了一个沉甸甸的托付。为了感谢东莞人民的深情厚谊，当地四百多名阿姨，耗时三个多月，自行组织，为东莞援建者绣出了八百多双鞋垫。她们再三叮嘱志愿者，一定要把这些鞋垫送到东莞的亲人们手上。

离开映秀了，但《鸽子花》的旋律仍久久回荡在我的脑海。我始终坚信，灾难和痛苦终将过去，希望和大爱永存人间。

五德具备的精灵——中国鸽子树

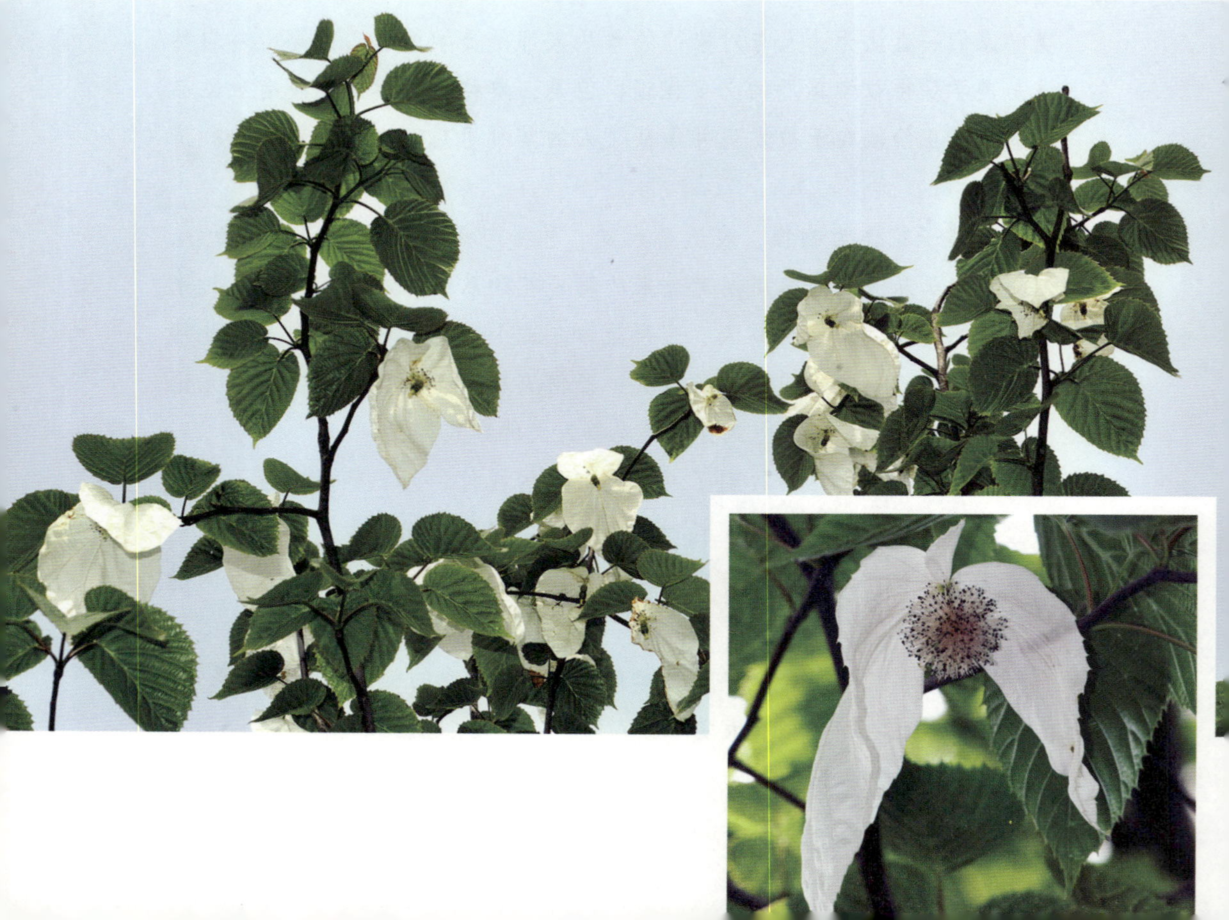

师魂

时过境迁，原稿不幸遗失，特留此页，虚位以待，期望有朝一日能够寻回原稿，正位此处。

师魂长存

董贤凤，女，鹤峰县燕子乡人，曾在县第二中学任英语老师。1993年因白血病不幸去世，年仅22岁。

我有一位在鹤峰县文联任职的朋友，这位朋友姓田，是鹤峰容美土司田氏之后裔。此君天资聪明，悟性极高，酷爱文学，尤以报告文学见长。有一年大年初一，万家团聚之时，他只身一人，冒着漫天风雪，从恩施出发，辗转数千公里，只为把一篇有关恩施军分区扶贫帮困的报告文学送到北京。几年前，他以自己的亲身经历写了一部非虚构作品《换肝记》，文笔流畅，情节曲折，情感细腻，想象奇特，浓缩了他一生对爱恨情仇、成败荣辱、生老病死等人生难题的思考和感悟，备受推崇。贤凤老师去世不久，他为她写了一篇报告文学，名叫《师魂》。

看了田兄的报告文学后，我当即与他联系，建议两人合作拍摄一个电视专题片。凭着职业敏感，我判断这是一个可遇而不可求的难得题材。

第一，少数民族地区经济文化相对落后，其中一个重要原因就是教育落后。贤凤老师短暂的教师生涯，恰恰扣中了少数民族地区教育这样一个重大而严肃的主题，必然会引起社会的普遍关注，作为一名电视记者更应该关注，这是我的职业使命。第二，这个美丽生命的过早凋逝，必然会击中观众心中最柔软的痛惜之处，引起观众强烈的情感共振，从而强化这种关注，提升传播效果。第三，贤凤老师出生的地方燕子乡、工作的地方走马镇都是自然风光绝佳之处，如果以最美的风景为依托，把最美的职业、最美的教师放到最美的背景中去通过最美的电视画面来展示，必能给观众以极其强烈的审美体验。第四，在表现方式上，拟大胆采用实景加“情景再现”的方式，虚实相生地表现贤凤老师生前的工作和生活场景，形象、艺术地烘托贤凤老师生如夏花之绚烂、死如秋叶之静美的虽然短暂实为永恒的生命。同时，通过对她的家人、同事、学生、家长的采访，深入挖掘她的敬业精神和人格魅力。第五，整个格调强调悲剧的美感，而不仅仅是讲述一个悲惨的故事。通过对生命的讴歌和职业的赞美，诱发出情感的岩浆，凝铸成悲剧艺术的基石。第六，追求结构的巧妙。恩格斯说，悲剧的实质就在于“历史的必然要求和这个要求的实际上不可能实现”。本片在结构上，用尽可能多的篇幅展示贤凤老师生命的美、职业的美、师德的美、爱生的美、助人的美，最后说，无情的病魔将这种美撕得粉碎，使人产生深沉而巨大的同情共感和心灵震撼，就像鲁迅先生说的，悲剧是“将人生的有价值的东西毁灭给人看”。通过完整地展示她的美，以达到强烈的悲剧效果，并以其深刻的艺术感染力，给人以激励和启示，引发人们深层次的思考。

我和田兄一拍即合。应该说，依我当时的肤浅认知，这是一个完美的构思和富有创意的设计，特别是“情景再现”的表现方式，在当时并不多见，是一个大胆的尝试。

所谓“情景再现”，又称“真实再现”。1926 年，英国著名导演格里尔逊在《太阳报》上发表了一篇文章，鼓吹他的“新纪录电影流派”，提出了“对现实的创造性处理”的主张，倡导“情景再现”的创作手法。这就是依据历史事实，但又不拘泥于事实本身，而是用表演等方法，在不改变事实总体印象和框架的同时，运用合理想象，再现历史人物和历史事件。在我国电视界，借用这种手法进行专题片创作，当时还处于探索阶段。后来，才发展到通过光影道具、场景模拟、角色扮演以至于数字技术的综合运用，将“情景再现”手法推向成熟，如《故宫》《圆明园》等。

董贤凤老师的学生中有一位女孩，名叫贾雪芹。多年以后，雪芹也成为一名人民教师。雪芹老师也写过一篇十分感人的纪念贤凤老师的文章——《凤兮归来，师魂永存》。

雪芹老师在文章中深情回忆了贤凤老师的生活片段，描述了贤凤老师的音容笑貌，记录了贤凤老师对她人生的重要影响：

您轻盈的脚步，红润的脸庞，尤其是那仿佛因为快乐太多，从眉眼里都流淌出来的笑意，使得每一个从您身边经过的人都会被您的快乐所感染。

我永远忘不了您第一次给我们上课时的情景，还是穿着那件红毛衣，脸上是甜甜的笑……有一个单词我不会读，就大着胆子向您请教，您弯下腰来在我身边教我读。而且，您还用您的脸紧贴着我的小脸蛋，我甚至能感觉到您的脸是那么温暖、那么柔嫩。一股暖流从我心底升起，我多么幸福啊！从此，我们盼望上英语课就像盼望过节一样，就连最调皮的孩子在您的课上也变得很乖……

您知道吗？我喜欢英语的原动力其实是因为喜欢您哪！

雪芹在文章中还提到了一个细节："'老师，您能告诉我，您红毛衣上的英语单词是什么意思吗？'您笑了，说：'Happy girl'就是'快乐女孩'的意思，知道吗，我就是快乐女孩……"

啊！快乐女孩！我的老师是快乐女孩，我是快乐女孩的学生，我也要做快乐女孩！我把董老师毛衣上的"秘密"告诉了班上的同学，从此"快乐女孩"成了董老师的代名词。

现在，我也成了老师，我深深地懂得只有做一个幸福、快乐的老师，才能将幸福和快乐传递给学生……

一切都太晚了，只是短短几个月，董老师就离开了我们，就如一朵刚刚绽放的花朵转瞬凋零，她走的那个冬天特别的冷，她的学生送了她最后一程，个个哭成泪人。

我在中考时英语取得了好成绩，而我也因为董老师的关系，在填写志愿时，毫不犹豫地填写了"师范"。

如果二十年是一个轮回，董老师您还会选择做老师吗？我想，您一定会。

如果没有来生，老师，也请您不要遗憾，您的学生会完成您未完成的事业，圆您没能圆的梦。我会像您一样时刻不忘自己人民教师的身份，关爱学生，无私奉献。

我如此多地引用雪芹老师的文章来介绍贤凤老师，除了文字的质量和感情的分量都让我无法忍痛割爱以外，更多的是想以这种特殊的方式向雪芹老师致敬。她，真正担得起贤凤老师的学生。有这样的学生，贤凤老师如九泉有知，定然欣慰。

为了创作好这部专题片，我多次前往鹤峰，与田兄见面。创作方案数易其稿，最终形成了文学剧本，并在一定范围征求意见。两个月以后，由我执笔，最终完成了分镜头剧本。

经过半年多的筹备，在鹤峰县有关方面的大力支持下，正式开机。整个拍摄过程非常顺利，算上补拍镜头，前后进行了三次拍摄。

虽然此事过去了几十年，但回想起当初的拍摄场景，仍恍然如昨，感动如初。

简陋却不失整洁的教室，贤凤老师正在上课。老师优雅的举止、亲切的笑脸与学生稚嫩的脸庞、求知的眼神交替叠映，编织着他们共同的希望。

古老的吊桥上，贤凤老师护送一群学生回家。杨柳依依，绿草茵茵，河中的倒影记录下天地间这感人的一幕。

古树参天，竹影婆娑。土家吊脚楼里，炊烟袅袅。火塘旁边，贤凤老师正在进行家访……

贤凤老师的出生地有一条小河，名叫董家河，她病逝后被送回老家的场景就是在这里拍摄的。

沿河两岸，苍木交错，掩映水中，景象奇特，不知是树在水中生还是水在树中流。婀娜多姿的垂柳轻拂水面，与水中的倒影构成了一幅绝美的画面，分不清是云在水中飘还是水在云中流。横亘于河面的土家风雨桥，远远望去，像彩虹一样孤悬水中。一个用无数山花精心装饰的竹排漂在水面，贤凤老师穿着她生前最喜欢的那件写有“快乐女孩”英文字样的鲜红毛衣，安详地静卧于鲜花丛中。竹排缓缓地顺流而下，她的学生们游弋在竹排四周，护送他们的老师回家。

航拍下去，镜头缓缓拉开，苍翠秀美的群山之中，山花簇拥着的那只小竹排且游且停，状似不舍，亦似不忍。镜头再拉，小竹排变成了一朵绚烂的山花，渐行渐远，慢慢地，融入了群山深处，大地一片空灵。

从水下摄影机望去，天与地，云与水，花与人，树与影，亦真亦梦，似幻似仙。

从天地两个角度拍摄的画面，壮阔而又凄美，淡出淡入，反复叠加，用极美的画面歌咏着生与死的本义，将生命之美渲染到了极致。

在充满了朦胧之美的画面中，贤凤老师到底去了哪里？是融入了大地，抑或是升上了天堂？观众不知道，我也不知道，没有人知道。

穿过古老的风雨桥，就是贤凤老师出生的那个土家寨子。吊脚楼下，已然年迈的父母倚门相望，老泪横流。

溇水之滨，细雨茫茫。贤凤老师曾经的同事，身披白纱，立于河岸，深情地诵读着祭文："悠悠恨，沉沉结。凤声哀，红衫窄。苍苍梧桐，枝续师德。醴泉永不老，香魂终不灭，一曲相思祭碧血。思耶念耶，凝望明月……"

这篇祭文在原来的分镜头剧本中是没有的。那天白天拍完"回家"那一幕，夜不能寐，总觉得还差点什么。迷迷糊糊中，忽然想起不久前到北京出差时，顺便参观了陶然亭的"香冢"。徘徊其间，读其碑阴铭文，十分感动。回想起这几天的拍摄，感念贤凤老师的动人事迹，乃依其韵，连夜仿写了此文。香冢碑原铭文为："浩浩愁，茫茫劫。短歌终，明月缺。郁郁佳城，中有碧血。碧亦有时尽，血亦有时灭，一缕烟痕无断绝。是耶非耶？化为蝴蝶。"

第二天一早，我将这篇祭文拿给田兄。他只瞄了一眼，就拍着大腿，连声称妙，于是就有了前述河边祭奠的一幕。后来，大家一致认为，如将此文用作专题片主题曲的歌词，也是十分贴切的。

贤凤老师的墓前，学生们默然肃立，他们用洁白的野花组成了六个大字："老师，我们想你！"

咬牙拍完这最后一组镜头，我已泪流满面，哽咽不止，紧紧抱着摄像机，瘫坐在贤凤老师墓前，久久站不起来。

贾雪芹当时就在这群孩子当中，后来她也成了老师。她在前述纪念文章中写道："不知不觉中，我已经走过了我教师生涯的第十二个秋天。回首这段岁月，真是有笑有泪，有苦有乐，也曾迷茫过，也曾伤痛过，然而冥冥之中总有一个声音对我说：'孩子，好好走下去，教师是能让人幸福的职业。'这来自天国的声音，一次次坚定了我的信念。对！要做一名好老师，为了自己的信仰，为了告慰恩师的英魂，我必须这样做。"

令人敬佩！当年那个弱不禁风的小女孩，用她的全部身心践行着自己的诺言，初心不改。而且，我曾相信她一定会继续坚持下去，为了当初的那份感动和眼前的这群学生。

可是最后，谁也没有想到，我竟然未能完成这部专题片的制作。由于我太过意气用事，导致我们精心拍摄的全部素材或损毁，或遗失，遍寻不得。

贤凤老师的职业生涯短暂却辉煌。而未能最终完成关于她的电视专题片，成了我职业生涯中终生不恕的败笔。写下此文，不知是不是在向谁乞求宽恕，也不知是不是灵魂的自我救赎。写下此文，我心里轻松了不少。

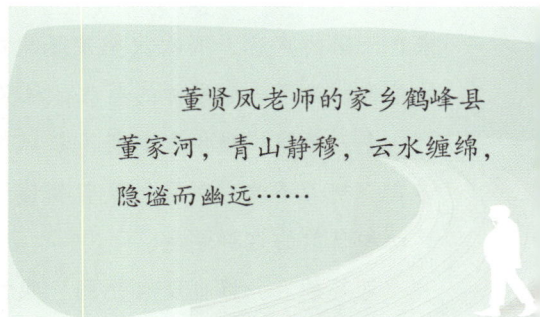

董贤凤老师的家乡鹤峰县董家河，青山静穆，云水缠绵，隐谧而幽远……

虎门大桥万人行

时过境迁，原稿不幸遗失，特留此页，虚位以待，期望有朝一日能够寻回原稿，正位此处。

行吟虎门

1984 年 12 月，经过二十多轮的艰苦谈判，中英双方达成了最终协议，中国于 1997 年 7 月 1 日对香港恢复行使主权。

香港回归祖国，是邓小平“一国两制”伟大构想的成功实践，为澳门回归提供了实践范本，为最终解决台湾问题提供了智慧途径，也为世界许多国家和地区解决类似问题提供了实例。香港回到祖国怀抱，洗刷了百年民族耻辱，是彪炳中华民族千秋史册的不朽伟业。

面对这样一个对世界政治具有重大影响的事件，作为与香港地理相通、人文相融、血脉相连的东莞，自然也举办了一系列活动，迎接香港回归，其中最引人注目的一项就是声势浩大的“虎门大桥万人行”。这次活动组织了东莞市各机关、团体代表，在莞投资的港商、台商以及外商代表，市民代表，外来务工人员代表，友好城市代表等共三万多人，分两天从虎门大桥步行通过，以此表达对香港回归的期盼和兄弟团圆的喜悦之情。

虎门大桥跨珠江口东西两岸，全长 15.76 千米，主跨 888 米，中国第一，副跨 273 米，世界第一。它是当时中国规模最大的公路桥梁，也是中国首座加劲钢箱梁悬索结构的桥梁。

时任国家主席江泽民亲笔为它题写了“虎门大桥”四个大字。它的通车，被视为广东人民献给香港回归的重要贺礼。

东莞电视台对这次活动相当重视。首先考虑的是，能否进行全程现场直播。现场直播，是指在新闻现场把新闻事实的图像、声音及记者的采访等转换为广播或电视信号直接发射的即时播出方式，就新闻事件来说，它也是报道方式的一种。

1925 年，英国人贝尔德发明了机械扫描式电视摄像机和接收机，并在伦敦一家商店向公众作了表演，被认为是试验性的现场直播。十年后，在柏林电视台开业仪式上，德国国营广播公司首次使用了电视转播车，这被认为是世界上最早的电视转播车。2003 年 3 月 20 日开始的美国对伊拉克战争，是人类历史上首场被电视直播的战争，被称为“既是战争的奇迹，也是电视的奇迹”。

中国第一次成功地进行现场直播是1958 年6 月19 日，当时的北京电视台直播了一场篮球比赛。同年 8 月，中国研制出了第一辆电视转播车。此后从 4 通道、6 通道到 10 通道，从黑白到彩色，从电子管、晶体管的模拟电视转播到全数字电视转播，现场直播逐步走向成熟。

现场直播以其极强的时效性和现场感，受到各个电视台的热烈追捧。但同时也因其技术复杂、设备繁多、协调困难，存在着巨大的播出风险甚至政治风险。所以，现场直播水平一直是衡量一个电视台综合实力的重要指标。

当时的东莞台处于初创时期，并没有转播车。台领导组织技术人员，因陋就简，自己组装。他们用一个小型切换台、一个调音台，接上几路视频信号就搭建了一个直播平台，与播出机房相连，就可以实现二次切换。就是用这样的简易装备，居然完成了多次现场直播。

但这次活动，主会场在莞城，活动现场却在虎门。如果采用现场直播，无论是设备还是信号传输都存在极大的播出安全隐患，最终决定采用录播的方式。但即使是录播，要求也很高，就是完全按照直播的要求进行录制。这样既保证了播出安全，又进行了实战锻炼。

四月的虎门，江风浩荡。虎门大桥高大的桥墩耸立在珠江之畔，粗实的钢缆灵动轻盈，姿态舒展，宽阔的主桥如长虹卧波，横跨东西。大桥两侧，悬挂着以迎接香港回归为主题的巨幅标语。沿途彩旗招展，鲜花漫舞。现场的醒狮舞、麒麟舞、飞龙舞，在激越的锣鼓声中，辗转腾挪，热烈奔放。参加“虎门大桥万人行”活动的人群，在队标和队旗的引领下，兴高采烈，有序入场。

十时整，主礼官就位，他环视了一下四周，酝酿了一下情绪，提高了嗓门：“现在，我宣布，虎桥大门万人行，正式开始!”

现场可能没有人注意到，因为太过兴奋，主礼官竟然把“虎门大桥”说成了“虎桥大门”。当然，这丝毫没有影响人们的兴致，所有的队伍按照既定的顺序，怀着满腔热情，沿着大桥，豪迈地行进。

我们的直播式录制也按计划进行，当然，计划之外的“虎桥大门”也被忠实地记录了下来。

快两个小时了，预定的时间快到了，意外情况却出现了。因为参加活动的人太多，现场调度困难，造成拥堵。再加之不少人在大桥中间停下来照相，影响了队伍行进的速度。按照当时的进度估算，至少还要一个小时，队伍才能完全通过。要么，按预定的时间准时结束录制，但很多参加活动的队伍不会在录播的资料中呈现，留下遗憾。要么，延长时间，让队伍全部通过，使活动得到完整录制。

经过紧急磋商，最后决定，延长时间。但这样就带来另一个问题，原来准备的解说词不够用，怎么办?

录播团队在现场搭建了一个小型的切换台，我被安排在3号机位，主要负责现场左侧的中景。

忽然，听到现场指挥大声道：“叫阿龙!”

听到有人叫，我便屁颠屁颠地跑到现场指挥面前。

“你来写，现场写，现场播，长度大概个把小时吧。”现场指挥不容分说：“快点准备!”

我来东莞时间不长，因为面相老实、言行诚实、身材结实，绝大多数情况下被安排在摄像岗位。这次突然要我写稿，而且是现场写，我心里感到十分意外，却也丝毫不敢怠慢。我环顾四周，在大桥左侧的斜坡上，正好有一棵高大的榕树，树下有一块比较平缓的大石头。于是，我急忙爬将上去，以石为凳以膝为桌，开始了我人生中第一次也是唯一一次现场写稿、现场播报的挑战。

现场指挥还算了解我，立即叫人搬来一箱啤酒，以示对我的安慰。

此前，我在3号机位时，从耳机里能够监听到解说内容，知道前面的解说对虎门大桥本身已介绍过许多遍了，而现场除了人群、笑脸和鲜花之外，实在是没什么可说的。接下来，如何填满那一个多小时的时间呢?

四月的东莞，天气已经很热了。我一口气吹完一瓶啤酒，站在山边，痛快地喷出一个长长的酒嗝，挥起衣袖，擦了一把汗水。抬眼望去，珠江口江涛奔涌，樯桅林立，大桥巍峨，气贯长虹。我想，如果从东莞与香港的历史、经济以及人文联系入手，便可极大地拓展现场空间，进一步突出活动主题。再在每一个段落中间穿插一些现场描述，又不完全脱离现场，便可丰俭由人、收放自如。如果这样，不要说个把钟头，就是半天甚至一天我都有话说。我自认为，这应该是个不错的构思。

"快点，等着呢！"我还没完全想清楚，就听见现场指挥大声催促。

于是，我挥笔疾书："东晋咸和六年，香港曾隶属于东莞郡的宝安县。据说，香港的名字就源于被誉为'香之君子'的莞香……"

"当时的上等莞香，价钱非常昂贵，甚至可以同黄金比价。莞香兴旺之时，大宗产品从九龙的尖沙嘴（亦称尖沙咀）下船，然后被运往港岛西南部的海湾，之后再装漕船北运。作为莞香的转运港，香港之名由此而来……"

才写了半张纸，现场指挥又来人催，还又打开了一瓶啤酒。

"催命呢，先拿去吧！"见催得太急，我直接把那半张纸递给来人，另外打开一张纸接着写："屈大均在《广东新语》中说：'香市，在东莞之寮步，凡莞香生熟诸品皆聚焉。'这里的寮步，指的就是现在的东莞市寮步镇……"

就在此时，我一抬眼，远远望见大桥上"寮步人民深切盼望香港回归祖国"的大幅标语正缓缓向我走来。我知道，这是寮步代表队。这正契合了我的解说："寮步香市与广州花市、廉州珠市、罗浮药市并称广东四大市场。"

与我的判断相同，这段话送过去的时候，寮步代表队正好赶到，现场与解说实现了完美同步。

"近些年来，寮步镇大力弘扬莞香文化，正在努力恢复牙香一条街，打造全国最大的沉香交易市场。这些工程得到了香港同胞的大力支持。"

通过这样的叙述，就自然过渡到了东莞与香港密切的经济联系上："改革开放以后，最早来东莞投资的是香港同胞。诞生于东莞虎门的全国第一家'三来一补'企业就是香港同胞投资的。目前，在东莞投资的企业中，65%是香港同胞……"

自从来到东莞，成了"新莞人"以后，我吃在东莞喝在东莞，当然也要了解东莞，尊重我的第二故乡。因此，我闲时也翻一翻东莞的历史。作为一名记者，对于香港回归这样重大的历史事件，我和所有的东莞人一样，格外关注，平时也积累了一些素材。最关键的是一开始我就确定好了基本思路，因此，写起稿来比较顺利。当然，啤酒的滋润也是相当重要的。

虽然没有时间修改，由于思路明确，我确信稿子不会有大的问题。不一会儿，十几张写得龙飞凤舞的稿纸便送到了切换台。正想喘一口气时，那送稿的兄弟“咣当”一声，又开了一瓶啤酒，啤酒的泡沫花儿从瓶口喷涌而出。从我坐的方向望去，那酒花与珠江口的浪花似乎融为了一体。透过那酒花，一条写着“‘小香港’与大香港共迎香港回归”的标语在人群中时隐时现。所谓“小香港”指的是东莞的樟木头镇，这又给了我将思路从莞港经济转向活动现场的契机：“很多香港同胞在樟木头镇居住，却在香港上班。据有关方面统计，全省在香港销售的住房，有六成来自我市的樟木头镇，总共约有十五万香港同胞在樟木头投资置业……”

不知是平时积累了知识，还是现场激发了胆量，抑或是啤酒点燃了豪情，我感觉整个过程似乎驾轻就熟、游刃有余。

活动渐渐进入了尾声，最后只要来个激越高昂的结尾，稿子就可以完美收工。我侧了一下身，想活动一下身子，哪知道，在我脸颊上酝酿了很久的一串汗珠倏然滑下，滴在纸上。不一会儿，那串汗珠就把白纸溶出了一个小指头般大小的小洞，像极了一个弹孔。我忽然觉得那小洞和弹孔就是一组极漂亮的转场画面：纸上的小洞叠上一个弹孔，就可以自然地转到一个战争场景，实现两个段落之间的顺畅过渡，谓之为相似性转场。

傲然屹立的虎门大桥，与不远处的威远炮台遥相呼应。它的脚下曾是鸦片战争古战场，在那场战争中，我们失去了包括我的土家族老乡陈连升将军和他的长子在内的数千热血男儿的生命，我们失去了香港。

1841 年，英国强占香港岛后，道光皇帝在祖训“凡失寸土者，不得入太庙”的巨大压力之下，曾下了几十道谕旨，试图武力收复香港，均以失败告终。北洋政府时期，在 1919 年的巴黎和会和 1921 年的华盛顿会议上，中国代表据理力争，亦无人理睬。

今天，只有在今天，强大的中华人民共和国才有能力对香港恢复行使主权。

想到此，我眼眶一热，奋笔而书："东南亚一家华文报纸的评论这样写道'是我的，就必须还回来，乖乖地还回来'……"

这个手法用得比较精巧，其情与理、藏与露、张与弛都把握得恰到好处，轻一分不够，重一分则过。后来，中央电视台在对香港回归的直播节目中也用了这个写法。当最后一任港督彭定康离开总督府时，央视的解说是："历史是不会在原地转圈的……"评述精当，意韵深远，令人叫绝。

传统上，港督卸任时，会乘着座驾在总督府前绕圈三周，期望着将来重临旧地，但彭定康的座驾只绕圈两周便离开了。当年曾在牛津大学贝利奥尔学院主修过现代历史的彭定康，比谁都更加清楚，无论如何留恋，他再也不会以港督的身份重游这个地方了。因为，历史的车轮滚滚向前，无人能够阻挡。

"再过几个月，历史将证明，伟大的中华人民共和国，不战而屈人之兵，以非战争方式捍卫国家领土完整和主权独立，彰显出让世人叹服的大国风范和东方智慧的魅力……"

整个结尾，铿锵有力。录播结束后，现场指挥笑眯眯地拎着啤酒，一路小跑过来给了我一个男人式的有力拥抱，与我连干了三瓶。

就这样，在那浩浩江风之中，我圆满地完成了来莞后的首秀。也许，正是那一箱啤酒，点燃了我的全部才情，激发了一个匹夫的家国情怀，让一个小记者在驾驭重大主题方面表现出了十分难得的全球视野、历史眼光和政经语态。活动圆满结束了，但我不知道，那解说词是否圆满，其义理、情怀、辞章、逻辑和分寸，是否担当得起这个主题和这个活动。

就是在这里，啤酒点燃了我的全部才情，成就了我的现场首秀。

春天的故事

——访叶旭全、王佑贵

解说：这是一个春天的故事，这是一首春天的颂歌。在这首歌里，我们感受到了春雨一样的诉说、春风一样的细腻、春潮般涌动的激情、春雷般宏大的气势。

（现场：叶旭全演唱歌曲《春天的故事》片段）

解说：带着对春天的热爱、对伟人的爱戴，我们采访了这首歌的词作者叶旭全先生和曲作者王佑贵先生。

叶旭全：深圳，从边陲小镇跨入现代化的大都市，上海浦东迅速崛起，还有我们东莞塘厦，马路两边的房子，全是城市，哪里看得出农村的样子。还有珠江三角洲，等等。

解说：词作者出生于东莞市石排镇，又供职于曾设在东莞塘厦的东深供水局。同 143 万东莞儿女一样，他们更早更多地承受了改革春风的爱抚，更深刻地感受到改革春雨的甘甜。情之所至，不能不发。

叶旭全：我们生活在改革开放的前沿之地，从我们自身对生活的感受和体会来看，改革开放带来的变化确实非常巨大，人民的生活水平得到很大的提高，整个国民经济得到迅猛发展。心中一直有创作的冲动，想表达对生活的热爱，对改革开放带来的成就的赞美，特别是表达对我们国家改革开放的总设计师邓小平同志的爱戴。

（现场：歌曲《春天的故事》片段：1992 年，又是一个春天，有一位老人在中国的南海边写下诗篇……）

解说：叶旭全与另一位词作者蒋开儒以其独特的洞察能力和深厚的艺术功底，敏锐地捕捉住了这一重大主题。

叶旭全：小平同志几次到广东，都是春天来的。他发表的南方谈话，结束了我们国家理论界很多模糊不清的争论，比如“姓社姓资”的争论。他的南方谈话发表后，我们国家改革开放的步子更大了，人民的生活水平逐步提高，我想，用春天来形容是再恰当不过的了。

（现场：歌曲《春天的故事》片段：春雷啊唤醒了长城内外，春晖啊暖透了大江两岸……）

解说：春天是灿烂的季节，是生命的季节。于是，春天的故事呼之欲出，百万东莞人民、亿万中国人民的心声呼之欲出。

在这里，作者抒发的是对美好季节的赞美，更是对我们祖国历经坎坷，终于迎来了改革开放这个历史春天的祈祷与祝福。

叶旭全：这首歌写改革开放，歌颂小平同志，但我们创作的时候，当时，我们选择了两个特定的历史时段，一个是1979年，一个是1992年，特别是1992年。用这两个时段来归纳形容历史的变化，这是一个。第二个呢，就是我们在写小平同志的时候，没有直接说小平同志什么样子，而是用了恰如其分的老百姓可以接受的非常亲切的一个形象，那就是一个老人。1979年，那是一个春天，有一位老人在中国的南海边画了一个圈。

解说：老人，这是一个朴实而又深情的称呼，它包含了亿万中国人民对小平同志发自内心的爱戴。老人，在这里昭示的是一种老骥伏枥、志在千里的博大胸襟，一种鞠躬尽瘁、死而后已的感人情怀。

王佑贵：当时我拿到叶旭全和蒋开儒写的这个歌词，心里非常不平静。我想要写出一个歌颂领袖的好作品，必须要有一个好的主题，首先要考虑怎么塑造好他这样一个音乐形象。为了避免以前写人的过程中的个人崇拜，我选择了一个比较亲切、比较平和的一种音乐语调，来确定这样一个音乐主题。于是，我用了这样的一个音乐动机。

（现场：王佑贵奏唱《春天的故事》片段：1979年，那是一个春天……）

王佑贵：很平和的，就像跟一群人在说一个故事，就是有这么一回事，娓娓道来。写到中间部分的时候呢……

（现场：王佑贵奏唱《春天的故事》片段：啊中国，啊中国……）

王佑贵：这就是非常有感慨的。中国富起来这个变化，确确实实是靠我们改革开放的总设计师邓小平同志带来的。特区、广东乃至全国经济为什么确实有了一点新的起色呢？为什么一部分人先富起来了呢？靠的是什么？靠的是小平同志的理论。为了歌颂小平同志的丰功伟绩，为了表达这份情义，所以呢，这个地方我们是非常有感触的。

（现场：王佑贵奏唱《春天的故事》片段：啊中国，啊中国……）

王佑贵：是非常深远、非常深情的，你迈开了气壮山河的新步伐，走进万象更新的春天。所以小平同志的音乐形象是由一个动人的讲述故事的音乐主题和一个很有感慨的情调共同塑造的。另外一个就是小平同志的音乐形象，嗦拉嗦咪，嗦拉嗦来，这两个东西相结合而成。这个作品完成以后，我觉得还是不够分量，少了一个东西，少了一个人民群众拥戴自己的领袖的主题，于是，就有了这个东西。

（现场：王佑贵奏唱《春天的故事》：春天的故事，春天的故事，难忘的春天，啊，春天的故事，啊……）

王佑贵：一个人民群众拥戴的主题和小平同志的形象水乳交融，就达到了艺术形象的完美统一。

（现场：《春天的故事》片段：春天的故事，难忘的春天，啊，春天的故事……）

解说：黄钟大吕，气势如虹。是激情的宣泄，是心灵的震颤。对邓小平音乐形象的深刻把握与对邓小平人格力量的由衷崇拜，打开了音乐家们的灵感之门。于是，一首关于春天的世纪绝唱诞生了。

（现场：《春天的故事》片段：春天的故事，难忘的春天，啊，春天的故事……）

王佑贵：听到小平同志逝世的消息，我的内心非常难过、非常悲痛。我跑到大堂，也是这里，就在这个大厅，也是这台琴，就专门弹这个曲子，弹这个旋律，我也不知道弹了多久。小平同志的人格力量，永远感染着我，永远激励着我。

解说：那天，大厅里围满了相识或不相识的人们，没有鲜花，没有掌声，只有悲怆的琴声在大厅里回荡，在人们沉痛的心间久久缠绕。

作曲家说，这是一首他熟悉得不能再熟悉的曲子。但这次，却是他弹奏得最好同时又是弹奏得最差的一次。数十年的艺术生涯，他能够演奏世界上所有的名曲，却弹奏不出此时此刻心中的悲伤。他能用音符准确地表达出人世间最复杂、最动人的情感，却表达不出此时此刻他对一位老人、一位世纪伟人的深深怀念。

在春天里，这位老人，他带着祖国和人民的重托，坚定地走来了，指点江山，设计蓝图，带给人民富裕。

在春天里，这位老人，他带着对祖国和人民的挚爱，静静地走了。但他在春天里播下的种子，必将带给祖国和人民一个金色的秋天。

（现场：《春天的故事》片段：春雷啊唤醒了长城内外，春晖啊暖透了大江两岸……）

（现场：叶旭全、王佑贵共同奏唱，并与歌曲合：啊中国，啊中国，你展开了一幅百年的新画卷，你展开了一幅百年的新画卷，捧出万紫千红的春天……）

解说：这是一个春天的故事，这是一首春天的颂歌，这是时代的强音，这是人民的心声！

拥抱春天

1997 年 2 月 19 日晚，一代伟人邓小平走完了他生命的最后一程，享年 93 岁。

邓小平是伟大的马克思主义者，无产阶级革命家、政治家、军事家、外交家，是邓小平理论的创立者，“改革开放”“一国两制”的倡导者，党的第二代中央领导集体的核心。

噩耗惊人寰，泪雨洒江天。老人走了，披着世纪的风云，携着历史的烟尘走了，走得那么安详，走得那样从容。

四川省广安县协兴乡牌坊村，是邓小平的出生地。两名石匠用四尺多长的大青石刻制了一块石碑，立在邓小平故居的大门前，上面工工整整地刻着隶书“邓小平同志永垂不朽”9 个大字，落款是“协兴乡亲”。

广安地委办公大楼上悬挂着故乡人民送给小平的巨幅青纱挽联：“日星隐曜青山垂首九州儿女恸悼世纪巨擘，风月潜形碧水无言十亿尧舜矢志千秋勋业。”

2 月 20 日清晨起，新华社香港分社下半旗志哀，设灵堂接待前来吊唁的香港各界人士和在港外国友人，以表达他们对邓小平的无比崇敬和深切悼念之情。时任全国政协副主席安子介、香港特别行政区行政长官董建华站在邓小平遗像前三鞠躬。香港各界人士和外国友人 1 000 多人前来吊唁，150 多个团体和个人送来花圈。

世界各大主流媒体对邓小平的逝世给予了极大的关注，世界最具权威的时事周刊《时代》对邓小平给予了最高的尊敬。

邓小平曾经八次登上《时代》周刊，两次获得周刊年度人物，这在中国仅次于毛泽东主席。

从 1927 年起，《时代》每年都会评选当年的年度人物，其评选的宗旨是“选出对新闻和人们生活影响最为重大的人”，并在岁末以双周刊的篇幅介绍、评价当选的年度人物。

东莞是改革开放的先行之地，在改革开放伟大历史进程中起步最早、受惠良多、感受尤深。东莞电视台作为本土主流媒体，除了转播上级台的相关节目、报道常规的悼念活动以外，当然应该有一些自己的动作，来向这位世纪伟人致敬。

在策划会上，一位来自陕西的尚记者提出，采访著名歌曲《春天的故事》词作者之一的叶旭全以及曲作者王佑贵，制作一期专题节目比较合适。这个建议当即获得批准，并指定我担任撰稿和摄像。

《春天的故事》以歌颂改革开放、歌颂邓小平同志为主题，是那个时代所有中国老百姓耳熟能详的歌曲，还曾作为大型电视文献纪录片《邓小平》的主题歌，使人心灵震颤，长久思忆。歌曲写法通俗亲切而又充满生活气息，比喻清新贴切而又意韵悠长，既有史诗般的气势，又有牧歌式的深情，感人至深，影响广泛。

叶旭全是东莞石排人，时任东深供水局局长。我和尚记者商量，整个采访过程中，着眼于先行之地的东莞人、时代颂歌的创作人这一重合点，将宏大主题根植于东莞本土特色之中，这才具有个性。

经过几个回合或直接或间接的沟通与协调，作为东莞老乡的叶旭全表示很高兴接受采访。而且他还说，曲作者王佑贵也正好在东莞，如果需要，也可以接受采访。

一切都如此顺利，但具体如何实施却还没有一个头绪。拍成专访？拍成专题？以人物为主？以事件为主？我和尚记者心里都没有底，最后两人唯一的共识是：先拍了再说。

采访是在塘厦的一间酒店进行的。对叶旭全的采访，以酒店外面的建筑为背景，以歌词的创作过程为重点。同时，拍摄一组词曲作者一起接受采访的画面。由于当时叶旭全公务繁忙，给我们的时间有限，我们便先采访叶旭全，然后采访王佑贵。叶旭全多次接受过类似的采访，经验十分丰富，我们只用了不到一个小时，便完成了对他的采访。

当时的王佑贵，因为《春天的故事》而誉满天下，人气正旺。但他对来自东莞台的我们所表现出来的尊重与谦和，让我们很受感动。与王佑贵的访前沟通非常顺利，因为此前我们也做了一些功课。

王佑贵是湖南人，与中华人民共和国同龄。他15岁高中毕业后，凭着吹得一手好竹笛而考上县文工团任演奏员。“文革”中因为文工团解散，又回到生他养他的小山村。1978年，他考入湖南师大艺术系，毕业后留校任教，在此期间写下了脍炙人口的《长大后我就成了你》。1988年进中央音乐学院作曲系深造，创作了《哥哥把你拴在心头》。次年南下，任深圳企业家艺术团总监。当我们聊到王佑贵的这些情况时，他对我们的敬业精神表示出了惊讶和感谢。

那天，王佑贵身着一套靓蓝色西装，打着浅红色领带。他天庭饱满，双目有神，戴着一副黑框眼镜，显得儒雅倜傥。一头长发，梳得自然飘逸，很有艺术家风范。宽厚坦荡的脸上，写满了幽默和睿智。

我们将采访现场选在酒店国际会议厅前面的一个小厅里，这里刚好有一台施坦威三角钢琴。两株鲜艳的三角梅伴着两棵苍翠的柏树立在两边，前面围着一圈金黄色的盆栽野菊，烘托出一种春天的气息，与采访主题非常契合。

王佑贵走到琴边，脱下了西装，熟练地掀开琴盖：“这可是一台好琴，五十多年了，它的声音一点没变。施坦威公司被公认为现代钢琴制造业的奠基者，以‘制造世界最好的钢琴’为宗旨。他们制造的琴，是世界顶级钢琴家或者世界顶尖钢琴比赛用琴的首选。”

我拉开架势，扛机上肩，比画了一个“OK”的手势，王佑贵便迅速进入了状态：“1992年，小平同志视察南方，这是一件对中国乃至对世界都具有深远意义的大事件。当时，报道这个事件的著名通讯《东方风来满眼春》，也被认为是新闻界在思想解放中的一个重要事件。这首歌的创作灵感，当然也受到了那篇通讯的启发……”

很显然，作为知名作曲家的王佑贵多次接受过类似话题的采访，他知道记者想要什么。

“我拿到歌词以后，认真读，反复读，读着读着，感觉就出来了。我找到了适合老百姓平和心态的音高，它不是唱歌，而是说话，这就奠定了这首歌平实的叙事风格……”

我发现，王佑贵不仅是顶尖的作曲高手，而且还极具表演天赋。这两段话虽然有点长，但语意连贯，逻辑严谨，层次分明，一气呵成，让我不忍关机。

“你看它的前奏比较长，模仿的是春雨的嘀嗒、小溪的细语，同时用空灵的女声反复咏唱‘春天的故事’，构造出音响背景，渲染着乐曲主题，烘托出音乐形象。然后，一幅改革开放的画卷徐徐展开，一个划时代的事件和伟人的形象重现眼前……”

就在此时，我突然感觉到，必须用长镜头，用运动长镜头，一镜到底。我用余光扫视了一下现场环境，在脑海中迅速设计出场面调度的大致方向。

在当时，我们的电视理论几乎是完全照搬电影的方法和理论。1920 年，俄国电影大师库里肖夫做了非常有名的“库里肖夫效应”实验。他用一把对准镜头的手枪、微笑的脸、惊恐的脸三个画面，通过不同的组接方式，创造了“懦夫”和“好汉”两种完全不同的心理效应，再一次验证了爱森斯坦的蒙太奇理论。

蒙太奇手法极大地拓展了电影创作的时空，使电影的表现力具备了无限可能。由俄国著名导演爱森斯坦执导的《战舰波将金号》，其中的“敖德萨阶梯”一段，用了 140 多个镜头，形成一个特长的蒙太奇段落，产生了极强的视觉冲击力和艺术震撼力。其实，敖德萨阶梯并不长，但是爱森斯坦将不同方位、不同视点、不同景别的镜头反复组接，扩大了阶梯的空间。这种空间的变形，渲染了沙皇军队的残暴，给观众留下了无法磨灭的深刻印象。

从此，这种组接视觉形象的手段，被视为电影艺术的本性、电影的基本叙事语法，也被笼统地归入蒙太奇中。正当大家都沉浸在蒙太奇给电影创作所带来的喜悦时，一个叫巴赞的法国人却提出了与此截然相反的长镜头理论，公开向经典挑战。

“二战”结束的时候，不到 30 岁的巴赞，不仅热情大方，而且精力旺盛。他到处看电影，看完了不过瘾，就在各种电影院、俱乐部甚至是电影工厂和别人侃电影。侃电影不过瘾，他就给杂志写影评。稿子不被采用，他就自己办了一份杂志，叫《电影手册》。1945年，他发表了《摄影影像的本体论》，奠定了现实主义电影的理论体系。特吕弗、戈达尔、侯麦等一批世界级导演成为他的崇拜者，并把他的理论实践于银幕，为电影带来真实美学的新气息。

巴赞英年早逝，一生中没有拍过一部电影，但这并没有妨碍他成为世界伟大的电影评论家和理论家，并被奉为法国战后现代电影理论的一代宗师、“电影的亚里士多德”。特吕弗将巴赞奉为自己的精神之父，特意将自己的处女之作、新浪潮的开山之作《四百击》献给了巴赞。

长镜头在我国的运用，最初出现在20世纪90年代初的纪录片《望长城》《押运兵》等，后来又在《中华之门》等纪实性纪录片中被广泛运用，渐臻成熟。长镜头所呈现出的连续发生、真实记录、无法篡改的纪实美和现场美，深深地吸引了观众。

其实，蒙太奇与长镜头只不过是电影表现手段的两大形态，就像电影和电视一样，它们既不是水火不容，也不可能相互取代。关键是要看表现对象，有的对象适合蒙太奇，有的对象适合长镜头。也就是说，我们既要认识到电影的“照相本性”，也要看到它的“艺术特性”，二者是辩证统一的。

王佑贵的表演已入佳境：“小平同志曾说过‘我是中国人民的儿子，我深情地爱着我的祖国和人民’。我想尽可能地结合感人肺腑的歌词，来构造亲切舒缓的旋律，既表现出百姓对领袖的衷心爱戴，也表现出领袖的个人魅力和博大情怀。”王佑贵边说边弹，激情澎湃：“这里面有两个重要的音乐形象，一个是邓小平的领袖形象，一个是拥戴领袖的老百姓的音乐形象。我综合运用音区、音色、音调以及调性的对比，尽可能立体化地塑造出这两个形象，并让它们交替出现，增强作品的艺术感染力……”

此时，我的运动长镜头已经移到左边的柏树前，并以树边上的两枝三角梅为前景，正面拍摄王佑贵。他微微抬起头，双眼凝视远方，无限深情地演唱：“啊，中国，你迈开了气壮山河的新步伐，你迈开了气壮山河的新步伐，走进万象更新的春天……”镜头慢慢地拉出来，画面又呈全景展开。

在整个拍摄过程中，推拉摇移升降交替使用，全中近特多种景别依次呈现，握机稳定，构图饱满，角度多样，景深恰当，运动舒缓，过渡平顺，变化有致，不仅精准地记录了王佑贵或讲或唱的精彩内容，而且恰到好处地配合了他极其丰富的情绪变化，完成了一次我自认为完美的无剪辑拍摄。

就所有的中国人而言，邓小平亲自设计的改革开放的国策，让老百姓富了起来。就我和王佑贵个人而言，正是这个英明的国策让我们从山沟沟里走了出来。1977年恢复高考，唤醒了我们内心深处的激情与渴望，沉睡的梦想找到了放飞的方向。1982年，我们不约而同地从各自出生的小山村出发，他赴武汉音乐学院深造，我去湖北民族学院求学。后来，他到了深圳，我到了东莞。虽然他是才华横溢的大艺术家，我只是走街串巷的小记者，但在那一刻，我们都激荡着一种相同的情怀：对邓小平的感恩、对时代的感恩。他用音乐形象，我用视频形象，他用音乐语言，我用画面语言，方式不同，方向相同。情感的洪流从真诚的内心喷涌而出，沿着相似的经历所构筑成的河道，奔向同一个方向：对伟人邓小平的敬仰和赞颂！

在采访结束后，王佑贵紧紧握住我的手说："你很敬业，也很专业。"听到他如此高的评价，我居然有些激动："惭愧，向您学习！"

这次采访，最初是以《〈春天的故事〉背后的故事》为题，在播出时标题用的是《春天的故事》。片子完成后，连续一周，反复重播。我们用自己的方式，表达了对世纪伟人邓小平的无限怀念、无限崇敬之情。

片中我那个长镜头的时长为2分46秒。

在电影史上，有许多经典的长镜头。讲述英法联军敦刻尔克大撤退的电影《赎罪》，有一个长镜头4分27秒。而长达96分钟的电影《俄罗斯方舟》极其夸张，全片居然只用一个镜头来完成。在圣彼得堡美术博物馆中，摄影机在导演的精确制导下运动了两公里多，从古装到时装，800多名演员的动作精准无误，一气呵成，成就了世界电影史上不朽的传奇。

当然，它们都是电影，可以根据剧情的需要，进行严格的排练、精巧的设计和精准的调度。

纪录片《下山的路》讲述的是一个小山村修路的故事。片中多次运用长镜头，其中农民杨建林吹唢呐的镜头从脸部特写开始，综合运用机位和景别的变化，连续呈现村民们期盼的眼神、手上的血泡、吸烟时的无奈，再到荒凉的远山。画面中没有语言，没有更多的人物动作，背景音是苍凉起伏的唢呐声和山谷中悠长的回音。

与电影不同的是，纪录片不允许人为地干预生活，不能有摆拍和表演的痕迹，必须是原生态式的呈现。在这种情况下，能把长镜头用好，其难度要远远高于电影。

有人说，艺术创作靠的是灵感。而我认为，除了灵感以外，还要看机缘。正是得益于王佑贵的出色表演这个难得的机缘，才激发了我的全部创作才情，成就了我摄像岗位上的得意之作。回望我的职业生涯，“边设计边施工”式的拍摄经常干，但这次在灵机一动的状态下居然成功地完成了长镜头拍摄，这是绝无仅有的一次，因而特别难忘。

两个大艺术家与一个小记者，共同表达了对世纪伟人的感恩和敬仰!

残疾姑娘圆了三个梦

解说：有一位残疾姑娘叫卢巧玲，她有三个梦想：用电脑写作，自主行走，开一间书店。

1996 年初，东莞市《莞城文化报》上一篇历史小故事的作者介绍栏，引起了不少人的注意。人们不敢相信，文章的作者卢巧玲，竟然是一位没有上过一天学堂的高位瘫痪的残疾姑娘。

在第六个全国助残日到来之际，记者在民政部门工作人员的带领下，来到了东莞市东坑镇东坑管理区石狗村。在这间烟熏火燎、没有窗户的破旧老屋里，这位用一张小木凳支撑身体、半卧半躺在床上艰难地加工首饰盒的姑娘，就是卢巧玲。

24 岁的她，在未满周岁时，因为一场高烧落下了残疾。她从懂事的那天起，就记得父亲背着她，奔走在漫漫的求医之路上。为了给她治病，家中变卖了一切值钱的东西。

因为她连坐都坐不起来，所以没有能够走进学堂。是她哥哥的一番话，给了她生存下去的勇气。哥哥对她说，你想学习，我教你。你这么聪明，将来一定会有出息的。从十岁起，哥哥用过的教科书就成了她自学的启蒙读物。为了贴补贫困的家庭，她坚持加工首饰盒，每天从早到晚地干，赚上几块钱，然后再利用晚上的时间进行自学。功夫不负有心人，十几年间，这位身残志坚的姑娘，不但完成了初中的文化知识学习，还参加了中文大专班的函授自学，并以优异的成绩结业。这几年，她在省市报刊发表的作品就有十多篇。

她的字里行间，透出了百折不挠、敢于向人生挑战的勇气。

但是，不幸的命运依然笼罩着这位身残志坚的姑娘。几年前，与她朝夕相处的父亲离开了人世。以前，她还可以趴在父亲的背上去看看外面的世界。现在，她只能把床挪到门边，感受着日出日落、月明星稀。

（专题片《卢巧玲的故事》片段）

解说：是学习，是知识，给了她生活下去的勇气，并给她指明了人生的方向。

记者：你认为，残疾人应该有一种什么样的生活方式呢？

卢巧玲：主要是不要自卑，学习一点知识，自己能做的事就自己去做，不要麻烦别人。

（专题片《卢巧玲的故事》片段）

解说：记者第一次采访她时，她竟然一口气说出了人生中的三个梦想，一是能用电脑进行写作，二是自主行走，三是能开一间书店，在为大众服务的同时，自食其力。然而，这些愿望对她来说，好比天上的星斗，美丽而遥远。

一石激起千层浪，东莞电视台播出专题片《卢巧玲的故事》之后，引起了社会各界的强烈反响。从政府部门到各界群众，纷纷对这位残疾姑娘表达了关爱之心。

记者：这条丝巾怎么回事？

企业员工：当时我们去买棉被的时候，那售货员一听我们是买东西送给卢巧玲的，就送了一条漂亮的丝巾给我们，让我们转交给卢巧玲。

解说：就在东莞电视台播出专题片《卢巧玲的故事》之后，东莞市石龙人民医院派专人给卢巧玲送去了电脑，并教会了她五笔输入法等技能。卢巧玲实现了她的第一个梦想——用电脑写作。

路特仕石油中国总代理梁思本先生，将从东莞电视台录下的专题片《卢巧玲的故事》复制了几十份，寄发给路特仕在全国的40多个代理处，发动全体员工学习卢巧玲姑娘自强不息的精神，并开展助残募捐。此后，又通过越洋电话，与公司本部联系，购买了一台价值七万台币的电动轮椅车。

1997 年 1 月 10 日，梁先生亲自将轮椅车连同衣被等用品送到了卢巧玲的家中。卢巧玲在梁先生手把手的教导下，很快就能自如地行走，无论是到焕然一新的床头边，还是到写作的电脑桌前。看到卢巧玲脸上那灿烂的笑容，周围的人都感到无比欣慰。

梁先生即兴写下一副对联：莫怨身残，天生我材必有用；但求志坚，地泽良苗定成材。卢巧玲实现了自主行走的梦想，用她自己的话说，这感觉，就像笼中的小鸟飞向了万里碧空。

卢巧玲：唯一的希望就是能够自立，只要能够养活自己，就是最大的希望。

记者：你想通过什么样的方式实现自食其力的愿望呢？

卢巧玲：比如，我现在学会了电脑，很想能有一个铺位，能够为一些打工者打印一些东西。

记者：你原来想的那个书屋还想不想办呢？

卢巧玲：想啊，很想啊！

解说：卢巧玲的第三个梦想是开一间书店，用自己的能力来服务社会，社会各界千方百计来帮助她实现这个愿望。卢巧玲所在镇的民政部门和管理区协调，为卢巧玲调剂出一个门店，并进行了装修，又帮她办妥了经营执照。当地邮电分局为她安装了一部专为残疾人咨询服务的“巧玲热线电话”，这一切都是免费的。

为了让巧玲经营好这间小书店，东莞市新闻出版局分两批为她赠送了价值两万多元的书籍，并免费为她办妥了书报刊零售出租许可证和印刷业许可证。

长期热心社会公益事业的东莞市天海实业发展公司董事长张坤，用一万多元购买了一台复印机送给了卢巧玲，以解决小书店经营单一的困难。

东莞三叶电业公司也给她送来了慰问金和一台彩电。

1997 年 7 月 14 日，巧玲书店终于开张了。庆贺的鞭炮声划破了小镇的寂静，坐在轮椅上的卢巧玲穿过鞭炮的余烟，走进了属于她自己的书店。至此，当初卢巧玲告诉记者的那天方夜谭式的梦想，如今在社会各方面的共同帮助下，都一一变成了现实。

卢巧玲妈妈：万分感谢，我都不知道怎么感谢大家！

记者：此时此刻，是一种什么样的心情？

卢巧玲：是百般滋味在心头，因为这个书店我已经想了很多年了，今天终于搞好了，我非常兴奋，而且也感到压力很大。因为这是在社会各界的帮助下建起来的，做得不好，就对不起大家了。不过，我一定会去尽力做好的，以报答社会各界和各级政府的关心。

解说：卢巧玲告诉记者，巧玲书店的开张，使她走出了封闭了25年的老祖屋。她在这个新的环境中，将会结识更多的新朋友，并用手中的笔，去讴歌我们这个充满真爱的大世界。为了报答社会各界对她的关心，她将把巧玲书店的收入用来帮助其他的残疾人朋友，让他们也能自食其力，尽可能为社会做点事情。

字幕：卢巧玲多次应邀到学校、企事业单位去讲述发生在自己身边的动人故事……

我们相信，将会有许许多多的人加入助残扶残的行列，继续演绎出一个又一个动人的故事……

愿更多的残疾人朋友梦想成真！

爱与被爱

这篇文章是我与当年的同事杨兄合作的电视专题片《残疾姑娘圆了三个梦》的解说词。经查，当年的播出版，撰稿为杨兄，摄像为我。考虑到本书主要是我的个人作品，但这篇文稿并不是我写的，是否也可以编进去呢？正犹豫时，一位朋友说，虽然我和杨兄分工不同，但均为主创人员，合作的作品仍可视为我的作品。我一听，咧嘴一笑说，还是你懂我。

这个选题是杨兄从当地的一家小报上一个不太起眼的地方发现的，让人不得不佩服他敏锐的新闻嗅觉。

杨兄是上海人，比我早来东莞台。此君生得浓眉大眼，富有男子汉气概。微秃的脑袋，装满了智慧。多才多艺，能歌善舞，尤善吉他。为人侠义，文章潇洒，特别是那一手极漂亮的钢笔字，几近书帖。他写稿时，仪式感强，极富个性。毛巾擦手，是他的标志性动作。每次写稿，必在右手边置一个精致塑料盘，盘中放一条叠得方方正正的雪白毛巾，时不时拿起来在手心或手背处擦拭。写到得意处，优雅地擦；写得不顺时，使劲地擦。记得有一次，一位同事开玩笑，在他采访回来之前，故意把他的毛巾藏了起来，弄得他愣是一个下午没有写出一篇稿来。杨兄的稿子未誊正以前，从不示人。有人从旁边经过，他都会用空白稿纸盖住正在写的稿子。写稿过程中哪怕错一个字，他都会重新誊抄一遍。那种敬业精神，感动了很多同事。不管稿子的内容如何，单看那漂亮的行楷，就令人赏心悦目。忽一日，我故意溜到他身边，乘其不备，抬眼一瞟，那稿纸上除了文字以外，居然还有几组数字，依然写得十分工整。见我来时，他顺手将上面的空白稿纸向左一拖，很自然地盖住了文字，只不过脸上掠过一丝尴尬。我怀疑，那很可能是他的私房钱账本。

杨兄既有上海人的细心，也有东北人的豪爽。闲暇之时，我俩相约小酒馆，一瓶二锅头，神侃胡吹，彼此话语投机，已然成为知己。杨兄策划能力特别突出。我还没来东莞时，他就已经拍过一个专题《卢巧玲的故事》，在

《一样的空间》栏目中播出。

卢巧玲，女，东莞市东坑镇石狗村人。因患小儿麻痹症，胸椎以下瘫痪，双脚严重畸形。二十多岁的她，只有十岁儿童的身躯。即使坐在轮椅上，也必须在身体左侧放一个小板凳作支撑。但她身残志坚，以每天工作十几个小时的巨大时间成本和原本残疾羸弱的身体成本，做着手工编织，赚些零钱，贴补家用。从没进过校门的她，依靠自学，完成了初中的部分课程。生存的重压，没有摧毁生活的梦想。卢巧玲热爱文学，因为文学只强调美好的心灵，不在乎健全的体魄。在文学这个圣洁的殿堂里，她才能够找到心灵的归宿、精神的慰藉，她才能够放飞思绪的信鸽，绽放智慧的礼花。于是，她通过函授，掌握了写作技巧，并有十多篇作品见诸报刊。

在《卢巧玲的故事》结尾时，杨兄亲自采访卢巧玲，鼓励她大胆说出自己的梦想，向社会传达了她的三个愿望：用电脑写作、能够自主行走、开一间书店。节目播出后，引起了社会的强烈反响，大爱如火炬般在莞邑大地上点燃、传递。

路特仕石油中国总代理梁思本先生将《卢巧玲的故事》复制了几十份，寄往公司设在全国的40多个代理处，发动员工捐款。在梁先生的游说之下，公司总部给巧玲捐赠了一台价值七万台币的电动轮椅车。

路特仕石油公司的员工自发捐款，为巧玲购置了棉被、蚊帐等生活用品。特别让人感动的是，当商场的售货员听说是为巧玲购买捐赠物品时，特别赠送了一条漂亮的丝巾，委托公司员工转赠给巧玲。

石龙人民医院为巧玲捐赠了电脑，还专门派人教会了她五笔输入法。

长期热心慈善公益事业的东莞天海实业发展公司董事长张坤，为巧玲捐赠了一台价值一万多元的复印机。

市残联为巧玲送来了残疾人专用轮椅。

东坑镇残联专门在闹市区租下一间商铺，免费为她开了“巧玲书屋”，并装饰一新。东坑邮电分局为她免费开通了“巧玲热线”电话。

市新闻出版局捐赠了数万册图书给“巧玲书屋”，并免费为她办妥了书报刊零售出租许可证和印刷业许可证。

我和杨兄每人送给了巧玲一支签字笔。那笔虽然微不足道，但我们想表达的是，我们不仅仅是这场爱心接力的记录者，也是参与者，我们希望巧玲用笔去书写属于她自己的精彩人生。

杨兄的策划得到了台里的大力支持，无论是播放时段，还是拍摄设备，一路绿灯。部门领导亲自带队，组织员工慰问巧玲。

我非常有幸，加入了这个富有社会责任感的集体，在履行媒体责任这个崇高使命的旗帜下，与杨兄一起完成了专业之下的分内之事。

我们在及时报道上述捐赠活动的同时，开始策划关于卢巧玲的第二部专题片《残疾姑娘圆了三个梦》。两人分工，杨兄担任撰稿并出现场，我担任摄像。由于此前在拍摄相关新闻报道时，我有意多拍了不少画面，有些细节完全按照纪录片的要求来拍，已经积累了大量的素材。所以，我的摄像任务其实并不是很重，只补拍了一次就完全够用了。

多年以后，再来回看这部片子，想起当初的采访过程，我仍然深受感动。其中有两处我拍得比较用心，效果也比较满意。

其一是对巧玲生活环境的介绍。当时，巧玲很长一段时间生活在阴暗的房间里，但她渴望阳光，父母便将她的床搬到了大门过道的左手边。其实，在这里她依然见不到阳光，因为门口就是一面厚厚的高墙，太阳不能直射进来，但她可以感受到光明，感受到外面世界的精彩。

在交代这个环境时，我的镜头从巧玲的小床后面几件布满灰尘的破旧家具开始，缓慢前移。烟熏火燎的土墙，有的脱落了，有的开裂了，一如那斑驳的岁月。画面经过一个古老的挂钟，那钟摆在黑暗中艰难地摆动，一如巧玲困顿的生活。镜头继续前移，越过巧玲那杂乱的小床，暂停于她那双虽然明亮却无神的大眼睛。在这里，人物与环境形成了巨大的反差，一下子就唤起了观众的悯惜之情。此后，镜头继续向前，摇向门口，最终定格于那堵灰暗的高墙。那墙挡住了光明，也堵在了巧玲的心里。这样的画面，为后面彰显社会各界爱心捐助的崇高义举作了有力的铺垫。

其二是巧玲自主行走的画面。巧玲操控着电动轮椅车，走出了那间她生活了25年的小屋，自由地行进在宽敞的马路上。早晨的阳光洒满大地，温暖而明亮。巧玲的脸上堆满笑容，在众人的鼓励下，她独自向前，向后，转弯。镜头跟拍，一气呵气。当巧玲戴着漂亮的丝巾，乐呵呵地转过一个侧弯时，朝阳刚好从她的右后方照射下来，形成了如梦如幻的逆光，使整个画面呈现出了典型的剪影效果。随着轮椅车的不断移动，那剪影由暗到明，逐渐清晰，出现了神奇的特技中的“淡入”效应。这时，轮椅车的操控台在她身上投下了一道清晰的影子。镜头继续跟摇，轮椅车慢慢向前，那影子也不断流动，从她的身上越过左肩，流到她的脸上。我下意识地把镜头推成她的脸部特写，并移动脚步，保持拍摄角度。那阴影在她脸上作了短暂停留之后，遽然退下。刹那间，阳光明媚，色调温馨，整个画面就剩下一张灿烂的笑脸。画面背后的寓意就是，生活的阴影和心理的阴影终于褪去，拥抱巧玲的一定是光明。最后，镜头缓慢拉开，在青山绿水与蓝天白云组成的壮阔背景下，巧玲在众人的掌声中，在鲜花簇拥的道路上，驶向了远方。

还在专题片拍摄阶段时，杨兄便开始构思配乐。他几乎翻遍了台里的音乐库，都没有找到理想的素材。那日午夜，他突然想起了毛阿敏刚刚演唱的《同一首歌》，于是选用了其中的童声合唱部分作为背景音乐：“鲜花曾告诉我你怎样走过，大地知道你心中的每一个角落，甜蜜的梦啊，谁都不会错过，终于迎来今天这欢聚时刻……”

柔情的叙说、深切的表白，穿透了心扉，触动了心弦。那旋律、那词意都与专题片完美契合，浑然天成，极大地增强了专题片的艺术感染力。

专题片播出后，受到了广泛好评，这两组画面特别是“阴影褪下”的那一组得到了杨兄的多次肯定。但谁也没想到的是，正是他那一句肯定的话，引发了一起在东莞新闻界轰动一时的“光头”事件。

我与杨兄、兵哥同住在一个小区的楼上楼下。我们来自不同的地方，能在东莞成为同事，彼此都很珍惜这份缘分，所以平时的关系特别要好。

快到正月十五了，杨兄邀我和兵哥去他家喝酒，提前过元宵。一个新式的电热火锅里，用大量辣椒、花椒、胡椒调制成的底料，不仅将那虾蟹鱼肉煮得辛酸热辣，也把我们亲如兄弟的友情和愣头小子们的激情煮得滚烫滚烫。刚开始时，我们用小杯边喝边聊。聊到各自的过去，大家不胜感慨。聊到当下，话题集中到了我们部门的“掌门人”祥叔的身上。其实，祥叔的年龄比我小很多。因其仁厚诚实、谦和友善，一些年轻的晚辈便尊称他为“祥叔”，我们外地来的同事也跟着叫祥叔。

杨兄举着手中的酒杯，对兵哥说：“祥叔平时对你最好，你看哪次采访重要领导不是派你上?”

兵哥说：“那只是因为你的粤语暂时还差一点点火候。你看，每次我们部门有急难险重任务，祥叔都是交给你，那是信得过你，给你立功的机会呀。”

杨兄得意地一笑，喝完一杯酒，忽又对我说：“祥叔对龙哥很是厚爱，毕竟你是省台来的，专业水平比我们要高那么一点点。”

祥叔为人诚恳、待人宽厚、识人独到。我初到东莞时，祥叔亲自面试。他只瞄了一眼我上肩扛机的架势，没有多说一句话，就让我直接上岗。就像一个身经百战的将军只要看一眼士兵的操枪动作，就知道他的战斗素质一样。

一谈起祥叔，我不免有些激动。我说：“不久前的大年三十晚上，祥叔放弃了陪伴家人的宝贵时间，拎着自家珍藏多年的茅台酒，陪我们几个外地来的单身汉一起过年，这是一种什么样的精神？这是东莞人的敦诚、仁厚，这是伟大的厚德。”

杨兄伸出大拇指，深表赞同，说：“那就让我们一起为这伟大的厚德干杯!”

我说：“慢，操大家伙!”

于是，我们三人换了饭碗，每人倒了半碗白酒，咣当一碰，随着一声“扯来埋佢（花腔粤语：干杯)”，一饮而尽。

杨兄饮酒豪爽，又不像上海人。我自来东莞，从未见他喝醉过。兵哥酒量不算特别大，但酒品极正，宁醉不诈，宁倒不逃。

桌上的火锅煮得热气翻滚，碗中的白酒溅满了青衫，脸上的汗水涔涔淌下，三人的嗓门变得粗犷。不知是房子的空间太小，还是酒精的浓度太高，抑或是火锅的热量太盛，总之，我们感到燥热难耐。很快，便有人脱掉上衣，紧接着，三人都光着膀子。看那情景，我忽然觉得，整个屋子就像一个热气蒸腾的大火锅，而我们却像在这个大火锅里胡蹿乱跳的三条小泥鳅。

杨兄端起大半碗酒，对着我说："龙哥确实是高，你看，在卢巧玲那个片子中，那组'阴影褪下'的画面，多有深意啊！来，咱俩为这个干一碗！"

得到杨兄的表扬，我也着实高兴。我把碗一举，说："感谢杨兄谬赞。我们祝愿所有的人，褪下所有的阴影，去拥抱灿烂的光明，成就完美的人生！来，扯来埋佢！"

实在是太热了，我们身上的每一个汗腺都被撑到了最大，以至于那酒碗几次差点从手上滑落。抬手一捋头发，竟然拧出了满手的汗水。我忽然高声提议，衣服已经脱无可脱了，干脆，把头发给剃了！

本来我也就是随口一说，却没想得到了两位仁兄的一致响应：对，剃光了凉快！

说来也巧，杨兄家里还真有一套理发的手动推剪。

杨兄顺手就拿出一个理发专用的箱子，问，谁先上？

眼看着已经骑虎难下了，我把凳子往后一挪，把胸膛一拍，说，我先上。那架势，大有我不下地狱谁下地狱的气概。

杨兄的动作极其麻利，姿势也很优雅，一如他写稿时的状态。他下剪准确，剪路流畅，一剪下去，寸草不留，而且剪剪相连，绝不重复，只三五下便把我推成了光头。我甚至在心里想，他以前上大学时是不是干过类似的兼职。

你推我剪，相互照料。不一会儿，三个人不断摩挲着自己锃亮的光头，睁大眼睛，相互对视着不停地傻笑。

杨兄又拿出了相机，三人合影留念。十多年以后，我看到那些照片，回想起三个不知轻重的傻小子当年的荒唐之举，心里感慨万分。

次日一早，当我们三人相约一起，排着整齐的队伍，迈着雄壮的步伐，踏进办公室的时候，吓坏了所有的同事。

很快，这事惊动了台里的高层。因为，这天有一个极其重要的时政采访活动，李鹏总理与东莞市民欢度元宵佳节，兵哥被安排出现场。

随即，我们被告知，回家休息，等候处理。

初来东莞的我们，后来才知道，剃光头在南方的文化语境中有自侮、不肖、抗议等多种负面的意义。但其实，我们真的没有想过要表达任何特别的意思，我们的全部动机只有一个字：热！所有目的只有两个字：痛快。

在家反思的日子里，我不止一次地想到，一向生活严谨、连私房钱账本都写得一丝不苟的杨兄，居然一时冲动，被我和兵哥带翻了，总感觉有点对不起他。

一位德高望重的领导无限惋惜地说，身体发肤，受之父母，不敢毁伤。看你们，这是何苦啊……

一位年轻的领导果断地说，赶紧买假发，我有朋友在香港，可以托他帮忙的。

祥叔深知此事的严重性，多方沟通，百般斡旋，为我们争取宽大处理，至少不要开除我们。

非常庆幸的是，我们最终被允许回台里上班，但不得光头示人，最好是戴上假发，最少要戴个帽子。

值得敬佩的是，台里的长辈们最终宽恕了我们的一时冲动，经受住了三个傻小子无意之中引起的突发事件的考验，妥善地处理了这轰动一时的“危机”事件，展现出了高超的政治智慧和宽厚的包容之德。

这次事件，也定义了我个人形象的基本型制，我从此不再留长发。发者，丝也，谐音思也。无思无欲，非圣人不可为。思之过长，俗人不可为也。所以，对于我等俗人来说，还是剪个短头发比较合适。

按照佛家的说法，思为烦恼，念动而烦恼生。想得太多，则为相思，想得太大，则为妄思。故曰，少不可思乡，老不可思春。按照儒家的说法，人不可无思，是所谓“学而不思则罔，思而不学则殆”。心学之集大成者阳明先生也说，知行合一，思即为行。孔子说，《诗》三百，一言以蔽之，曰思无邪。我想，我等都是普罗大众，只要思无邪、思无害，偶尔思思也无妨。

留了短头发以后，我理发的频次更密了，静思的次数也就更多了，这恰是我想要的。每次呆坐在理发店的那片刻时光，便是我安静地独思尘念、反思人生的时候。但世间万物，变幻莫测，无论是深思还是冥思，仍然时不时感到剪不断，理还乱，咽不下，嚼不烂，留不住，驱不散。我终于明白，人生修行，不是剪个短头发那么简单。无论是发丝还是情思，要把它们料理好都不容易。无论何时何地，得意时务要记得自律，失意时务要记得自趣，受伤时务要记得自愈，任何高明的师傅都帮不了你。

在以后的日子里，我们三人一直怀着一颗感恩的心，勤思善行，努力工作，后来都成长为能够独当一面的业务骨干。我们用实际行动，尽力回报这个温暖包容的集体，并身体力行，努力宣传东莞厚德务实的城市精神。

1998 年 12 月，《残疾姑娘圆了三个梦》获得了由文化部、广电总局、新闻出版署和中国残联共同主办的国家级奖项——第二届“奋发文明进步奖”。感谢杨兄的合作，成就了我在电视专题创作方面的最高奖项。

卢巧玲不负众望，在自学成才的同时，不忘回报社会。她深入东莞的企事业单位、学校，作了多场报告，弘扬自强不息的奋斗精神。长期资助远在新疆的服刑人员，完成了长篇小说《心雨》，获得了“广东省自强模范”称号，被誉为“东莞的张海迪”。如今，卢巧玲在多个媒体平台上注册了账号，有些文章的阅读量甚至超过百万人次。

当然，我和杨兄以及后来的同事们，一直关注着、传扬着发生在东莞这片充满大爱的土地上关于卢巧玲的爱与被爱的故事，从未懈怠。巧玲的自强不息、杨兄的职业担当、前辈的宽厚包容，也一直激励着我不断前行。

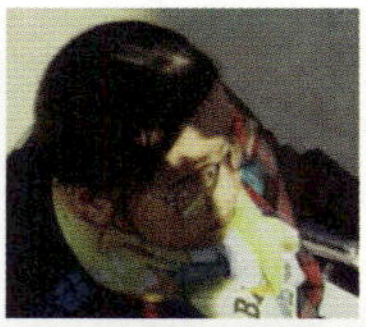

祥叔带队慰问

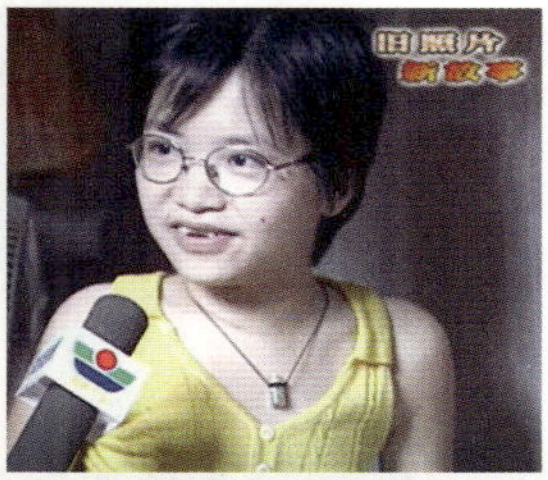

爱与被爱，
人类永恒的主题。

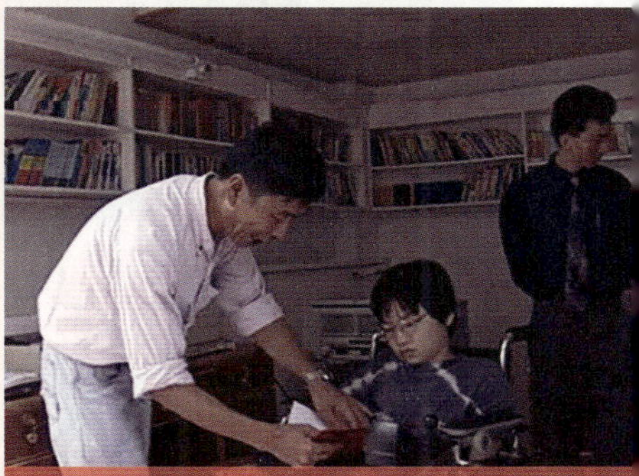

张坤捐赠了复印机

梁思本捐赠了电动轮椅车

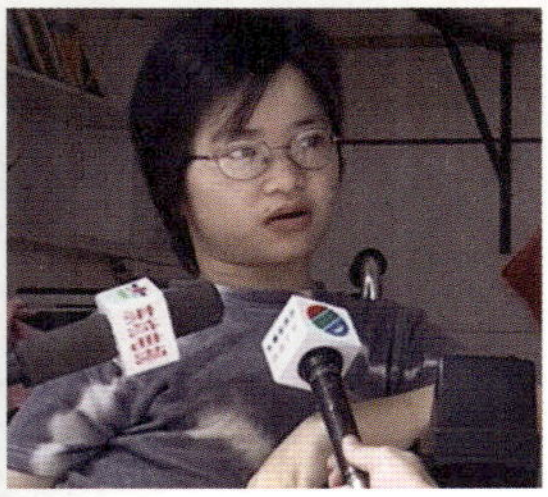

东莞发出全国首张电子营业执照

主持人：观众朋友，今天是6月18日，我现在是在东莞市工商局的服务大厅。全国首张电子营业执照今天从这里发出，电子营业执照的应用平台也同时启动，这标志着中国商事登记制度改革又实现了新的突破。

（现场，启动仪式）

解说：从去年开始，东莞市全面开展商事登记制度改革，形成了具有东莞特色的便捷登记、快速审批、协同监管“三位一体”的商改模式，得到了国家、省有关部门的充分肯定。今年以来，东莞市又推出了八项措施，进一步深化商事制度改革，建设全程电子化网上登记年检系统是其中非常重要的一项措施。目前，这个系统已经建成，今天正式投入使用。

东莞市市长袁宝成：东莞在这方面当了一回排头兵，这或将是一个里程碑式的事件。

东莞市工商局登记注册科科长张志云：企业运用网上电子营业执照应用平台，主要包含身份证明、网上亮照、电子商务等9大功能。

解说：首批进驻这个平台的企业，涵盖跨境电商、供应链、产业园、城市更新发展、股权投资基金管理等新兴行业和高新科技产业。这个平台不仅具备了电子商务功能，而且还具有验证功能。开通电子商务的企业，可通过向第三方网站提供电子营业执照，进行实名认证。同时，相关职能部门也可以通过网络对企业的网络经营活动进行监管。

企业代表张力心：网上登记，非常方便。作为第一家电子结算卡的企业，我们非常感谢政府的努力。

解说：目前，平台已完成第一期建设，并首先在松山湖高新技术产业开发区开展试点。接下来，还将不断完善平台建设，拓展系统功能，逐步实现与其他职能部门的业务系统对接。

本台记者报道。

再一次，全国第一

东莞的商事登记制度改革一直走在全省、全国前列。当然，这也是作为记者的我一直关注并多次予以报道的。让人没想到的是，就在这个题材精彩绽放的闪光时刻，我的报道却再一次“掉了链子”，成为我职业生涯的又一败笔。

早在改革开放初期，东莞就以自我革命的勇气和敢为天下先的魄力，在全国首创了“部门集中办公、一站式服务、流水线式审批”的“一站式”政务服务模式，营造了良好的商务审批环境，引来了大批境外投资者，进而创造了“东莞奇迹”。

1978 年 7 月 15 日，国务院颁发《开展对外加工装配业务试行办法》，允许广东和福建作为先行试点。中共广东省委率先作出发展来料加工的决定，东莞、南海、顺德、番禺、中山作为先行试点县。

7 月 30 日下午，广东省轻工局的领导陪同港商张子弥来到当时的太平制衣厂，洽谈合作。

次日，张子弥与东莞县第二轻工业局下属的虎门镇太平服装厂签约，合作创办太平手袋厂，并获颁中国工商总局发放的关于“三来一补”企业的第一个牌照，即“粤字 001 号”。

协议约定，港方负责进口生产设备、原材料及产品外销，东莞二轻局提供厂房、劳动力并负责生产，收取加工费。由此，诞生了一个经济学上的新名词“三来一补”，指的就是“来料加工、来件装配、来样加工、补偿贸易”。

而这时，离确定改革开放国策的中共十一届三中全会的召开还有三个多月。所以，后来有人说，正是这个手袋上的小小拉链，拉开了中国改革开放的宏大序幕。

11 月，东莞全县“三来一补”对外加工协议达 205 宗。

12 月 21 日，东莞县成立对外来料加工装配业务领导小组，下设办公室，俗称“加工办”，主管全县“三来一补”企业的招商引资及政务服务工作，从洽谈、签约、工商、税务、报关到进口许可以及香港直通车手续，实行“一站式”的管理和服务。

这是全国首个地方政府成立的对外来料加工装配业务领导小组办公室。

12月22日，党的十一届三中全会在北京闭幕，开启了一个以改革开放为主题的新时代。人们发现，党的高层决策者与党的基层探索者的智慧和胆识，在这个时间段竟然出现了惊人的合拍共振。

二十世纪七八十年代的香港，由于土地、劳动力成本的上升以及新技术新产业的不断涌现，大批中小制造商面临着产业转移，而与香港地理相连、血脉相亲的珠三角地区自然成为他们的首选。

我曾不止一次地采访过当时的县委领导李近维。他说，东莞发展“三来一补”企业，并非偶然，而是缜密理性选择的结果：“从我们的角度讲，因为无本钱，只是出劳力，‘三来一补’能够帮助农民就业致富。而从香港投资者的角度来看，‘三来一补’企业资本少，风险小，回收快。”李近维还说：“政府的关键是动员每个村、每个镇，甚至每个人，都参加到对香港资源的争夺里去，要实行‘人盯人’战术。”

回溯历史，正是这样的现实需要，呼唤着商事制度的创新。这不仅是审批机制的一次重大改革，更是对市场经济环境下政府服务定位的一次精确调校，是释放制度红利的一次大胆尝试。

如果说改革开放之初东莞的“一站式”模式是商事改革的1.0版本，那么随后在东莞各个镇街兴起的政务服务中心、办证大厅等集中服务机构就是其2.0版本。而如今，由东莞率先探索并且在广东省大力推广的电子政务体系，那就是其3.0版本。这个版本当中的电子政务服务体系建设等诸多改革创新，是在对自身历史镜鉴基础上的新传承、新实践。

东莞致力于高标准打造国际化、法制化营商环境，构建政府服务“加一”、企业综合成本“减一”的新优势，推出了多项全国首创的改革措施。2012年，东莞成为全国商事制度改革试点城市之一，率先开展“先照后证”、注册资本认缴登记制等首创性改革，成为全国商事制度改革的“东莞样本”。

2015年，东莞入选广东唯一构建开放型经济新体制综合试点试验城市，在外贸促进体系、加工贸易便利化流程再造等改革方面积极探索，试点试验成果在全国复制推广。

东莞借鉴香港商事登记制度，推出了《东莞市企业登记注册行政审批试点改革方案》，按照“宽进严管”的核心思路，出台了精简后置审批项目、推行全程电子化网上登记年检等10项措施，为市场主体更快地诞生创造了条件。

东莞将企业的主体资格和经营资格相分离，取消了企业登记注册所有前置审批许可事项，实行注册资本认缴制、实收资本备案制，实现“零首付”开公司，彻底打开市场准入之门。据说，大朗镇改革后，企业最快可在一小时内拿到工商牌照。

改革开放40多年来，东莞正是通过对营商环境的持续改造升级，推动了非公有制经济的发展，出现了“东莞塞车，全球缺货”的现象。华为、OPPO、vivo等千亿元级智能手机企业聚集，创造出全球每5台智能手机中就有1台是“东莞制造”的奇迹。东莞以占全国0.03%的国土，贡献了全国0.92%的GDP、4.74%的外贸收入、0.98%的财政收入，让人叹为观止。

2013年6月18日，东莞市政府举行东莞市电子营业执照应用平台启动仪式，并率先发出了全国首张电子营业执照。东莞市市长袁宝成、省工商局副局长钱永成等出席了启动仪式。

袁宝成在启动仪式上说：“这或将是一个里程碑式的事件。”

东莞的电子营业执照应用平台，主要包含身份证明、网上亮照、电子商务等九大功能。其中，值得一提的是电子商务功能，就是开通电子商务的企业，可通过向第三方网站提供电子营业执照，进行实名认证，相比以往更加便捷。

启动仪式上，合泰半导体有限公司等10家首批申请电子营业执照的企业，获颁纪念证书。

东莞市商事制度改革的创新实践，入围第五届“中国法治政府奖”，得到国务院的通报表扬，东莞作为全国唯一一个地级市代表参与全国商改方案的起草。东莞的商改，因其可复制性、可推广性，为我国商事制度改革作出了积极贡献。

我知道，报道这个题材的最佳时机来了。全国第一张电子营业执照，兼具重要性、典型性和唯一性，绝对是发生在地方的全国性题材，问鼎大奖的可能性极高。除了现场报道启动仪式以外，我们还深入采访了市长、局长，重点采访了多名企业家代表，素材准备非常充分。

果然，除了本台以外，省台、央视都采用了我们同一题材不同体裁的报道。

在采制过程中，我还向省、市有关行内专家请教。大家一致认为，采用长消息的方式较为恰当。只要制作得好，冲击省级广播影视大奖和广东新闻大奖有相当大的把握，有的专家甚至认为角逐全国大奖也极有可能。

但是，可惜啊，一手好牌又被我打烂了。

这条消息在播出时出现了极其低级的错误，其标题字幕“东莞发出全国首张电子营业执照”中的“执照”二字居然出现错误，被鬼使神差地打成了“热照”。

我曾有幸担任过几届广东省广播影视奖的评委，我知道，分组提名的一等奖，在终评时必须全篇重审。这种硬伤，在初评时就会被拿下，更不用说冲击一等奖甚至全国大奖了。

一个绝好题材就这样被浪费了，殊为遗憾。

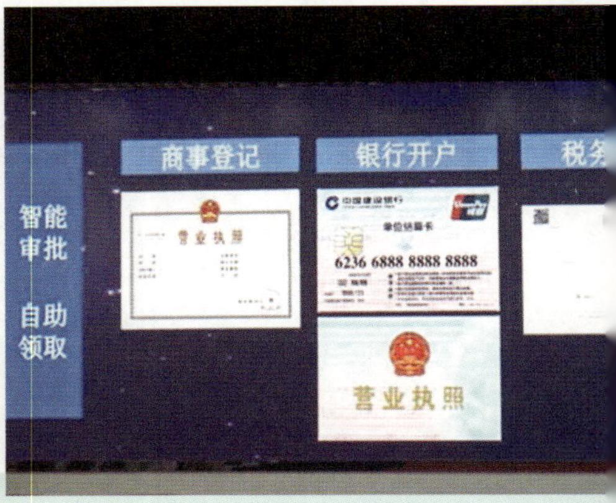

只因当年读书少，错把“热照”当“执照”。

虎门服装个体户时兴学俄语

主持：观众朋友，今天是第四届虎门国际服装交易会的第二天。在采访中，我们发现了一个新鲜而有趣的现象。在这里，很多服装个体户都可以用流利的外语与国外客商谈生意。

（现场：年轻的个体户与外国商人交谈，有俄罗斯客商，也有东南亚的客商）

解说：中国是一个礼仪之邦，“买卖不成仁义在”是我们中国人的传统美德。1996 年以来，虎门已经连续举办了四届国际服装交易会。为了进一步营造良好的对外交流文化氛围，虎门开展了“诚实守信，文明经商”活动，得到了很多个体户老板、普通店员的积极响应，从学习俄语、英语做起，树立虎门服装个体户的新形象。

为了帮助这些在改革开放中成长起来的个体户学习外语，虎门服装协会办起了俄语补习班。

虎门服装协会负责人：由于我们生意做得大，做到了俄罗斯，我们就办起了这个补习班，好多个体户来我们这里学习。

解说：做服装批发生意的个体户赵锦发，主要客户来自俄罗斯。

个体户赵锦发：我们与俄罗斯商人的生意，开始于 1996 年。当时，我们交流可以说是鸡同鸭讲，我们开价他听不懂，他还价我们也听不懂，很不方便。我感觉，必须要学习，学好俄语。

记者：你觉得学习俄语后，对你做生意有什么帮助？

个体户赵锦发：学了俄语不仅对我的生意帮助很大，就是俄罗斯客人来，我们用俄语同他打个招呼，走的时候同他说声再见，他就会竖起大拇指，说中国的个体户素质很高。

解说：记者在虎门随机采访了一些店员，他们也能说上几句俄语。

店员：学了俄语，我们卖衣服可以和俄罗斯人沟通。比如打招呼：得不罗，得不罗，不衣拉瓦斯，衣得拉斯客无衣结（你好，欢迎光临）。

俄罗斯客商：我是俄罗斯人，几年前来中国，在虎门做服装生意三年多了，中国服装很好，很便宜。我把服装运到俄罗斯去卖，我在俄罗斯有三间铺子。虎门人很会做生意，俄语也说得好，我和他们是很好的朋友。

解说：据了解，在虎门通过各种方式学习俄语的服装个体户达到 800 多人。

本台记者报道。

神奇的虎门

东莞虎门的服装，曾经作为南派服装及其服装文化的一张名片，独领风骚十数年。

那时，一年一度的虎门服装交易会，贤达汇聚，富商云集，盛况空前。一线当红的歌星、影星、超模、名媛登台献艺。霓裳羽衣，火树银花，时尚浪漫，摩登奢华，群星闪耀，盛极一时。每一届服装交易会，都可以吸引海内外数百家媒体到会报道。来自美国、英国、日本、新加坡、法国、新西兰、波兰、俄罗斯等40多个国家和地区的客商到会参观采购。

到底是怎样一种神奇的力量，硬生生地让一群曾经的渔民，让一个不产一两棉花的渔港与现代服装产业扯上了关系？硬生生地把一个滩涂小镇打造成了南中国的时尚之都？他们到底是怎么做到的？

如果你是商人，可能会联想到虎门所在的东莞。据公认的说法，东莞之名，源于“江畔莞草”。明朝天顺《东莞县志》载：“县名，莞草名，可以为席，邑在广州之东，海傍多产莞草，故名。”屈大均也认为“东莞人多以作莞席为业，县因以名，县在广州之东，故曰东莞，亦曰东官”。莞草，是一种多年生耐盐性挺水型单子叶植物，又名水莎草、三棱草。因其生长在咸淡水交汇之处，故东莞人又称它为水草或咸草。其纤维含量高，可作原料编织草垫、草席、草帽、草袋等。但莞草编织制作工艺即使入选了“广东省第二批非物质文化遗产保护名录”，也早已式微，仅凭小小的莞草，绝对孵化不出现代服装产业。

如果你是文人，也许会联想到有关莞草的诗歌。《诗经》有“上莞下簟，乃安斯寝”。明正统七年（1442）进士、东莞人卢祥写过《莞草》：“菀彼莞草，其色芃芃。厥土之宜，南海之东。”

来虎门的次数多了，我终于发现，这里的奥妙其实很简单，就是三个字：胆子大，或者再简练点：敢干。

敢想敢干，敢为天下先，后来有人把这一点提升为东莞的精神品质。

1979年3月，一位港商来到虎门的龙眼大队，想在这里开办一家发具厂，做假发套。这让当地领导很是为难，一个是对方的身份，一个是对方生产的产品，都是带“洋”字的。但虎门的决策者们经过激烈的思想斗争，最后还是为对方开了绿灯。他们把报告递到省里，省里也敢于表态，最后竟然给批了下来，执照编号为“粤字003号”。让人不得不佩服的是，“粤字001号”则颁给了也是位于虎门的中国第一家“来料加工”企业——太平手袋厂。

也许是封闭得太久了，只要有一点小缝，市场的力量就会喷涌而出，在人们还没有完全做好心理准备的情况下，恣意奔腾。

虎门与香港隔海相望，离深圳几十公里。于是，各种各样的服装、饰品，坐车进来的、坐船进来的、潜水进来的，手上戴的、身上穿的，走街的、串巷的，真的、假的、半真半假的一齐涌进虎门，各种小商小贩有的席地而坐，有的当街而喝，有的随地而摊，大街小巷洒落一地。

快速的繁荣，使虎门的管理者们不得不解决一个又一个全新的课题。1981年，虎门公社将散乱在太平街巷的各个地摊集中起来，开辟了虎门第一个“个体商户服装专业销售市场”。这个市场的选择很有意思，竟然是两座废弃的人行天桥。天桥并不大，加在一起总长度不到50米，宽度也只有10米左右。上面用铁皮隔开，大约1米一个摊位。很快，这里便形成了远近闻名的“洋货一条街”，人们纷纷涌到这里购买难得一见的衣服和各类装饰品。不久，其他乡镇的人也纷纷到这个洋货市场来购物，几十米的小桥每天都挤满了人，几乎没办法自由走动。

到第二年底，在太平“天桥市场”从事服装经营的商户已剧增到60多家。“天桥市场”也因此成为培育虎门个体商户的第一个摇篮。

如今，高峰之时，虎门的服装服饰生产加工企业达到2 300家，从业人员超过20万人，年产服装约4亿件，年产值约450亿元。

我初来东莞时，与一位被称为“兵哥”的年轻记者搭档。兵哥是客家人，并没有当过兵，只因他的名字中有一个“兵”字，所以大家如此称呼。

兵哥身材不算高大，甚至有些瘦小。一对生长角度比较夸张的招风耳，竖在那颗智慧的脑袋上，显得特别突出。兵哥天资聪明，喜爱书法，临帖不辍。上大学时，他便开了书法讲座，而且收费灵活。现金支付最好，饭菜票也行，一时不方便以后再给或者不给，都没关系。

兵哥深谙象棋之道，极其崇拜著名国手杨官璘先生，就是被武侠小说大家梁羽生赞为“不辞北战与南征，三十英年有霸名”的那位东莞老乡。兵哥爱棋，尤对五七炮弃车局颇有心得。当时莞城西城楼旁边有一公园，园内有一古迹，名凤凰台。那时候，凤凰台下经常聚集很多民间棋手和象棋爱好者，有的挂牌教棋，有的台下摆棋，有的暗中赌棋。那里是真正的象棋江湖，卧虎藏龙。有一次，兵哥带我去看棋，忽见一古局，便上前挑战，结果输了50元。我正感到愤愤不平，他却哈哈一笑：“只少了一步马八进七。”然后扬长而去。

兵哥学象棋比我早，而我学围棋比他早。于是，他教我象棋，我教他围棋，两人互为师徒。下班之后，两人只挂了一条底裤，便赤膊上阵，趴在床上，切磋棋艺，常常通宵达旦。当然，他给我指点棋时，言必称杨官璘大师如何如何，我们应该如何如何。然而，兵哥慧根独具，悟性极高。开始时，象棋他赢得多，围棋我赢得多。几年以后，象棋还是他赢得多，但围棋居然也是他赢得多。

兵哥性格豪气，为人仗义，爱交朋友。我比兵哥年长一轮，所以他对我执大哥礼，情同手足。我俩住楼上楼下，我常去他家蹭饭。兵哥的母亲勤劳慈善，待人真诚，做得一手好菜，特别是那客家碌鹅、客家红烧肉，味道醇香，极富特色。每次在兵哥家吃得酒足饭饱之后，我都会暗自想起远在故乡的母亲。

兵哥酒量一般，但酒风很好。兵哥的母亲怜子心切，多次嘱我在酒场上要照顾兵哥。但酒场情况千变万化，难以把握。有时候，我自顾不暇，一不小心就让他喝多了。当我们被人送到楼下，互相搀扶着上楼时，我才想起对兵哥照顾不周，有负重托，无颜见他母亲。上楼时，只要她母亲在家，我便装醉，或者托词乘机溜走，而且此后一连几天不敢去他家吃饭。

兵哥比我早入台两年。我初来东莞时，他便用自行车载我上下班。当时的我，体重严重超标。每次上车前，必先温馨提示："上来了！"然后一屁股砸向自行车的后架。由于我俩体重相差悬殊，自行车前后负重严重失衡，导致那车头先是挣扎着向上扬起，接着便左右急速晃动。兵哥"哎呀哎呀"惊叫着奋力控制住车头，在原地转了几个大圈，再用力一蹬，两人一声吆喝，奔向新的一天。

兵哥毕业于暨南大学，新闻理想远大，新闻嗅觉敏锐，观察问题深刻，采访提问精当，尤以新闻评论见长，被同事们称为"小鲁迅"。我入台后，有幸与他搭档，被编为一个采访小组。他主要负责采访，我主要负责摄像。他是科班出身，我干过十多年的记者，两人的新闻理念一致，新闻技巧互补，惺惺相惜，彼此欣赏。采访时，我能够根据他的提问，判断出我要拍什么画面。根据他提问的多少，判断出拍摄多少画面够用，而且与他的采访形成声画互补，使整个报道成为一个有机的整体。在特别紧急的情况下，我还能使出"无剪辑拍摄"的绝招，节约后期编辑时间，确保报道的时效。我们两人配合非常默契，有时一个动作、一个暗语，甚至是一个眼神，就能够明白彼此的意思。因此，我们被称为全台战斗力最强的组合。我们曾暗访拍摄过"出租车不打表""未成年卖花姑娘"等社会新闻。在拍出租车时，我们采用无线收录设备，两人分别坐在两辆出租车上，他在前车采访，我在后车跟拍，顺利录到了出租车司机乱收费的实证。在拍摄卖花姑娘时，我们悄悄跟踪到了她们租住的地方，想深入采访。没想到，黑暗中一下子窜出了几个大汉，似要动粗。我知道这是控制卖花小姑娘的违法人员，立即冲上前去，扬起手中的摄像机，大声怒斥，居然吓退了那几个人。

我们两人合作的那几年，是一段十分美好的时光。我们经历了江泽民、李鹏、李岚清视察东莞的报道，经历了英国前首相、朝鲜前广播电视总局副总局长访问东莞的报道。深入贵州山区、河源贫困地区报道志愿者，远赴南海舰队军港拍摄"水兵摇篮"。我们合作采访的足迹还到达过日本、韩国、澳大利亚、新西兰、埃及以及南非等地。

对于虎门服装，我和兵哥曾合作报道过多次，有服装交易会、新品发布会、服装设计大赛等，有系列报道、消息、专题等，可以说连篇累牍。虽然数量不少，但大都是命题作文，我们感觉还是缺乏力作。

1999年春，我陪老家来的朋友去逛富民服装批发市场，偶遇一位做服装生意的个体老板，坐在一个高凳子上看书。我好奇地凑上去，一看那书封面上的文字，像是俄文。

老板姓李，几年前我曾采访过他。李老板曾是当地的渔民，改革开放后，先是闯特区、走香港，倒腾服装，掘到了第一桶金。随着资本和人脉的积累，后来干脆自己做批发生意。一席攀谈才知道，他现在主要做俄罗斯的生意，还娶了个俄罗斯媳妇。为了生意和生活的方便，这两年他开始苦学俄语，而且进步很快，用他自己的话说就是"识听又识讲"。

说者无心，听者有意。我忽然觉得我发现了些什么，但又不十分明晰。再一打听，李老板说，他身边的朋友都在学外语，还有学英语的、学法语的、学德语的、学日语的，有的是为了做生意，有的纯粹是为了赶时髦。我感觉脑海中一个想法渐渐清晰起来：虎门服装个体户时兴学外语。

我将这个发现与兵哥一合计，果然所见略同。这个选题一是切口小，从个体户学外语入手，容易操作，自然可以收到"四两拨千斤"之效果。二是主题大，通过个体户学外语这个小事件，凸显虎门服装产业的发展，进而反映中国改革开放的伟大成就以及人们思维方式和价值观念的进步。三是角度新，通过容易被人们忽视的小人物小事件，紧扣改革开放的时代脉搏，应该算是一个比较高级的技巧。我俩都很兴奋，这不就是我们一直以来苦苦寻找的报道角度吗？

为了做好这个报道，我们提前准备，采访了十几个学习不同外语的个体户和来虎门采购服装的外国客商，拍摄到了他们用不同的外语进行沟通交流的场面，还深入那个娶了洋媳妇的家庭进行采访。此外，我们还采访了虎门服装协会的负责人，了解了世界各地客商来虎门做服装生意的整体情况。应该说，采访还是比较深入的。

当第四届虎门国际服装交易会开幕后，我们抓住了报道时机，及时推出。节目在本台和省台播出后，反响热烈，普遍认为这是一次不错的策划。

出于特殊原因，我和兵哥都没有参与后期的剪辑制作。也正因为这样，这条消息出现了极不应该的错误。在当年的全省广播影视奖评选中，这条长消息在小组初评时，被评委一致推荐为年度一等奖作品。但在终评时，有一位评委发现，其中采访俄罗斯客商时出现的应为“俄罗斯客商”的字幕居然打成了“罗俄斯客商”。这是硬伤，必须拿下，煮熟的鸭子就这样飞了。当然，最后评委们还是很给面子，给了我们二等奖。

我听说了这个情况后，责怪负责编辑的同事审片不细，弄出了字幕差错，浪费了一个难得的一等奖机会。同事觉得很委屈，带我去找出当时的播出带，指着片中“罗俄斯”三字说，没错，虎门人说的就是“罗俄斯”。他的意思是说，在虎门人的口中，习惯把“俄罗斯”念成“罗俄斯”，弄得真正的俄罗斯客商在虎门待的时间长了，受虎门话的影响，也把他们自己的“俄罗斯”说成了“罗俄斯”，这让我哭笑不得。

我无话可说，只在心里想，很多不可思议的事情，只有虎门人才做得到。

兵哥知道这事后，哈哈一笑，说这正应了那句棋谚“棋输一着”，本来应该马八进七，结果马八进了九。我说就是，如果按计划马八进七，则必然形成双马饮泉之势，一举擒获老将，成为绝杀。

许多不可思议的事情，只有虎门人
能够做得到。

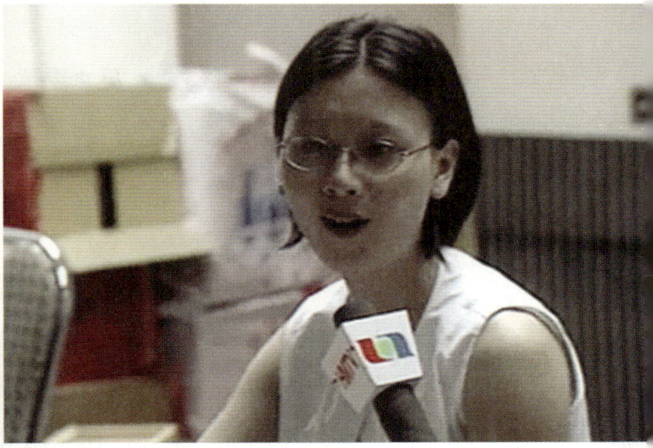

附记

我对虎门一直心存敬意，因为我来东莞工作之前，不知道有东莞，只知道有虎门。

虎门位于珠江口东岸，历史悠久，文脉深厚。查阅有关资料得知，虎门古属中华九州之扬州南境，秦时属南海郡番禺县。西汉元鼎六年（前 111），虎门从东莞属南海郡。东汉顺帝时，一度从东莞属增城。唐至德二年（757），宝安县更名东莞，其后虎门一直隶属于东莞。

来东莞工作后，经常到虎门采访，我慢慢发现，虎门人的基本性格，可以概括为“敢打敢拼，敢闯敢试，能文能武，能商能贾”。

虎门白沙人郑敬，勤奋读书，每诵读，必百遍，夜诵三更不休，明正统六年（1441）中进士，成化五年（1469）升任山东副使。北栅人陈圭，倡建宗祠，辑修族谱，创“凤冈书院”，结“凤台诗社”。

1839 年 6 月 3 日，虎门销烟。在 23 天时间里，销毁鸦片 200 多万斤，震惊世界，中国近代史由此拉开序幕。

1932 年 1 月 28 日，虎门人蒋光鼐指挥第十九路军，在淞沪抗战中痛击日军，气壮山河。

1978 年 7 月 31 日，中国第一家“三来一补”企业在此诞生，以其先行者的姿态，成为中国改革开放的首批探险者，彪炳史册。

如今，气势如虹的虎门大桥从威远炮台遗址出发，昂首跨越珠江口，见证了中国改革开放的奇迹。历史与现实在这里实现了神奇的交融，在这里展开了全新的对话。

沙角炮台，位于虎门海口，临穿鼻水道，为鸦片战争古战场。该炮台与大角炮台共同构成虎门海口的第一道防线，被誉为粤海第一重门户。现遗有濒海台、临高台、节兵义坟、节马碑与陈连升塑像，为全国重点文物保护单位。

陈连升，我的土家族老乡，湖北鹤峰县邬阳关人。幼时习武，青年从军。嘉庆年间任鹤峰州千总，后调保康营守备。道光年间先后任广西左江镇都司、广东连阳营游击、增城营参将。道光十九年（1839）在官涌抗击英舰，因功提升为广东三江口副将。

1841年1月7日，英军派出大小战船20余艘，突然向大角、沙角炮台发动猛攻。陈连升坐镇炮台后卫，凭着丰富的战斗经验，使用杠炮及地雷，毙伤英军数百人。陈连升率领六百余守岛官兵，与数倍于己的英军作殊死决斗，并用弓箭堵击来犯的英军，致使英军在箭雨之下不得前进，被击退数次。

英军从正面屡攻不得，乃派一部偷越后山进行夹攻，战事甚为惨烈。战至最后，陈连升这位66岁的老将军抽出腰刀，杀入敌阵，士兵亦随之与敌搏杀。在肉搏之中，陈连升不幸中弹，壮烈牺牲。长子陈长鹏见父亲阵亡，悲愤中砍杀数敌，在自己受伤十余处、弹尽力竭的情况下，毅然投海，壮烈殉国。

陈连升的坐骑名为黄骝，通身赤黄，颈上的鬃毛深黑。此马被英军掳去香港后，悲愤不已，终日往北遥望，旦夕悲鸣，绝食而亡，人称“节马”。

后人立“节马碑”于虎门寨之东坊，关天培祠之右侧，由《节马图》和碑文《节马行》两部分组成，为黑色云石。《节马图》为吴仲山所献，现藏于广州博物馆。图中黄骠马，昂首奋蹄，侧目疾视，肋骨突起，形神兼备。跋文和七言《节马行》为顺德陈昭所作，刻有“同治元年岁次壬戌”，最后刻有两行并列“水师提标”官衔的字样，据考证为“调署水师提标中军参将郑耀祥，调署水师提标右营游击赖建猷同立”。

碑文曰：“节马者，都督陈公连升之马也。庚子冬，沙角陷，公父子死之，马为逆夷所获。至香港，群夷饲之不食，近则蹄击，跨则堕摇。逆怒刀斫，不从。放置香港山中，草亦不食，日向沙滩北面悲鸣。华人怜而饲之则食，然必以手捧之，若置地，则昂首而去，以其地为夷有也。每华人围视，指为陈公马，即泪涔涔下；或呼能带归，亟摇尾随之。然逆终不肯放还，以致饥饿骨立，犹守节不变。道光壬寅四月，马卒香港，爰为诗志之……”后有七言诗四十六行，详记其事。

清廷诏嘉陈连升父子忠孝两全，入祀“昭忠祠”，加以总兵例赐恤，予骑都尉世职，次子展鹏承袭。赐三子起鹏为举人。当地人收殓将军部属的75具官兵遗骸，于白草山麓建“节兵义坟”。

番禺人张维屏曾作《三将军歌》：“英夷犯粤寇氛恶，将军奉檄守沙角。奋前击贼贼稍却，公奋无如兵力弱。凶徒蜂拥向公扑，短兵相接乱刀落。乱刀斫公肢体分，公体虽分神则完。公子救父死阵前，父子两世忠孝全。”

东莞篁村人张璐在道光年间曾编过一本《义马诗集》，收录有关节马的唱和诗计61首。

有资料说，东莞学者刘炳元在1996年出版的《节马与陈连升》中有诗：“有马有马，公忠马忠。公心唯国，马心唯公。公歼群丑，马助公斗。群丑伤公，马驮公走。马悲马悲，公死安归。公死安归，马守公尸。贼牵马怒，贼饲马吐。贼骑马拒，贼弃马舞。公死马跨，马死马髁。死所死所，一公一马。”但查此书并无该诗。

虎门的文学爱好者将节马故事进行了收集整理，收录在《东莞民间传说故事》等书中。亦有对口单弦《节马颂》、电影《节马生死签》等作品出现。

在将军故乡湖北恩施市，有连升广场。广场正中矗立着连升将军和他的战马的雕像。在鹤峰县城，有以将军名字命名的街道连升路，还有以他名字命名的连升桥。

1990年6月23日，江泽民同志视察鸦片战争博物馆，向林则徐坐像三鞠躬，并亲笔题写林则徐的著名诗句“苟利国家生死以，岂因祸福避趋之”。在节马碑前，他驻足凝视，认真阅读碑文，盛赞节马气节。在前往珠海、广州的途中，在接见广东有关方面负责同志时，在与华南师大附中教职员工座谈中，多次赞扬陈连升将军和节马在抵抗外侮斗争中表现出来的崇高精神和民族气节。

我曾多次到过虎门的威远炮台、销烟池，凭吊古战场。多次拜谒沙角炮台，寻访那匹感天动地的“节马”和它的主人、我的土家族老乡陈连升将军的英雄事迹。

陈连升将军于民族危亡之际，不惜老迈之身，勇赴国难，父子双双战死疆场。所训坐骑，亦因思故主而殉故国，忠良节马，满门忠烈，气贯长虹。同为土家族后裔，在将军殉国之处工作的媒体人，每每想起岳武穆的“忠”、文天祥的“正”、陈连升及其马的“节”，那就是一脉相承的魂，是忠诚爱国、威武不屈、舍生忘死的民族之魂！我除了无数次的感动与敬仰之外，也曾多次萌生过为将军做点什么的念头，弄个报告文学？传记文学？电视专题片？抑或是电影？但几十年过去了，一是缺乏足够的信心，二是没有恰当的机缘，至今一事无成，亦为憾事。

南疆行

天山苍苍，昆仑莽莽。
绿洲幽幽，戈壁茫茫。
历史悠久，文脉绵长。
古称西域，尉头国邦。
丝绸之路，商贸繁昌。
古柳新棉，芳草夕阳。
雄关大漠，驼铃马帮。
汉使班超，三十六郎。
设城九宫，驻跸唐王。
玄奘西行，布衣素装。
小乘兴盛，心驰神往。
一九四九，和平解放。
始属巴楚，后建垦场。
世纪之初，国事兴旺。
乃建师市，迈向辉煌。
图木舒克，这里是鹰面突出的地方！
新兴师市，这里有播种希望的土壤！
一代英雄，两个地方，
一生功业，千古传唱。

在东莞虎门，他销烟御敌，威震四方。
在图木舒克，他勘察八城，筹策戍疆。
回望虎门：“苟利国家生死以，岂因祸福避趋之。”
驻足图市：“荒碛长驱回鹘马，惊沙乱拍曼胡缨。”
林公则徐，正是这样一个共同的英雄，
让他们为之骄傲，世代敬仰！
两座城市，一个理想。
东莞在南方，那里有龙眼荔枝、玉兰莞香。
图市在西北，那里有甘草棉花、土陶作坊。
对口援疆，正是这样一个共同的理想，
让彼此心手相牵，挂肚牵肠！
送来了贴心话，那是东莞领导的关怀。
送来了好项目，那是东莞人民的期望。
送来了新教室，那是东莞虎门的爱心捐建。
送来了采访车，那是东莞广电的热心同行。
凤岗，热情助销“兵团红”。
常平，送来了饮水净化厂。

东江花苑，
这是东莞诸多援建工程的一项。
漫步小区，抬眼凝望：
高楼宽廊，青砖粉墙；
路阔灯巧，宽厅明窗；
绿树成荫，繁花绽放；
翠柳曼舞，小渠轻唱。
一位“老兵团”来到这里，看了又看，走了又走，
临别时，他喜极而泣，老泪沾裳：
“想不到啊，想不到，

是你们实现了我一生的梦想！”
一位业主，驾着自家的小车，忙着家装。
听说来了东莞的朋友，
主动下车，朋友一样，拉起家常。
他一手厚茧，满面春光：
“感谢东莞，
感谢东莞人帮我们建设家乡！”

五十团，其盖麦旦，
这里是兵团小城镇建设的榜样。
整齐的布局，宽阔的街道。
和谐的色调，崭新的楼房。
滴灌语声细，高树绿荫长。
疑是江南地，抬头见胡杨。
东莞派出的干部，
一来就走村串户，里短家长。
抓民生，抓产业，
抓文化，抓招商。
不到两年时间，这里新建了近千套保障房。
还有胡杨新村、花卉公园、文化广场。
走进老团部，很难想象，
科学的规划，宏伟的蓝图，
却诞生于这些斗室低窗！
运筹帷幄、决胜千里的指挥员，
竟伏案于这些泥坯土房！

披晓月，沐朝阳。
步尘沙，奔南疆。

访师市，走团场。
望古柳，问白杨。
援疆工作，是如此伟大，如此神圣！
援疆干部，是如此忠诚，如此刚强！
他们是这样一支队伍，
他们是这样一组群像：
晒甲戈壁滩，饮马叶尔羌。
放歌天山下，相思陌上桑。
问策百姓间，濯靴绣垄旁。
寄情边关月，建功万古芳！

诗与远方

2012年秋，我有幸随东莞媒体采访团前往新疆喀什，采访东莞对口支援工作，这首诗就是那次采访后写的。

东莞作为先富起来的城市之一，对口支援帮扶的任务自然很重，有西藏林芝、重庆巫山、广西河池，还有省内的韶关和云浮等地。2011年开始的新一轮援疆，东莞的支援对象从东疆的哈密，调整到南疆的喀什图木舒克市。

这次采访是一个漫长的行程。因为航班衔接的关系，我们一行人先坐三个多小时的飞机到北京，再坐五个多小时的飞机到乌鲁木齐，紧接着再坐两个小时的飞机才到达喀什。这一行飞越南岭、长江、黄河，再飞越太行山、黄土高原、河西走廊，从东天山直到西天山的帕米尔高原，饱览了神州大地的各种地形地貌。

飞机如约降落在喀什机场，透过舷窗就可以看见“不到喀什不算到过新疆”的巨幅广告牌。我们一行人脚踏大地，兴奋无比，终于到达祖国最西的边疆城市了。机场航站楼不大，跟东莞客运总站差不多，但高效便捷。兵团农三师电视台的同行一上来就帮忙扛家伙、搬行李。这时，从后面走来一位身穿整齐作训服的军官，这就是我们久未见面的梁团长。谁说“西出阳关无故人”，一行人先是一愣，等他脱下军帽的那一刻，所有人一拥而上，逐个与梁团长热烈地熊抱。看着我们激动的样子，梁团长笑着安慰道：“男儿有泪不轻弹。”

梁团长就读武汉华中工学院（今华中科技大学），先后在东莞市委机关、广电局和广播电视台工作。2010年8月，作为广东第六批援疆干部的先遣队，提前半年进驻南疆，任职农三师五十团团长，是当时新疆建设兵团唯一担任团场主官的援疆干部。

梁团长体格壮硕，脸方额阔，仪表堂堂。特别是他那满脸的络腮胡子，十分粗壮而又极为茂盛。有人开玩笑说，他可能有北方人甚至是北方少数民族的基因。梁团长不仅学识渊博、思维敏捷、极为健谈，而且性格谦和、平易近人。在台工作期间，无论是领导、中层干部还是普通员工，与他都相谈甚欢。从工作到学习、生活，从政治到经济，从天文到地理，从哲学到宗教，从上古的神话到时政新闻，他从不说重复的话题。聊到投机之时，甚至可以通宵达旦。他说话时，从声音、表情、手势到各种肢体语言，凡一切有助于表达的身体各个部位、身边的一切物品，都可以信手拈来作为道具，强化他的表达效果。因此，他的谈话感染力极强。下班以后，他的办公室几乎一直都是人来人往、高朋满座。

喀什，西汉时称疏勒国，地处帕米尔高原东沿，是通往西亚、中亚和南亚的咽喉要塞，自古以来就是南疆重镇。从汉朝西征、佛教东传、丝绸之路，再到今天的"一带一路"，喀什既是边防要塞，又是对外口岸。

梁团长很细心，考虑到我们一行十个小时左右的飞机旅途，饥饿劳顿，直接带我们拐进了一家极具民族风情的街边小店，让大家先填填肚子。刚刚坐下，他提前在店里等候的同事即招呼店主上菜。随即，每人一大碗热气腾腾的羊肉拉面就被端了上来。

"不来两口?"虽然半年多不见，但梁团长的表情依然那样丰富、那样真诚。只不过他那修剪得很得体的络腮胡子告诉我们，他现在似乎变得更加深沉、稳重了。

"必须来两口！有朋自远方来，还是要有点仪式感的。"

"团长亲自来给我们接风，没酒可不行!"见到梁团长，大家感到很兴奋，其他同事也来劲了。

梁团长爽朗一笑："好，因为我们还要赶路，每人就来个三两小炮，本地的那种。不过，这算不得接风，真正的接风酒我们在图市安排。"

正说着，一股特别的草原香味从窗外飘来。紧接着，一个大藤条织成的篮子隆重登场，被稳稳地放在桌子中间。篮中之物我从来没见过，我伸长了脖子，凑近了看，只见它形状沧桑、颜色深沉，表面冒着淡淡的热气，泛着闪亮的油花，时不时还弹出几声微弱的炸响。

"羊包肝，下伊力特!"梁团长随即给每人分了一个。

听梁团长介绍，这是一道新疆知名的美食，是新疆传统的烧烤。先用羊网油裹住羊肝，放上些许辣椒粉、孜然粉等佐料，炭火明烤即可。

闻着那香味，没等梁团长说完，我就忍不住咬了一口。果然是外酥里嫩，香滑软糯，十分美味，久闻的喀什美食果不欺我。

天还没暗，月亮却早早地升了起来。一行人又风尘仆仆、马不停蹄地向图木舒克进发。314国道在西天山脚下的戈壁滩上不断延伸，越野车如脱缰的骏马，飞驰在笔直的公路上，梁团长告诉我们，还有600里路啊！

车窗外面，月光如昼。苍凉的沙丘之间，是干涸的古河道，河道内茂密的柏杨和沙枣树不时在车窗外闪过。左边是天山，右边是塔克拉玛干沙漠，俨然一幅“大漠孤烟直，长河落日圆”的画卷。

面对此情此景，我有点情不自禁：“自古边塞出好诗啊！”

梁团长虽是工科出身，但其文史素养也令人钦佩。和他在一起，每闻惊人之句，同事们都深为折服。

梁团长说：“确实，我来图市后，偶尔也读几首诗，比如李白的《关山月》：‘明月出天山，苍茫云海间。长风几万里，吹度玉门关……’在这里读诗与在内地读诗，感觉完全不同。”

我深表理解：“中国的边塞诗历史非常悠久。我记得《诗经》里边就有大量的边塞诗：‘岂曰无衣？与子同袍。王于兴师，修我戈矛……’你看，那种从军报国的慷慨精神和豪迈气概，多么让人振奋！团长，你这个援疆，是不是也可以理解为古时候所说的戍边？”

“应该没有本质区别。”梁团长的回答非常理性，就像在台里工作时回答我们的提问一样。

“说到戍边，不能不提到一个与我们东莞有关的人物——林则徐。”

梁团长的声音显得更加厚重：“对，林则徐是我非常崇拜的民族英雄。虎门销烟之后，他被道光帝革职，发配伊犁，效力赎罪。在伊犁期间，他兴办水利，勘垦屯田，推广先进生产技术，受到当地百姓的爱戴。”

“在古城西安，他告别妻子的时候写下了一首著名的诗。其中流传最广的两句是‘苟利国家生死以，岂因祸福避趋之’。”

“江泽民同志视察广东参观鸦片战争博物馆时，还亲笔手书了此联。”

戈壁上的月亮特别大、特别亮。我不由得想起五年前，也是一个满月之夜。我在家里哄一岁多的儿子睡着，刚在阳台上坐下，一阵清脆的电话铃声便响起。我一看，是梁团长。

“喝酒？”因为熟悉，我也问得随便。

“不喝，喝过了。”

“不喝酒，打什么电话？”

“你知道我在哪里吗？”梁团长故作神秘。

“哪里？”我开始好奇。

“九华山。”

“你可真是潇洒。”

“山高月圆，一片寂静，不知像不像当年王守仁在龙场悟道。此刻，我突然想明白了一个词‘圆通’，‘圆通’是什么意思呢？就是圆满无尘、通达顺畅……我们做新闻的心境，也得讲究圆通。”

在湖北工作时，我曾有幸去过九华山。唐以前这里叫九子山，因李白一句诗“昔在九江上，遥望九华峰”而更名为九华山，素有“灵山仙境”“奇秀甲江南”之美誉。

我知道，梁团长曾在中山大学研读哲学，尤爱陆王心学，于人性本心见解独到。台庆五周年时，他写过一篇文章：“古代有项社科成果叫‘中庸’，就是属守中道，尊重自然，善于折中致和，追求中正和谐。它既是人生最高的道德标准，也是处理矛盾的最高智慧。感悟中庸，以中庸的心境融入世界，以中庸的心境伴随职业人生。”

梁团长悟到了“圆通”，兴致自然很高：“九华悟道，第一时间想跟你分享。秋月如水，我身后就是有名的甘露寺，向你问好，向我的侄儿、你的开星表示最美好的祝福！”

我立时站起身来，以示庄重，真诚地向他表示感谢，虽然他看不见我。我想，他可能喝了几杯，但唯其酒后还能记得我，这着实让我非常感动，感念至今。

我正在车上遐想，忽然听到梁团长高声道："再走大约半小时就到图市了，这里是巴楚县，我们还有位老乡曾在这里工作过。"

"东莞老乡？"我好奇地问。

"是东莞老乡，"梁团长提高了嗓门，"谢遇奇将军出生于东莞茶山，自幼谙习水性，精于骑射，22岁时中同治乙丑科第四十二名武进士，27岁时官居五品守备，成名很早。"

"那他后来又是怎么到了新疆的呢？"我又问。

梁团长接着说："清朝同光年间，中亚的阿古柏入侵新疆。谢遇奇随左宗棠麾下的刘锦棠，奉命收复迪化。谢遇奇率部置'开花大炮'于城外的山梁上，猛烈轰击，迫使入侵者弃城而逃，遂一举拿下迪化。此后，他又克达坂城、攻玛纳斯，所向披靡，屡建奇功，升三品参将，并主政巴楚。"

后来我才知道，在东莞茶山南社，还建有谢遇奇将军家庙，为清廷敕准修造，有联"荣膺一品，祀享千秋"，2006年被公布为全国重点文物保护单位。

图木舒克位于巴楚的东部，地处阿克苏至喀什的交通要塞，古代属尉头国，唐曾在这里大量屯兵，故称唐王城。二十世纪六十年代，新疆兵团组建农三师，在此屯垦戍边，十年前设立图木舒克市。我们到达图木舒克市区时，已经深夜了。月光之下，远远望去，果然是一叶孤城万仞山。

次日9点，我们来到五十团其盖麦旦。农三师五十团组建于1969年10月，由新疆维吾尔自治区原农垦图木休克总场马扎霍加分场和夏河分场合并而成。辖区500平方公里，大部分是戈壁沙漠和野生胡杨林，耕地很少。由于这里人多地少缺水，地处偏远，交通不便，因此，这是兵团一百多个团场中最贫困的团场之一，成为广东对口援疆的试点团场。

正式采访之前，我们参观了旧团部机关办公室。这是一个由三排低矮房子合围而成的"三合院"，土夯墙，泥苇顶。走进团长办公室，墙上依然挂着饱经风霜的马灯、斗篷，还有一件老旧棉衣。陪同的团广电站同志说，梁团长是最后一位搬走的团领导，也就是上个月。

站在这里，我忽然想起了我在《东莞电视报》编辑部的同事芳姐。她是第一批采访梁团长的记者，当时，她一踏进这十平方米的团长办公室，看到缝漏天光的屋顶、泥糊纸裱的墙面、墙角长出的野草、已经快泥化的地砖和披着臃肿军棉袄的梁团长时，就像大姐见到久别的弟弟一样，百感交集，抱着老领导，忍不住哭了起来。

很难想象，曾经在东莞筹建过机关大楼和广电大楼的梁团长，时空穿越在这种环境下办公。更难想象，就是在这里，他组织指挥着全团热火朝天地进行脱贫攻坚和城镇化工作，使五十团提前一年完成援建任务，成为兵团城镇化示范团场。

梁团长笑着说，这是二十世纪六十年代的作品，有点当年西柏坡的感觉吧！人生，是要有点革命乐观主义精神来支撑的。

走出老团部，穿过一个小公园，就来到新的城区。蔚蓝的天空，没有一丝云彩，显得极为高远。粗大的胡杨树拱卫着宽阔的沥青马路，崭新的街道两旁是造型舒展的路灯。环顾四周，广场是新建的，医院是新建的，学校是新建的，军垦职工已经逐步住进跟东莞一样的绿化小区。我不由得感叹，这完全是一个充满现代化气息的边陲兵团小镇！一行人边走边看，丝毫没有感觉到我们已经深处塔克拉玛干大沙漠的腹地。东莞援疆干部与团场各族职工群众一道，发扬胡杨精神，引入广东精神，奋发图强，“敢教日月换新天”，使这荒芜之地，“沧海变桑田”。

我们一行人走进了援建的职工文化中心，见到门前的草地上，几位维吾尔族姑娘正在边唱边舞。听同行的团场同志介绍，这就是“刀郎舞”。五十团所在地叫夏河，是南疆母亲河叶尔羌河的下游。古时生活在叶尔羌河中下游的部落叫刀郎人，他们狩猎收获后，在大胡杨林中即兴表演的歌舞，就叫“刀郎舞”。姑娘们正在唱的歌是《旅人歌》，大意为：你穿着雪白的裙子，镶着鲜红的花边，等待着心上的人儿，呆呆地坐着，望眼欲穿。你穿着美丽的丝裙，手捧鲜花在门外留恋，热恋着心上的情郎。

要说，我不是第一次来新疆。曾经，我们与新疆台合办了一档新闻栏目叫《南海潮》，在新疆卫视播出。我作为东莞方面的负责人，曾有幸受邀，与新疆台的同仁们相聚于天山之麓。

那时，天山脚下，天池之畔，绿草如茵。清晨的阳光温暖而柔美，远处的博格达雪峰静谧而祥和。一股清泉顺着山坡缓缓流下，炊烟从一顶蓝白相间的帐篷顶上袅袅升起，三三两两的牛羊，随意地撒在帐篷周围，构成了一幅绝美的天堂神画。

走进帐篷，只见一少妇、一髫童。同行的李总出生于新疆石河子，是兵团红二代，不仅是广播电视方面的技术专家，对新疆美食也有深究。他特地向那女主人订了一锅清炖羊肉。谈好价钱，约好时间，我们便向草原深处奔去。

在草原一番恣意折腾后，饥肠辘辘的我们开始朝着来路返回。走进帐篷，恰是时候，那热腾腾的羊肉，适时出锅。据李总介绍，那清炖羊肉就是以牛粪为燃料、用山泉煮羊肉，加少许生姜、椒盐，炖熟而已。大自然的恩赐，容不得太多的加工和做作。坐在小木桌旁，只见那羊肉肥瘦匀称，火候精当，没有任何仪式，直接用手自助料理。咬在嘴里，那羊肉果然嫩滑软糯，味味相融，极为完美。细细品来，只感觉那羊肉的香味，仿佛不是从肉中而是从草原深处飘溢出来的，入口，入心，入骨，久驻不去，回味无穷。

就是那山，就是那水，就是那羊，就是那人，刷新了我此生最为深刻的美食记忆。吃完午餐，我们不得不说再见了。一行人告别女主人、告别那帐篷，渐行渐远，我仍然不断地回望。登上高处，我向那幅神画深深地鞠了一躬，再次虔诚地作别。

在与新疆台合作期间，我曾多次踏上那片神奇的土地。

那年冬天，冰雪极大。我站在天池边，遥想三千多年前，穆天子在这里与西王母宴饮高歌，为天池赢得了“瑶池”之美誉，留下了千古佳话。酒酣之后，只觉得天地缥缈，物我两忘，乃与同行的峰哥、良哥一起，袒胸赤膊，情不自禁地扑进了那雪原温柔的怀抱，在这高贵圣洁的天池之畔，与那千年冰雪互为天地。

多年以后，再来翻看这些照片，仍然感到畅快无比。

此次赴南疆采访对口援建工作，按照计划是以电视新闻为主。作为意外收获，我创作了这首名叫《南疆行》的长诗。全诗八十二行，千又三十字，是我平生写的最长的一首诗。

论题材内容，这是命题作文，也是职务行为，主要表现东莞援疆的巨大成就以及本人的所见所思所感。自我感觉，气势宏大，铺排合理，结构巧妙，用字讲究，叙事精当，抒情自然，实属用心锤炼之作。

论其体裁，我姑且称之为当代长篇叙事诗。

叙事诗起源久远，诗经乐府唐诗，名篇迭出。叙事诗的押韵，相对宽松。古体诗中的古风、歌、行、吟均可换韵，亦可押邻韵。本诗不拘古韵，以普通话读音来押韵，这也是当代诗歌通行的做法。让我比较得意的一点是，全诗八十二行，一韵到底，实不容易。古代名篇巨制如《木兰辞》《孔雀东南飞》等，都是多次转韵才得以完成。当然，我万万不敢与古人相比，而且由于语音的变化，字韵也在变化，所以也没法去比。后来，我的一位文友在聊到这首诗时说过一句话："同韵之字，几用尽矣。"一瞬间，那种被读懂、被理解的感觉，在我心中荡漾开来，久久徘徊，不肯淡去。

应该说，这次南疆采访比较成功。电视新闻在本台和广东电视台播出，本诗在《精彩一周》刊发。

梁团长从图木舒克回东莞后，到乡镇工作了几年，后又被省委召唤，作为队长再次率队参加广东合作共建新疆兵团四十一团草湖镇的援疆试点工作。他在2017年获得"全国对口支援新疆先进个人"荣誉称号，现在还拥有两枚新疆兵团二等功的勋章。

我曾问过梁团长，南疆的厚重历史和异域风情、艰苦生活和创新工作，怎么没留下一些诗文？对自己这段激情燃烧的岁月来说，有了远方，而没有诗，未免遗憾。梁团长说，也许是诗，才触发他应召远征的动能，而扎实有效地工作，才能对得起远方。

我忽然感觉我问得太幼稚了。热血男儿，一腔忠诚，祖国召唤，两度赴疆，那是一种怎样的家国情怀！这本身不就是一首激越澎湃、雄浑壮美的英雄之诗吗？

精彩头条 责任编辑：陈善英 编辑：梁民 设计：Kiko

南疆行

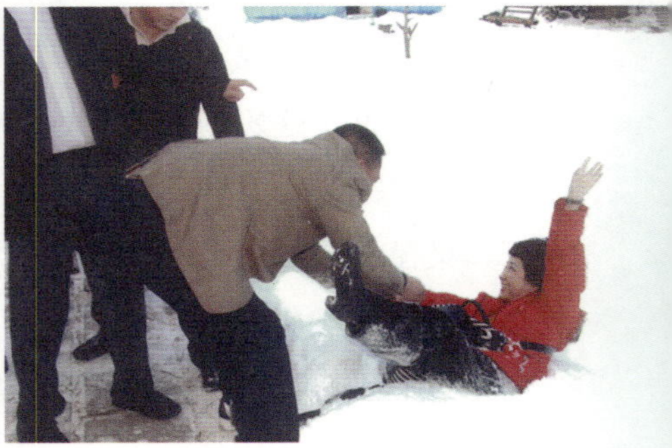

诗和远方，我们共同的向往。

“广播 +”的东莞解法

——东莞电台媒体融合的探索

在互联网高速发展、全面普及的今天，传统媒体与新媒体的融合发展上升到了国家战略。作为传统媒体的广播如何与互联网融合？有的专家说应该是“互联网 +”，有的专家说应该是“广播 +”。

其实，谁加谁都不重要，关键的是结果。从数学的角度来说，谁加谁，得数都是一样的。但对广播来说，谁加谁是不一样的。我们说广播加互联网，强调的是广播必须主动研究互联网和新媒体，运用互联网和新媒体，融入互联网和新媒体。

加与不加，谁加谁，是一个问题。这就像莎士比亚说的：“生存还是毁灭，这是一个问题。”

一、这一加，“今生偏又遇着它”

不管我们愿不愿意，互联网来了，新媒体来了，而且来得如此迅猛，甚至超出我们的想象。我的很多做了几十年传统媒体的广播同行发出这样的感叹：“今生偏又遇着它。”

十年前，全国互联网用户只有 2 000 多万人，而去年已达到 6.5 亿人，也就是说，十年间增加了 33 倍。比如阿里巴巴，十几年来，已沉淀了庞大的商业数据，一个支付宝和一个余额宝共同支撑起马云的金融数据王国。甚至有人在网上惊呼：未来 30 年，中国战略资源的流转、节点、弱点，中国重要人物的社会关系、性格禀赋、兴趣爱好、个人隐私、生理周期、心理缺陷都在马云的数据掌握之中。所有这些如为敌对国利用，必将威胁到中国的国家安全。

面对这样的局面，我们首先要保持定力，沉得住气。媒体融合是国家战略，这不用讨论。对于我们地方台来说，我们要讨论的是怎么融合。这对我们有三个要求：一是解放思想，更新观念，真正树立互联网思维，比如平等的理念、互动的理念、大数据的理念、客户的理念等。二是要借用互联网技术，如大数据技术、云计算技术、4G 技术等。三是借用互联网的一些好的经验，比如精准推送、私人定制、优化体验等。在这个意义上，我们要强调的是，媒体融合不是要我们放弃传统媒体的优势而一窝蜂去做新媒体。要知道，在新兴媒体中，只有老大，没有老二，你做不到老大就没饭吃，这有点类似于“马太效应”。事实上，当前很多国内的传统媒体甚至是强势媒体也仍然处于办网站、开微博微信、做 App，把现成的内容搬上去的“凑合”状态，这值得我们深思。

媒体融合是个大方向，不可能一蹴而就。当然，也不能等待观望，必须积极探索，大胆实践，主动作为。

二、这一加，“从此天涯若比邻”

只因了广播的这一加，加出了渠道的“无处不在”，从此天涯若比邻。

2005 年 12 月，东莞广播电视台所属的东莞阳光网正式上线。从此，东莞电台实现了网上收听，正式与互联网拥抱。2012 年 3 月，东莞阳光网获得国新办颁发的互联网新闻信息服务许可证，成为全国重点新闻网站之一。2013 年，东莞阳光网移动客户端上线，东莞电台实现了手机用户的移动收听。2014 年，东莞阳光网又建立了广播节目回听系统，突破了广播“过时不候”的传统模式。2015 年上半年，东莞阳光网与斐济华人文化体育协会建立了战略合作关系，东莞阳光网与斐济华人新闻网实现互联互通，东莞广播也随之走出国门。

近些年来，我们在努力做强台和频道官网、官微的同时，鼓励、支持主持人建立自己的微博微信。如主持《中国音乐排行榜》的主持人李想的微博粉丝达到 16 万多人，微信粉丝也有 2 万多人。再如主持《飞越全城》的主持人志恒、《音乐非流行》的主持人小真、《城市的天空》的主持人叶纯，他们的粉丝也都在 10 万人以上，全部 32 个广播主持人的粉丝加起来，不计重叠超过 200 万人。这个数字，相当于十几个陆军整编师。

利用互联网平台，东莞电台扩大了覆盖、提升了影响、方便了听众、促进了参与。比如，每周一期的广播直播栏目《市民热线》，节目播出一星期前，就通过广播、东莞阳光网、微信公众号、主持人微博等平台，预告上线单位、主要话题、参与方式，同时收集话题，进行预热。节目中，听众和网民通过上述平台参与其中，东莞阳光网以图文方式直播。节目播出后，听众反映的所有问题都可以通过东莞阳光网查询，同时调动其他媒体进行跟踪报道，形成了立体传播。参与的人不仅有本地的听众和粉丝，甚至在莞工作多年、现已返回老家的朋友，都通过网络发表意见、参与讨论。

目前，东莞广播除了传统的收听方式以外，听众还可以在 PC 端网上收听、通过手机移动收听，错过了播出时间，还可以在网上回放，真正实现了无时不有、无处不在。无论是在车上、在家里，还是在公园、在商场，甚至在太平洋深处的斐济，都能听到东莞电台的声音。

三、这一加，“近水遥山皆有情”

只因了广播的这一加，加出了内容的“无话不说”，是所谓近水遥山皆有情。

曾经，“平台为王”还是“内容为王”在传媒界引起了广泛争论。实际上，没有了包罗万象的海量信息，再大、再好的平台也不可能为王。“平台为王”说到底还是“内容为王”。因此，做好内容仍然是广播在“加”的过程中始终要坚持的，特别是要把握好在与新媒体融合过程中的窄播、细分甚至定制的趋势。

主持音乐节目的李想的粉丝，有职业音乐人、音乐发烧友、音乐爱好者。他的节目，往往从这些粉丝最关注的话题开始，有的话题就是粉丝本身，如某粉丝新创作了一首歌、某粉丝新收藏了一张谁的光碟。同时，节目中还开设了互动投票、放送祝福等环节，大大提高了节目的针对性。对一般听众来说，节目更加专业；对粉丝来说，则增添了黏度。再如情感谈心节目《城市的天空》，这是一个办了 10 年、有 13 万微博粉丝的节目。这个节目既与当事人互动，也与粉丝互动。由于话题是一个个生动的、鲜活的、有启迪作用的真实案例，具有很强的故事性和教育性，粉丝的参与度非常高。除了传统的电话参与以外，受众通过微博、微信等方式，表达敬佩、表达支持、表达祝愿、表达同情甚至表达愤怒，非常活跃。我们还尝试把旅游节目搬进景区、把饮食节目搬进餐馆、把经济节目搬进商场。我们与东莞的一家大型商场合作，开办了一个半小时的节目《声动零距离》。我们把演播室建在商场的一楼大厅，每期配备三位男女主持人，增强现场感。听众不仅能听节目，还能现场看；不仅能看节目，还能现场参与；不仅能参与节目，还能现场抽奖。

四、这一加，“为伊消得人憔悴”

只因了广播的这一加，加出了服务的“无微不至”，是所谓为伊消得人憔悴。

当前，传统媒体一直在讨论一个观点，那就是如何把听众变成用户。实际上，没有良好的服务，再忠实的听众也不可能变成用户。这就要求我们在广播“加”的过程中，始终把服务放在重要位置，真正把听众奉为“上帝”，为他们提供良好的体验、方便的操作、最优的价格、快速的到达。

东莞是世界工厂，制造业非常发达，而且有许多名品。曾经有一句话叫“不管在哪里下单，都在东莞制造”，针对东莞这个特点，我们创办了“东莞最美产品发布会”，每周六在东莞广播电视中心举办。所有到现场的粉丝和听众，免费接送。此外，还有现场抽奖、主持人导购、签名、合影、送礼品等活动。

活动中，我们采用广播加新媒体加本土制造的模式，做到了广播与新媒体同时推介、线上线下同时销售、最低价格和最优品质同时承诺，所有参与活动的商家免费宣传，初见成效。目前，已有 100 多个东莞本土优质企业的 800 多种商品参与活动。

随着传统受众的分化、传统广告的分流，传统媒体的广告时段资源出现大量闲置。从2013年开始，我们就尝试了组织“阳光抢购街”活动，用闲置的广告资源置换产品，再通过电商的模式进行销售，将其变现。目前，已有200多个商家的1 000多种商品参与活动，有效地盘活了时段资源。

从2012年开始，我们走出演播室，在户外创办了每周一期的“完美大舞台”。活动前，我们通过广播、电视、网站、官微等进行宣传造势，承办活动的部门以及主持人还通过微博、微信，在自己的朋友圈中进行动员。在活动中，东莞阳光网进行现场图文或视频直播，观众可以使用现场Wi－Fi，通过微信平台对节目进行投票，参与现场抽奖。活动后，参与现场演出的观众，运用微博、微信等，用照片或视频方式，分享自己在节目中的表现，号召亲戚朋友收看东莞台当晚播出的实况录像节目，扩大了活动的影响。几年来，我们不仅承办了“社会主义核心价值观”“读书节”“消防宣传日”“文化惠民千场演出”等活动，还将内容植入、节目特约、摊位出租、赞助播出等多种经营形式组合运用，取得了较好的经济效益。

“完美大舞台”项目通过主动服务，把东莞的政府资源、社会资源、经济资源与电视台的品牌资源、频道资源、策划资源、演播厅资源、主持人资源、资料库资源等，在线上与线下同时进行有机整合，在文化惠民的旗帜下，真正实现了社会效益与经济效益的同步提高。2014年，“完美大舞台”被评为“东莞市文化惠民十大品牌”之一。

五、这一加，“柳暗花明又一村”

只因了广播的这一加，加出了营销的“无限可能”，终于看见了柳暗花明又一村。

2015年11月9日，在澳大利亚堪培拉，联邦议会参议院通过了与中澳自贸协定相关的议案。这意味着中澳自贸协定已获澳立法机构的批准，只待中方立法机构批准即可生效。

就在同一天，中国南海边珠江口东岸的东莞，注册资本1 000万元的东莞文化产业中的第一家中外合资企业，正式获得东莞市工商局的注册登记，东莞广播电视传媒集团占股49%。也就是说，从今以后，我们有可能从澳大利亚平均每年数百亿澳元的对华出口大生意中，分得一小杯羹。澳大利亚的奶粉、肉类、蜂蜜、肥皂等特色产品，以及旅游、留学、培训等有潜力的项目都充满了魅力。在营销模式上，公司将不拘一格，努力把传统媒体的频道频率资源与新媒体资源进行有效整合，在线上线下同时开展营销，充分发挥电商的作用，在经营方面必将会有新的突破。

总之，面对互联网和新媒体，我们不必焦虑，不必恐惧。传统广播不会被取代，就像电视至今也没有取代电影一样。任何技术的进步，都必将催生新的业态，也必将刺激传统业态自身的转型和创新。“上帝的归上帝，恺撒的归恺撒。”在媒体融合的伟大事业中，传统媒体独有的平台优势、品牌优势、内容优势、体验优势，仍需强化和发扬。

难解的“广播+”

我从业以来，很少写论文。一是心态懒，得过且过。二是见解浅，恐贻笑大方。但是，要评职称了，论文是必需的，所以不得不硬着头皮写。

这篇论文，有两点我还是下了些功夫。一是选题比较热，论文探讨的是传统媒体广播如何适应互联网背景下的媒体生态。二是标题比较新，主标题立足东莞直取论点，五个小标题引用了五句诗，似也贴切。后来有朋友问我，论文还有这种写法？我说我不知道，只想试一下。

2015年的广州，暖冬如春。暨南大学校园内，浓荫婆娑，生机盎然。据考，暨南大学始建于清末，“暨南”二字出自《尚书·禹贡》：“东渐于海，西被于流沙，朔南暨，声教讫于四海。”

12月5日，第五届全国广播学术研讨会暨中国新闻史学会视听传播研究委员会成立大会在这里举行。

会议由中国广播电影电视社会组织联合会、中央人民广播电台广播学会、广东广播电视台、中国新闻史学会和暨南大学联合主办。中国广播电影电视社会组织联合会副会长王求、中央人民广播电台广播学会常务副会长杜嗣琨、中国新闻史学会会长陈昌凤、广东广播电视台总编辑陈一珠等来自全国广电媒体以及新闻院系50多家单位的行业精英与专家学者，围绕“坚守与突围”的主题展开了研讨。

感谢我的好友申教授的鼎力推荐和悉心指导，我作为本次会议特邀的两位地级市台代表之一，以《“广播+”的东莞解法》在会上作了主题发言。这是我第一次在中国广播界最高级别的学术研讨会上宣读论文，深以为荣。

我出身电视，来东莞很久以后才接触广播。

据有关资料，中国的第一座官办电台是1926年10月1日创办的哈尔滨官办无线电台，这成为中国电台第一声。无线电专家刘瀚，则被认为是中国电台第一人。

1940年，中国共产党在陕北根据地建立了延安新华广播电台，于12月30日播出，人民广播事业由此发端。1949年夏，中共中央决定，成立中共中央广播事业管理处，后又改名为广播事业局，成为中国广播电视事业的管理机构。同时，新华广播电台改名为中央人民广播电台，成为中国共产党、中国政府和中国人民的喉舌。

东莞的广播始于二十世纪六十年代，初期为东莞县广播站。1990年3月18日开通调频立体声节目，每天播出9.5小时。1993年，播出国际新闻。1995年，采用直播形式，每天播出18小时。1998年，开通音乐频率，并在全省率先建成了数字化音频工作站，实现了广播从节目制作、传输到播出的全数字化。现有新闻综合、交通、音乐三套节目。

曾经的东莞广播人，充满理想、充满激情。也许是得益于东莞这座城市敢为人先的精神熏陶，他们无论是做节目还是做活动，都敢闯敢试，百无禁忌。

东莞作为世界制造业中心，工厂多，工人也多。收听东莞电台的节目，成了一线工人们获取信息、休闲娱乐的主要方式。在很多工厂的车间里，除了必要的生产设备、原料器材以外，还必须配几台收听东莞电台的收音机，这几乎是很多工厂的标配。

从2007年开始，东莞广播人打造的“相约系列”活动，曾经轰动一时。广播节目主持人走出直播间，走进镇街、社区、工厂、商场，做看得见的广播节目。主持人与听众零距离交流，甚至同台演出。听众与主持人合影、请主持人签名，有的甚至只为一睹主持人的真容，看看声音那么甜美的主持人到底长啥样，与他们想象中的形象有多大差距。

东莞电台的线下活动影响巨大。活动之前，只要主持人在节目中一号召，来到活动现场的，不仅有东莞及其邻近的广州、深圳、中山的听众，甚至还有从湖南、江西、广西赶来的听众。他们虽然在东莞工作几年后回到了老家，但仍然保留着收听东莞电台的习惯，惦记着东莞电台的主持人，这让人非常感动。

那时候，电台活动现场之精彩、听众之热情、气氛之热烈，不亚于港台明星的演出。

记得那是一个下午，在“相约大朗”活动现场，天上下着小雨。演出活动结束后，所有的人都走了，我发现还有两个穿着厂服、稚气未脱的瘦小女孩子，每人手里拿着一束有些破皱的鲜花，坐在广场的台阶上不停地哭。我感到奇怪，上前一问，才知道，因为她们没有见到自己喜爱的主持人，昨天半夜起床去买的鲜花送不出去，故而伤心。顿时，我心里一热，安慰她们说我认识她们要找的人，可以帮她们转交。那两个女孩破涕为笑，说太好了。我接过她们的花，并再三保证，一定帮她们把花送到。

我们的车走远了，回头看时，那两个小女孩还在朝我们不停地挥着手，并大声喊道：“一定要交给木主持哦！”一时间，我除了感动，心里还莫名地涌起了一阵淡淡的酸楚。后来，我真的没有食言，郑重地将那纯洁的鲜花交给了她们指定的主持人。

一个开私人诊所的老板，扛着一大麻袋现金来台里做广告。因为他的广告投放手续不全，被电台的领导拒绝了。老板不服，一气之下，以“电台不收现金”为由，投诉到了市委领导那里。领导派人过问此事，电台做了不少解释工作。

来自江西的叶主持，形象端庄，性情温雅，声音婉柔。她所主持的节目叫《城市的声音》，被誉为“城市夜空最温暖的声音”。为了把节目做得更好，她还自考了心理咨询师。在节目中，她有时像闺蜜一样，和听众无话不说；有时像姐姐一样，对听众循循善诱。当然，对一些听众的极端想法，她也毫不客气地给予严肃的批评甚至严厉的斥责。总之，她用真心真情，努力给听众一段尽量满意的心灵旅程。2007 年 1 月，叶主持获得南方传媒集团最佳广播访谈类主持人大奖。后来，她以自己节目中的真实故事为素材，出版了《爱情创可贴》，从另一个角度、以另一种方式与读者共同探讨“情伤”的消痛止血法。

来自浙江的木主持，长相不算太英俊，却是个煽情高手。他的表情不算太丰富，但内心却非常真诚。

那是一个月明星稀的夜晚，木主持像往常一样，专注地直播他的《木主持的天空》。忽然，一个电话打了进来："木主持，救我！"

"朋友，别急，有什么事我能帮到你？"

"木主持，我现在是在工厂的八楼，我看到了那万家灯火，可它并不属于我。你是我最信任的人，我遇到了过不去的坎，我想把这生命中的最后一个电话打给你……"那是一个低沉得绝望的男生的声音。

对于听众的求助电话，木主持早已司空见惯，但像这样想要轻生的却是第一次。

"朋友，既然我是你最信任的人，那你能不能给个机会，让我也说几句？"木主持嘴上说得轻松，心里已紧张起来。

木主持从他曾经徘徊过的新安江畔说到他曾经畅游过的东江之波，从生命的价值说到人生的意义，从家庭的责任说到男人的担当，有轻轻的倾诉，有静静的倾听，有深情的讲述，也有冷静的分析。总之，他想尽一切努力，留住这个陌生的听众。

时间不知不觉过去了两个多小时，也许是顾怜于自己曾经的苦难，也许是自责于可能即将与一个宝贵的生命失之交臂而又无能为力。总之，在那一刻，辜负一个人的信任的强烈负罪感紧紧地揪住了他那颗多愁善感的心。最后，木主持真的哭了："朋友，既然信任我，那就等着我，今晚我一定要找到你，只为你口中的'信任'二字。也许我改变不了你的决定，但我也要抱着你，让你躺在你最信任的人的怀里，度过你人生中的最后一晚……"

过了许久，那位听众说："木主持，你别来了，我听你的，我这就回家。"听到这话，木主持一下子瘫在座椅中，许久才站起身来。

就这样，木主持用真情感动了一个素昧平生的男人，用真情抚慰了一个曾经受伤的灵魂，用真情挽救了一个年轻鲜活的生命。后来有人提起此事，他说再也没有听到过那位听众的任何消息，唯其如此，那位只闻其声未知其名的陌生听众反而成了他心中长久的牵挂。

又过了一段时间，木主持调到了其他单位。至于他为什么调走，了解他的人猜测，可能是因为他在节目中用情太深，承受不了太多的心灵煎熬而不得已离开了他心爱的主持岗位。

广播节目到底是否可以情绪化，在当时曾经引起过有关专家的关注，我们也曾展开过研讨，但终无令人信服的结论。

2017年，我开始与广播同仁们混在一起。然而，此时的广播早已辉煌不再。面对依托互联网技术的新媒体的猛烈冲击，听众大量流失，广告急剧下滑。如何把传统广播与互联网新技术进行有效融合，创造出新的业态，众说纷纭，莫衷一是。在学界，大多倾向于“互联网+”，而在业界，大多主张“广播+”。当然，我也赞同“广播+”，并试图从东莞广播实践中找到破题的方法或者是方法之一，所以《“广播+”的东莞解法》就自然而然地成为这篇论文的题目。

第一部分，以“今生偏又遇着它”为小题，看似无奈，却是正视。我在这一部分中认真审视了新兴媒体发展的迅猛态势，分析了传统媒体面临的严峻形势，最后引出了一个古老的莎翁之问“生存还是毁灭，这是一个问题”，感觉还是比较恰当的。

第二部分，我主要是讲东莞电台运用互联网技术，使听众可以实现网上收听，突破了政策和发射功率对传统广播的限制，从而极大地扩大了东莞广播的覆盖面。因为从理论上讲，运用了互联网技术，在全球任何地方，只要是有网络的地方，就能收听东莞电台，真正实现了“从此天涯若比邻”。

第三部分，立足于节目。“可以听”的问题解决了，但“听什么”的问题又来了。从媒体的角度来说，内容为王；从营销的角度来说，产品为王。说白了，就是节目创新。我们尝试把旅游节目搬进景区、把饮食节目搬进餐馆、把经济节目搬进商场，于是“近水遥山皆有情”的节目品格得到进一步锤炼和升华。“有情”，其实就是“有心”，就是用心做节目、用心做产品、用心做服务。

第四部分，探讨的是经营。有了产品，将其变现，再扩大再生产，如此循环。产业经营如此，媒体经营也逃不过这个宿命。但就是“变现”这最后的临门一脚，难住了多少英雄好汉！媒体产品的市场到底在哪里，似乎可望而不可即，那才是真正的“为伊消得人憔悴”。在一次又一次的头脑风暴之后，“最美产品发布会”“完美大舞台”“阳光购物街”等新的尝试，闪亮登场，就像一位营销专家说的“不管有肉没肉，先混个脸熟”。

第五部分，瞄准了产业化的问题。因为在经历了一次次痛苦的折腾之后，广播人忽然发现，真正能够让自己活下去的，还是产业。必须把传统广播独有的品牌优势、平台优势与互联网的技术优势整合起来，练就新的绝招，杀入其他行业，实行跨界营销，建立自己的产业，才能够“柳暗花明又一村”。

想清楚之后，注册1 000万元、本土媒体占股49%的东莞文化产业中的第一家中外合资企业诞生了。

当然，东莞解法，对与不对，最后能给多少分，只能由历史来评卷。

时代出的考题，

都是很难的，

但愿我们考的都会，

蒙的都对。

关于编辑

一、什么是编辑

1. 统帅

要运筹帷幄，决胜千里。特别是在宣传策划中，要把握优势、战术、特色、亮点。记者是将，编辑是帅，将兵之才谓之将，将将之才谓之帅。

2. 导师

要在命题、谋篇、结构、字句、标点、品位等诸方面对记者的稿件进行指导。

3. 警察

特别是要在政治、宗教、导向等方面进行把关。

4. 保姆

在具体的稿件方面，要对报道的每一个细节比如标题、角度、正文、版面、字号等，进行综合把握，做好服务。

二、当前编辑存在的问题

1. 用心不够

（1）前几天，我曾编过一个广电站的稿件，是写徐祥龄的。徐祥龄的事迹非常感人，他被誉为中国“十大社工人物”、香港社工之父。但这篇稿写得一般，其中有“江永标告诉记者，徐先生帮助了很多人，不仅是他一家，周围很多人都受过其帮助”这么多字，其实用“徐先生帮了很多人”八个字就可以了，其他的都是废话。这说明，写这个稿的人用心还是不够。

（2）我曾经参与过的一篇电视长消息，居然将字幕“俄罗斯”打成了“罗俄斯”，错得十分离谱，用心不够。

（3）有一个单位搬到新的办公楼以后，在一次活动中，办公室发了个通知，要求员工在“一楼篮球场集中”。而新的办公楼一楼根本没有篮球场，只有原来的办公楼有篮球场。原来，办公室发通知时不是重新写的，而是用了在旧办公楼时的版本，改了几个字，但地点又没有改，于是就出现了“一楼篮球场集中”的笑话。

2. 立意不高

（1）某网站头条发了一条稿，标题是《发改局：东部一体化战略完全可能促进东部片区异军突起》。

一体化战略促进的应该是“协调发展”，而不是“异军突起”。

（2）还是某网站的一篇报道：“……东城立即采取行动。从 2 月 9 日至 16 日，每天都组织公安、消防、工商等力量开展集中整治行动，街道两套班子成员到一线督导整治行动。截至目前，东城共出动行动人员 2 500 多人次，查处案件 5 宗，行政拘留违法人员 5 名。”

两套班子督导、2 500 人次清查，才查了 5 宗案件、抓了 5 个人，没有必要把这些数字对比起来说。

（3）有一个省级网站的报道：“出动 7 650 多人次，抓获 13 名违法人员。”这也存在上述毛病。

（4）我还见过一篇大台的评论：“以往不仅存在‘公款追星’，还存在‘公款捧星’等现象。例如，有地方政府花费公款‘赞助’艺人上央视《星光大道》，还有政府部门发通知组织学生观看官员子女担任角色的影片。政府或国企成为演出公司的最大‘金主’，权力之手必然随之进入国内演出市场，导致演出市场乱象频生，艺人难以凭借真正实力崭露头角。借助权力之手、耗费财政资金制造的文艺演出盛况，只不过是一种虚假繁荣。这就像国内艺术团体自费到维也纳金色大厅镀金一样，哪怕组织再多人拼命鼓掌，充其量也不过是自娱自乐，既体现不出受欢迎程度，也无法反映其艺术水平。只有挤出水分，让抱权力大腿、吸纳税人血汗钱的演出机构、中介公司退场，有生命力的文艺组织、艺人才能真正脱颖而出。”

稿子很长，但没有抓住关键的点。关键点本应在党的十八大提出的“市场在资源配置过程中的主体作用。”

（5）某央媒2014年7月以本报评论员发表了一篇评论，标题是：《军队形象不容玷污》。原文为：“‘兵者，国之大事’。军队是拿枪杆子的，决不能有腐败分子的藏身之地。严肃查处徐才厚严重违纪违法问题，正是我们党从严治党、从严治军的有力举措，对于端正部队风气、提振军心士气、维护人民军队形象有着重要意义。”

“我们这支军队，来自人民，为了人民，在党和人民哺育下发展壮大，在对党忠诚、奉献人民中赢得赞誉。人民不会忘记，井冈山时期就有的‘三大纪律、八项注意’，延河边《为人民服务》的著名演讲，雷锋、李向群等代代军人的倾情奉献，重大自然灾害和急难险重任务面前军队指战员的冲锋在前。军队也不会忘记，苏区人民‘十送红军’的大义深情，陕北人民‘小米饭、南瓜汤’的养育之恩，沂蒙‘红嫂’乳汁的甘甜，淮海人民独轮车推出的胜利，还有新时代‘军爱民、民拥军’的热潮。‘人民子弟兵’‘最可爱的人’，是人民军队历史塑就的形象，这个形象永远铭刻在人民心中……”

“军队出了徐才厚这样的人，是对军队形象的玷污，这是决不允许的！蛀虫必须挖出，腐败必须铲除。同时必须指出，个别腐败分子代表不了军队整体形象，严肃查处徐才厚问题彰显的正是军队形象不容玷污的坚定意志……”

这篇央媒的评论，也没有抓住核心论点，立意不高。因为查处徐才厚的问题，不仅仅是“军队形象”问题，更为主要的是落实全面从严治党的要求，彰显的是中央坚决反腐的决心、铁腕反腐的意志。徐才厚不仅玷污了军队的形象，还影响到国防战略、建军方针、强军路线等这些重大问题。只强调玷污军队形象，显然是只见树木不见森林。

3. 文题不符

某市级媒体的稿子，标题为《“黑工厂”再现，市民呼吁严惩》。其原文为：“上周，我们推出大型系列报道《基层零距离》，连续七天播出《主播走基层》，由新闻主播体验各行各业基层岗位的工作情况。本周，我们的记者将继续走进基层，了解市民们关心的民生热点，传达老百姓的意见和诉求。首先来关注环保。水环境是关系到老百姓健康的大事，最近，记者随环保部门进行排查，结果发现依然有偷排污水的‘黑工厂’。在这个工业区一栋楼宇的3楼，发现了一家疑似无牌无证的电镀厂，虽然厂门紧紧关闭，但仍然有一股刺鼻的气味。在警方的协助下，环保执法人员进入厂区，经查实，这是一家无牌无证的电镀厂。”

“在这家无牌无证的电镀厂里面我们大家可以看到，四处都是半成品。我右手边这台就是用来焗漆的设备。大家可以看到它附近的环境是十分恶劣的。他们排出来的水是直接排到排污渠里面的。”

“当地执法人员：‘主要问题是水直排，没有经过任何处理，排的是重金属，对我们土壤污染很大。’”

“电镀大多是用来镀铬、锌等重金属的，排出的污水如果不经处理直接排入水体，就会被水中的生物吸收到体内，导致水体污染。这家电镀厂的负责人说，他们只做了3个月，只有十几个工人，但他所说的情况，与在厂里发现的文件资料却并不相符。”

“工厂负责人：‘我只做一点电融漆，我们这个油漆也没有污染，它是环保的。水有一点（污染），其他都是环保的。（那你知道你开这个厂要什么手续吗？）我知道，已经在弄了。（已经在弄，那没弄之前你还偷偷地生产？）是呀，但是现在我们也没办法。’”

“社区工作人员：‘现在我们社区决定把你们这里停水停电，环保局会跟你做相关的手续。’”

“环保分局局长：‘通过这个行动打击环境违法的行为，通过这个行动来保障我们人民的身体健康，确保环境安全。’”

这篇稿长达8分钟，采访了各方面人士，但通篇没有标题中说的“呼吁严惩”的任何内容，属于典型的“文题不符”。

4. 用词不准

（1）某市级媒体的稿件：“本届加博会采购商数量也是再创新高，其中全国百货50强中过半到会采购。"

"也是"二字纯属多余，因为前面并没有一个可对比的参照事件，何来"也是"？删去这两字，勉强可以。

（2）某市级网站的稿件。标题：《只带10块钱，男子被劫匪骂穷鬼兼暴打》。

其中，"兼"字用得不妥，这是网络媒体的通病，不讲究语法，不讲究准确，只注重吸引人的眼球。

原文为："……晚上冲完凉后，感觉到肚子饿了，便拿了10块钱匆忙下楼，准备去吃个炒粉，中途遇到拦路抢劫。劫匪搜遍全身，只找到10块钱，不爽之下，将人暴打一顿。这是6月23日凌晨发生在新东莞人刘先生身上的一幕。刘先生不得不在家休养10天。"

"不爽之下"也是用得莫名其妙。

5. 观察不细

多年前，我拍过一个人物专题，是个劳动模范。当时，对主人公的描写是："他五十多岁，古铜色的脸上透着岁月的沧桑。他满头的银发，从头上那顶深灰色的帽子下挤了出来，茂密而杂乱，彰显着他的坚韧和刚毅……"

节目播出后，很快收到了观众的投诉，说主人公实际上不是"满头的银发"。真实的情况是，这个劳模的头顶全秃了，寸草不生，只有头部周围长了一圈白发，所以他才戴了一顶"深灰色的帽子"。后来经过核实，事实确如观众所言。为此，我还专门给这位观众去信，表示道歉，表示感谢。

6. 逻辑不通

（1）某网站的新闻标题：《旧手机外加1 000元兑换iPhone 5，多为骗局》。

常识告诉我们，这肯定是骗局，"多为"二字何意？难道这种事有时候还是真的？

（2）还是某网站的报道："看到儿子给我的父亲节礼物，一周来的烦恼和迷茫都被抛在了脑后。看着儿子给我布置的作业，又陷入了沉思：树立什么样的家教、家风、家训，是当父亲的责任。"

树立良好的家教、家风、家训，当然是父亲的责任，为什么还会“沉思”？作为一个父亲，想都不用想，应该树立“良好”的家风，难道还可能树立“不良”的家风？这是典型的逻辑不严谨的问题。

（3）前面提到的央媒那篇评论：《军队形象不容玷污》，文中说：“同时必须指出，个别腐败分子代表不了军队整体形象，严肃查处徐才厚问题彰显的正是军队形象不容玷污的坚定意志。”

既然个别腐败分子代表不了军队形象，那么查处徐才厚又怎么彰显了“军队形象不容玷污的坚定意志”？正确的逻辑关系应该是，因为徐才厚败坏了军队形象，所以查处徐才厚才彰显了“军队形象不容玷污的坚定意志”。

（4）前面提到的“钱带少了被打”的那篇报道，最后有一句话是“那男子想，要是我当天身上多带点钱，或许就不会被打。”也有逻辑关系混乱的问题。

7. 学养不深

一家纸媒的报道，又出现了不恰当的“七月流火”，原文为：“哪怕外界七月流火，山里却依然是‘山中无甲子，寒暑不知年’的清凉世界。”

其实，“七月流火”的问题，在传媒界被炒了很多次。我再说一下，这里的“七月”是指农历七月，大致相当于现在公历的八九月份。“火”是指大火星，一颗星的名字。古人发现大火星逐渐向西方迁移，它落下的时节，天气就开始变凉。因而“七月流火”指的是天气变凉，而不是火一样炙热的天气。

8. 提炼不精

（1）多年前，我听一位老记者讲过一个有趣的故事。有一位老先生帮同村的人写卖驴子的合同，从早上开始写，到了中午还没写完。主人热情招待，做好了饭，来问写完没。老先生笑着说，别急，驴子快出来了。也就是说，老先生写了一个上午，还没写到驴子。原来，老先生上午写的全是朗朗乾坤、清平盛世、天高云淡、家风敦厚之类的废话，真正关于卖驴子的事还没开始写呢。

（2）某市级媒体的新闻标题：《某镇：流窜各镇街作案，一盗窃手机团伙被端》，改为《某镇端掉一盗窃手机团伙》即可，准确而简洁。

（3）还是某市级媒体的标题：《全市五月份汽车上牌量暴增，同比增长25%》，其中“暴增”二字多余，可删去。

9. 把握不准

前不久，看到某市级媒体的一则报道，标题：《小车加速逃跑，戴头盔的警察抓着小车倒后镜跟着跑》。

原文：“6月13日8时许，莞樟路。拥挤的莞樟路上，四五名壮实的青年男子突然冲进车流，用钢管砸开一辆正在行驶的小车车窗，并伸手抢夺方向盘。被砸车辆连撞带拖向前冲，最后被公交车夹住……这是日前莞樟路三星电子厂门口路口出现的惊险一幕。当地警方事后介绍说，这些砸车的青年男子其实都是便衣民警，当时他们正在抓捕两名涉嫌盗窃汽车柴油的犯罪嫌疑人。”

众所周知，抓住倒后镜不松手是一种十分危险的行为，除了这个行为以外，警察应该还有更好的方式去抓获犯罪嫌疑人。过分渲染这个细节，不是很恰当。

这则报道还说：“市民马先生的行车记录仪记录了事件全过程。他回忆说，当时该路段正在施工，双向车辆行车缓慢。四五名休闲装扮的男子突然从道路右侧窜出，其中打头一个戴着摩托车头盔的男子率先发难，用钢管连续奋力敲打其前方一辆起亚轿车的车窗。马先生起初一度以为是黑社会寻仇，正想着这帮人胆子怎么那么大，光天化日都敢公然砸车时，突然听到前方传来‘警察办案’之类的喊声。马先生注意到，有男子掏出证件类的物体，示意小车停车，可小车非但没有停车，反倒猛踩油门，疯了似的向前冲了十几米。”

这样的报道，会不会引发“粗暴执法”的质疑？还有警察后面才“亮证”，这个细节是否有必要写，需要我们仔细把握。

需要提醒各位注意的是，一些涉及政治的问题，务必要特别留意。

三、如何当好编辑

1. 点睛法

（1）前些年，在街头看到这样的广告："把钱存到建行去"，直白简单，准确亲切，大家琢磨标题时可用此法。类似的还有"去三元酒吧看世界杯"等。

（2）一家地级市报纸，有一个标题：《七月起少去酒店开会》，内容说的是某市执行中央八项规定的具体措施，其中的一项正是精简会议活动。

（3）1913 年 3 月 20 日，宋教仁在上海被刺杀。在其追悼会上，黄兴写了一副挽联："前年杀吴禄贞，去年杀张振武，今年又杀宋教仁；你说是应桂馨，他说是洪述祖，我说确是袁世凯。"

此联一针见血，直指要害。从编辑手法上来说，正是点睛之法的妙用。当然，历史真相如何，那是另一回事。

2. 对比法

（1）前几天，看到一则网站的新闻，标题是：《求职陷阱"步步惊心"，暑期揾工"步步为营"》。这是用了对比法，说的是暑期找工作，如何避免上当受骗，比较恰当。

（2）1916 年 6 月，当了 83 天皇帝的袁世凯，在全国人民的反对声中，忧愤交加，一病不起，不久去世。当时有一副挽联很有意思。上联是"袁世凯千古"，下联是"中华民国万岁"。我们知道，对联一般要求字数相等，但此联中的上联五个字，下联六个字，明显不对。从上下联后面的两个字来看，"千古"还是对得上"万岁"的，就是前面的对不上。大家知道吗？这是用了对联中的"对不上"的手法，表达了特殊的意义：袁世凯对不起中华民国。因为袁世凯在窃取辛亥革命的胜利果实后，冒天下之大不韪，恢复封建帝制，于 1916 年强行登基称帝，当然对不起中华民国。

3. 对仗法

我们知道，对联是特别讲究对仗的。如清代郑板桥的"删繁就简三秋树，领异标新二月花"。这是郑板桥当年写给他的弟子韩镐的一副对联，原落款有这样的文字："与韩生镐论文，郑板桥。"现在扬州八怪纪念馆的主展厅大门前，就有这副对联。这样的对联不胜枚举，值得我们认真学习揣摩。

4. 谐音法

（1）民间有很多谚语，大多采用谐音法，显得生动有趣。如"小葱拌豆腐，一清（青）二白""咸菜煎豆腐，有言（盐）在先""外甥打灯笼，照旧（舅）""小苏他爹，老输（苏）""梁山泊军师，无（吴）用"等，平时我们如果注意吸收，恰当运用，在文章中定能收到意想不到的效果。

（2）有一次，去拜访一位做网站编辑的朋友，恰巧他与另一位编辑正在讨论一条标题。一个拟的是《交通规则：有红绿灯也有交警时，听谁的》，另一个拟的是《知其意而不奉其意，何毅》，我去后，他们问我哪一条更好。其实，都还可以，前者一目了然，信息准确。后者太雅，不太符合当代读者的欣赏习惯，但用了谐音法，"何毅"谐"何意"，也可取，值得玩味。

5. 类比法

（1）世界杯期间，某地级市电台在报道德国大胜巴西时，采用了列举的手法，引用各媒体的报道，强化了传播效果。

原稿为："世界杯半决赛，德国 7：1'屠杀'巴西，令全世界震惊。回顾世界杯的历史，这堪称大赛 84 年历史上的第一'惨案'。在世界杯历史上，最大比分纪录是 1982 年匈牙利 10：1 胜萨尔瓦多，另外还有 1974 年南斯拉夫 9：0 胜民主刚果、2002 年德国 8：0 胜沙特等'大屠杀'，但这些比赛都是强弱分明的悬殊对话，而今天的'德巴惨案'却是强强对话，而且是世界杯半决赛，惨烈度和震撼度堪称史上第一。"

接下来，引用了各媒体的报道："新浪体育说，这是世界杯历史第一'惨案'。搜狐体育说，德国 7：1'车裂'巴西。时间网说，国耻日！巴西 1：7 遭德国'血洗'。时报说，1：7 惨败，巴西满是眼泪，悲剧啊……"

这就是用了类比列举法，突出说明巴西队的这次惨败震惊了全世界。

（2）2014 年 7 月，海南省委原常委、副省长谭力涉嫌严重违纪违法，接受组织调查。当时有一篇报道，标题是《笑不到最后的"谭笑笑"》。报道中翻出了当时任绵阳市委书记的谭力在汶川地震中因面露微笑，受到媒体批评的事，被讥为“谭笑笑”。言下之意是：这个爱笑的官员，居然没有笑到最后。

（3）这里顺便提一下，有时候用“藏头”的方法，也很有意思。这种方法，在诗歌和对联中经常采用。如在东莞广播电视台九周年台庆晚会时，我写了一首打油诗：“广袖轻舞红绿蓝，电波和奏天地人。九皋鹤鸣真善美，载道以文精气神。爱你怨你终不悔，在线离线总关情。精卫填海千秋颂，彩云追月万里行。”这首诗就藏了这次晚会的主题：“广电九载，爱在精彩。”

由于这种方法不是经常用到，就不专门作为一类来说。这里提一下，是让大家知道有这种玩法，有兴趣的可以一试。特别是在做标题时，可以尝试。

6. 影射法

俗语说“一个和尚挑水吃，两个和尚抬水吃，三个和尚没水吃”，意思是说人多了互相依赖，互相推诿，事情反而没有人做。有的人说，这是比喻，其实这是影射。它讥讽的是和尚们“挑水的机制”，影射、批评这个机制没有激励作用。

7. 设问法

战国时期的诗人屈原，写了著名的《天问》，相信大家都读过。不知道大家有没有注意到，这首诗对天文、地理、历史、哲学等提出了 170 多个问题，有的也说是 150 多个问题，这些问题有许多是在他那个时代尚未解决的，有的是他有怀疑的，也有明知故问的。

屈原在这里用的就是设问的方法。他在对许多历史问题提问的时候，本身就表现出了他自己的思想感情、政治见解和对历史的褒贬。他对自然界所提的问题，也表现了探索宇宙的精神。对传说的怀疑，表现出他比同时代人更加进步的宇宙观。所以说，《天问》成为世界文库中绝无仅有的奇作，是有道理的，因为屈原熟练地运用了设问的方法。

再看曹雪芹，他在《葬花吟》中多次设问，强化了悲情效果：“花谢花飞花满天，红消香断有谁怜？游丝软系飘春榭，落絮轻沾扑绣帘。”“昨宵庭外悲歌发，知是花魂与鸟魂？”“尔今死去侬收葬，未卜侬身何日丧？侬今葬花人笑痴，他年葬侬知是谁？”

设问法在议论类文章中可以多用，大家不妨一试。

8. 哲理法

（1）1997年7月1日香港回归时，在央视的直播节目中有这样一个细节，不知道大家是否记得。当末代总督彭定康最后离开总督府时，绕了两周，以作最后的告别。

这时，直播中的主持人是这样解说的："历史是不会在原地转圈的。"这句话的哲理意义极其丰富。第一，历史是前进的，是向前发展的。第二，历史是螺旋式前进的，它的某一阶段可能没有前进，但总的趋势是前进的，不以个人意志为转移。彭总督愿意也好，不愿意也好，转圈也好，不转圈也好，转两圈也好，转三圈也好，都必须离开中国的土地。第三，香港的历史也是如此。它在鸦片战争以后，被英国强占，转了很多年的圈，今天，它回归中国的怀抱，是历史的必然。我这样一解读，大家是不是觉得很妙？

（2）唐朝末年至后梁时期，有一个僧人，叫布袋和尚。他写了一首《插秧诗》："手把青秧插满田，低头望见水中天。六根清净方为道，退步原来是向前。"这首诗字面写插秧，而意在言修身。特别是最后一句，在充分把握插秧的基本动作的基础之上，水到渠成地点明了"向前"与"向后"的辩证关系，极富哲理。其实，人生中有很多事情，退就是进，我们不是经常说"后退一步天地宽"吗？

（3）大家知道，民国元老于右任老先生，声望很高，当过国民政府的监察院院长。同时，老先生也是近代著名的书法大家。因为老先生书法精湛，又是政坛元宿，求其墨宝者大有人在。可老先生很古怪，一字难求，就连身边的随从秘书也很难弄得到。

据说，老先生办公的民国政府大院，常有一些斯文扫地之辈，内急时，就在院内寻个墙角旮旯，就地解决。久而久之，弄得堂堂国府大院臭气熏天。随从秘书请于老先生写个警示公告，老先生信手写下了几个字："不可随处小便。"秘书如获至宝，哪里舍得把这宝物张贴到那污秽之处。但再一看，那字虽好，内容却多少有点大俗不雅。

当然，能给于老先生当秘书的，也绝不是等闲之辈。秘书苦苦思索一番，通过移花接木之术，居然拼接成了全新的六字真言："小处不可随便。"请人精心装裱好，堂而皇之挂在了自己的客厅。据说，于老先生知道此事后，也惊讶不已，拍案叫绝。

可见，这秘书确有过人的编辑功夫，通过哲理之法，化腐朽为神奇。

9. 移植法

曾经听到一个做英文编辑的同事讲过一个有关翻译的故事。英语原文为："If you did not leave me，I would die together."有三个翻译翻成了不同的中文。

第一个翻译成了："你不离开我，我和你同归于尽。"

第二个的翻译为："你若不离不弃，我将生死相依。"

最后一个的翻译引用了一首古诗："山无陵，水为竭，冬雷夏雪，乃敢与君绝!"很显然，这是用了移植法。这首诗出自汉代乐府民歌中的《上邪》。原作为："上邪，我欲与君相知，长命无绝衰。山无陵，江水为竭，冬雷震震，夏雨雪，天地合，乃敢与君绝!"

对比这三个翻译，显然最后一个技高一筹，因为他懂得移植法的运用。可能你们觉得太雅了，但这是另一回事。

10. 反正法

多年前，我在湖北工作时，有一年采访当地的春耕情况。当时，已经联系好了一个村的支部书记，可到了村上，说书记去镇里协调肥料的事了。到了镇里，又说书记离开了，建议我们去书记的家找找。可是，到了书记的家，却不见书记，只见到了书记的老婆。他老婆一听我们是找书记的，顿时气不打一处来，说你们找书记，我也正找他呢。

坐下来一打听，原来，那个书记正忙着全村的春耕生产，又跑种子又跑肥料，三天两头不在家，家里就他老婆带着三个孩子，还要照顾生病的老人。别人家的秧苗都栽上了，而他们家的田还泡在水里，所以他老婆很是生气。

见书记的老婆牢骚满腹，与我们同行的镇上的宣传干事连忙解释，说书记可能是因为村上的事太忙，他是个好男人，不会不管家里的事云云。忽然，我灵机一动，说一会儿我们会见到书记，你要有什么话，我们可以带给他，或者你干脆给书记写封信，我们帮你捎去。

书记老婆连说："那好，你们帮我问问他，这个家他要还是不要，家里的田是种还是不种……"

书记老婆的脾气发完了，我的稿子也出来了。标题就是《书记夫人的牢骚话》。文章简单交代了一下背景，就直接引用书记老婆的信：

尊敬的王书记：你好！我是村民张玉秀，也是你的媳妇。知道你很忙，上周，你为我们村修水渠的事，三天没回家。前天，你夜里给五保户王明堂送粮种，摔伤了腰。医生说，你需要躺在床上静养三天，可等我赶到医院时，医生说你又走了。王书记，你想想，我一个人在家，体弱力薄，这几天腰痛病又犯了，我既要照顾七十多岁的婆婆，又要照顾三个上学的小孩，也很困难。春播在即，眼看别人家的秧苗都插上了，我们家的田还没有犁，我十分着急。

失误一年春，十年还不清。王书记，我是你的老婆，也是你的村民，你作为村支部书记，帮助村民解决问题是应该的，可是，我们家也是你的治下，也需要一个男人的照顾，也需要支部书记的帮助……

这就是反正法，就是正话反说，似贬实褒。运用这种方法，很好地表现了村支部书记舍小家、顾大家的精神。这种做法，通过第三者从反面来说，比正面直说的效果要好得多。

以上讲的点滴体会，却是阿龙平生所学。如果不恰当，请批评指正。如果对大家有点滴启发，那我非常高兴。还说一点，如果大家不嫌弃，可以联系我，随时随地，分文不取。谢谢！

编辑的日子

这是我在镇街广电站为同仁们做讲座时用的一篇讲稿。

我来东莞后，做了三年多的电视新闻通联编辑工作。

东莞的行政架构比较特别。1983 年，中国实行市管县体制改革，将原来的地区改设为市，管辖原来的县级市、县、自治县。后来，针对特殊情况，先后设立了五个不带县的地级市，即甘肃的嘉峪关市、广东的东莞市和中山市、海南的三沙市和儋州市。

1985 年，东莞撤县设市。1988 年，东莞升格为地级市以后，没有县一级行政建制，而是直辖 32 个镇街。当时的东莞，得天时地利人和，经济社会飞速发展。在天时方面，东莞在改革开放政策的激励之下，大胆改革，率先开放，得先行之红利。在地利方面，东莞毗邻广深港澳，得地缘之利。在人和方面，东莞市在宏观统筹的基础上，对各个镇街充分放权、充分让利，形成了各个镇街各展雄才、组团式发展的格局，每个镇街都跻身于全国千强镇行列。强大的经济实力促进了各个镇街文广事业的快速发展，每个镇街都设有文化站、广电站。其中，清溪、虎门两个镇还建立了有线电视台，并获得广电部的批准。

各镇街广电站的主要业务：一是建设、经营广电网络，推进广播电视的有线覆盖；二是开办本镇街的新闻以及专题节目，并将本镇的新闻上送到东莞台播出。

当时，我的工作就是负责接收各广电站送来的稿件，并进行编辑，然后安排在东莞电视台的新闻节目中播出。

做编辑的时间一长，便有不少广电站的同仁请我去给他们讲课。在媒体行业摸爬滚打了多年的我，心里自然清楚，他们请我讲课，其社交上的意义应该是远大于其业务上的意义。

刚开始，我只是结合自己编辑工作的实际，从各广电站的来稿中选择了数篇写得有毛病的稿件，现场给他们讲这些稿件存在什么问题，为什么会出现这些问题，应当如何改正。所以我每次讲课也没有写什么讲稿，只带了几篇他们送来的原稿，现场分析，现场提问，现场解答，相当于改稿会。这种做法，他们没有作业，我也没有压力，而且经常还会收获点掌声，大家都感到轻松自由。

后来，时间长了，老记者那点可怜的良知提醒我，还是应该弄得稍正规一点。于是我考虑，从最实用的消息讲起，弄成个系列讲座，可能对他们帮助大点。于是，我开始查找资料，温习课本，撰写提纲。因为我在改稿中发现，广电站的同仁们绝大多数没有经过专业训练，很多人还不会写消息甚至不会写导语。

于是，我认认真真地备课，列提纲、找资料、写讲稿。在讲消息的时候，我准备的教案是，从导语产生的背景讲到消息的"五要素"，从电报技术的发明讲到美国的国内战争，从战地记者因电报设施不完善而产生的尴尬讲到后方编辑最终将导语归纳为五个"W"和一个"H"，并由此产生了第一代新闻导语。古今中外，洋洋洒洒，最后还特别安排了一个细节：1865 年 4 月 14 日，美国港口新闻联合社一名记者，通过电报向编辑部发了只有 12 个英文单词的消息："总统今晚在剧院遇刺受重伤。"特别强调，这条消息意味着新闻导语写作的发端。

我在查阅资料的基础上，结合自己的实践，归纳总结出了所谓的导语写作"十二法"，我将它们分别命名为一剑封喉法、二龙戏珠法、欲擒故纵法、故事悬念法、局部特写法、速写白描法、以情动人法、雷语轰击法、数字对比法、背景导入法、古诗活用法、自问自答法。

在讲授编辑的教案中，我的教学设计是，先把"编辑"二字拆开，从"编"字讲起，引用《说文解字》的注释"编，次简也。从糸、扁声"，讲述"编"字的本义，即用细条或带形的东西交叉组织起来。讲它的引申义，即按一定的原则、规则或次序来组织或排列。再讲"辑"字的意思，即把收集到的材料进行加工整理。在此基础上，引出"编辑"一词，显得学理清晰、学养深厚。

在讲到“编辑”作为一个职业时，我准备从遥远的商代讲起，因为在当时已经有职业编辑了。同时，列举司马迁《史记》中的十表八书，列举刘向根据《国策》《国事》等不同版本，进行整理校订，最终编成了流传千古的《战国策》。特别强调，《战国策》作为一部编辑巨作，不仅留下了200多个成语，而且它的表现手法对后来汉赋委婉托讽、铺陈夸饰的文风产生了重大而深远的影响，显得信息量很大。然后细讲司马光是如何带着一个精干的小编辑部，用了19年时间，编辑成了一部300多万字、涵盖16个朝代1 300多年历史的浩浩巨著《资治通鉴》，以此来说明编辑工作对历史文化的巨大贡献。

我之所以如此卖力地认真备课，搜肠刮肚地引经据典，一本正经地把自己当成了老师，主要是基于我一直崇尚的朋友之间的江湖义气，受人之托，绝不辜负。当然，也有山里人与生俱来的厚道朴实，也不排除小文人心底里那点藏不住的虚荣。

无论如何，我把这事还真当回事了。

但是，在正式讲课的时候，我却发现，授课效果与我的预期相去甚远。我记得第一次开讲，是在一个广电站的会议室里进行的。我一进会场，看到会场挤满了人，感到好生纳闷。在我的印象中，这个广电站从事采编工作的记者、编辑、主持人加起来才十来个人，而现场却来了四十多人。一问才知道，站长为了给我面子，把网络工程部门拉杆架线的工程人员，甚至把门口的保安、厨房的阿姨都叫了过来。

开始时，由于准备充分，我感到信心满满。但讲着讲着，我却发现有点不对劲。我在台上讲得慷慨激昂，他们在台下却听得神情沮丧；我在台上讲得满头大汗，他们在台下却听得一头雾水。到后来，我甚至发现坐在后排的一个工程人员竟然张着胡子拉碴的大嘴，发出了轻微的鼾声。旁边的人见我在看他，连忙叫醒了他。那位仁兄用手抹了一下嘴，表情显得有些尴尬，但实际上我比他更尴尬。这次课原计划从五点讲到六点半，见此情形，我识趣地将一个半小时的课缩短到一个小时以内。

当然，这点小小的尴尬丝毫没有影响晚上喝酒的心情，浓烈醇厚的兄弟情谊足可化解所有的尴尬和误会。当晚，大家仍然喝得畅快淋漓，尽兴而归。

告别时，站长借着酒兴，大声地对我表示感谢和肯定："你的课太好了，真的是太好了！不要说我们这些基层的同志，哪怕是新闻系的大学生们，也一定会说好。"

次日酒醒之后，我已记不得昨晚说了些什么豪言壮语或者甜言蜜语，但站长那句话我却记得清清楚楚。不知那是他的无心之语还是有意之言，总之，他那句话我是真听进去了。

"太好了"听起来是一句恭维话，但细一想，就是说我讲得太过了、太深了、太远了，不太适合基层的同志。

我想起了不知是在哪里听来的一则寓言：一位哲学家搭乘一个渔夫的小船过河，哲学家问渔夫："你懂数学吗？"渔夫回答："不懂。"哲学家又问："你懂美学吗？"渔夫回答："不懂。"哲学家叹道："真遗憾，这样你就等于失去了一半的生命。"正在这时，水面突然刮起一阵狂风，把小船掀翻了。渔夫和哲学家都掉进了水里。渔夫问哲学家："先生，你会游泳吗？"哲学家回答说："不会。"渔夫说："真遗憾，那你就要失去整个生命了！"

我忽然明白了，来听我讲座的同行们真正需要的，不是数学的思维和美学的体验，而是如何游泳上岸的实用技能。

于是，我改弦更张，重新编排讲课的体例和顺序，重新设计方案的框架。本书编入的"关于编辑"就是其中的一篇。

整个讲稿以编辑为题，是想说我的身份是编辑，我讲的是个人体会。第一部分，讲的是什么是编辑，是想告诉他们，只有懂得了编辑的心理，才会提高稿件的采用率，这就像把握住了客户的消费心理就会提高销售额一样。

第二部分，讲的是编辑存在的问题，其实就是讲我在编稿中发现的带有普遍性的问题，就是各广电站记者存在的问题，这样就提高了针对性。

第三部分，讲如何当好编辑，就是教他们方法和套路，很具体也很实用。大家如果学会了这些招数，就会提高稿子的质量。整个过程不讲历史、不讲逻辑、不讲道理，只讲工具，而且用了大量鲜活生动的具体例子，让他们觉得浅显易懂。

也许是他们平常工作忙，听课的时间不是太多，不太喜欢问答式，所以我改用聊天式。有时问一下，也是自问自答。在语言方面，尽量口语化，比如在讲导语时我还编了个顺口溜："导语就是倒着说，语言精练不要多，重要事情往前摆，最好还能现场播。"让我没想到的是，这样的东西倒是很受欢迎。多年以后，一个做过广电站记者的同仁，后来被提拔到镇里当了领导，居然还能念得出这个顺口溜，让我很是感动。

当然，现场改稿的环节仍然保留。这样，让他们学了就可以现场用，不会用就现场问，进一步强化了实用效果。

就这样，我一篇稿子走东莞，而且还讲了好几年。从稿子本身来说，全是大白话和大实话，平淡无奇，乏善可陈。既没有什么前沿理论，也没有什么最新动态，更没有什么创新和发现。但听了我课的人却都说，我讲得非常实用，也是应了不知是谁说的一句话："这道理那道理，管用才是硬道理。"

本来想，就照着这个样子，干我的编辑活，讲我的编辑稿，吃我的编辑饭，也是挺不错的生活。但过了一段时间，我又被调去当记者了。事实上，普天之下的芸芸众生，没有谁能够按照自己的意愿去编辑自己想要的生活。每时每刻都是直播。细细想来，我们的一切似乎都在被一位伟大的编辑在编辑着。这位编辑无象无形却又无处不在，他从不给我们讲课，从不给我们改稿，从不告诉我们生命的真谛和生活的套路。他只是忠实地按照某种天然的法则编辑着世间万物，严格地清点着我们似乎永远也修不满的功德，冷静地看着我们艰难地参悟那似乎遥不可及的天机。

此后几年，我偶尔也会想起当编辑的那些日子。一想到我的经验曾在这群最基层的媒体人中被使用过、被表扬过，心实慰之。

又过了些年，一个偶然的机会，我在一个杂物间角落的旧报纸堆中，居然意外发现了当年我那个手写的原稿，当时还真的莫名其妙地激动了一阵子。

CAD 文字编辑的小技巧

编辑节目

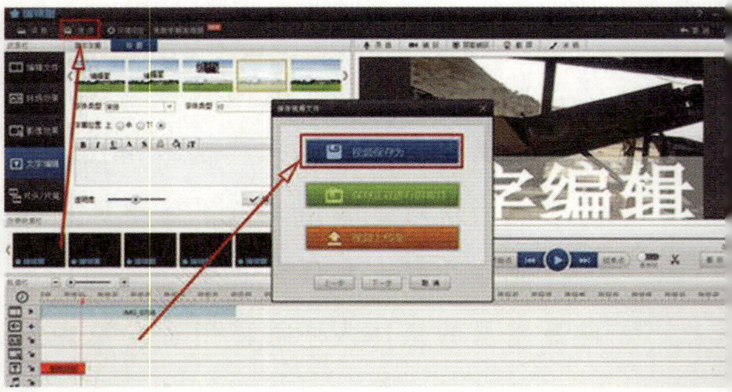

我们的生活每天都是直播，

根本来不及编辑。

全市新闻发言人培训班结业答卷

尊敬的各位新闻发言人朋友：

我参加过不少新闻发布会，这是第一次面对新闻发言人，而且是作本台的推介，感觉似乎角色掉了过来，有些不自然，但我很荣幸。

今天，我想给大家讲讲有关本台的几组数据。

数字，对于音乐人来说，是美妙的音符；对数学家来说，是很有趣的游戏；但在新闻发言人听来，数字，那就是铁的事实。

既然讲数字，那就从零讲起。

零，就是没有。我可以负责任地告诉大家，东莞广播电视台建台以来，不顾政策法规、发布错误言论、传播社会谣言的错误记录为零；不顾职业操守、搞有偿新闻、搞虚假新闻、恶意炒作的违纪记录为零；不顾社会道德、制作播出庸俗节目的不良记录为零。因此，东莞广播电视台是一个有政治觉悟、有社会道德、有媒体良知的媒体。

一，大家可能听说过，但未必记得住，本台广播频率的频段为：新闻综合，100.8；音乐广播，107.5。现在，我相信大家应该记住了。

本台广播两频率的收听市场份额平均达 72%，长期占据东莞地区第一；电视两频道的收视市场份额排名第一。括号：东莞有线数字电视里有 130 多个频道，其中包括中央台十多个频道，广东台、南方台这些如雷贯耳的大台，还有境外的强势频道。如果是两个频道，排第一的概率是 1/2，如果有 10 个频道，这样的概率是 1/10，但我台是在 130 多个频道中排第一，括号毕。在这里，我要感谢全市160多万用户的支持，其中包括在座各位新闻发言人，感谢你们的正确选择。

由本台控股的东莞网络公司，它在广东省广电网络公司中的股比达17.1%，是第一大股东。括号：省网络公司的股东不仅包括19个地级市，还包括南方集团，括号毕。因此，这是一个有竞争力的媒体。

二，两个方面的高度评价：南方广播影视传媒集团前任王总裁说，东莞台创造了广东广电史上的发展奇迹；现任白书记说，东莞是南方广播影视传媒集团的一面旗帜。

东莞市的领导说，如果说东莞是广东改革开放精彩而生动的缩影，那东莞广播电视台就是东莞改革开放精彩而生动的缩影。

虽然，我们受之有愧，但深受鼓舞。因此，这是一个有创造力的媒体。

三，三个“精彩”：我们奋斗的目标：追求精彩、创造精彩、奉献精彩。

这里，通报一个已经证实、未曾公开的消息，经国务院新闻办公室批准，东莞阳光网获得互联网新闻信息服务许可证，也就是我们俗称的新闻资质。

由此，本台旗下就有了三大媒体：东莞人民广播电台、东莞电视台、东莞阳光网。覆盖范围除了东莞本土以外，我们的电视节目在欧洲、美洲的十多个国家播出，影响几百万华侨华人。再说广播，我们的主持人如果嗓门稍大一点，邻近的广州、深圳、香港都能听见，各位可以试一试。东莞阳光网的最高浏览量已突破600万人次。它甚至能覆盖到全球，无论您是在伦敦旅游，还是在纽约出差，都能通过东莞阳光网了解家乡的信息。

另一组数据是：2011年，全台仅广告收入达3.4亿元。这个数字，再次把东莞台推上全省地级市前列的位置。因此，这是一个有实力的媒体。

四，最近，我们新成立了一个部门：产业发展中心。这是本台第四个专门负责经营的部门。前三个经营部门是：广告经营中心、策划营销中心、东莞阳光网。产业发展中心的主要职责是利用本台的资源优势、宣传优势，与社会各界包括在座各位进行产业开发，期待着与各位的深度合作。

五，全台中共党员人数超过总人数的50%，这个比例绝对高过全国平均水平。因此，这绝对是一个政治坚定、诚实可靠、值得信赖的媒体。顺便说一句，在全国广电“十佳百优”理论人才、广东优秀新闻工作者、广东新闻金梭奖、广东新闻金枪奖、广东十大金牌主持人、广东百佳主持人的评选中，均有我的同事赫然在册，本人也忝列其间。因此，这是一个有上进心的媒体。

六，全台600多人用6年时间挣回一个总投资额达6亿元的广电中心。这个中心耸立在东莞大道和四环路交汇处，玲珑剔透，是东莞新的城市地标之一。其中550平方米的开放式全高清新闻演播厅为全省地级市第一个。全台的节目采编播设备整体水平属广东领先、全国一流。欢迎各位一登楼顶，欣赏城市风光，纵览万千气象，尽抒胸中豪情。

6年来，广告和经营收入增长了6倍多，全部广告和经营收入达到9.35亿元。

此外，全台广播电视栏目60多个，有新闻的，有文艺的，有录播的，有直播的，总有一款适合您。如果您锁定东莞电视台的两个频道，随时可能看到突发的新闻事件直播，这就是我们的直播部干的，各位如果碰到突发情况，尽可以打电话给直播部。可以说，这是一个有影响力的媒体。

七，就是本台今年的七项重点工作。一是体制创新工程，二是硬件设备升级工程，三是节目质量提升工程，四是东莞阳光网战略升级工程，五是人才招聘工程，六是产业拓展工程，七是精品打造工程。因此，这是一个有事业心的媒体。

八，文化建设。“八有”：有规有矩，有分有寸，有始有终，有情有义。很多员工说这是我们的台训，它实际上成为我们每个员工的行为规范。最近我们举办了一个主持人大赛，800多人报名参加。因此，这是一个有文化内涵的媒体。

有关数据报告完毕。最后要说的是，感谢在座各位的倾听，感谢各位和你们所在的单位、部门一直以来对本台的关照，特别要强调的是，今后，各位发言人如有需要发言的、有需要发信的、有需要发稿的，甚至是投资的、投广告的，可找本台，也可找本人，我们将为您提供优质服务。地址：三元路100号，电话：33332222。

谢谢！

数字的魅力

2011 年夏，我有幸参加了东莞的新闻发言人培训班。与前面的几期不同，我参加的这期培训班别出心裁，其结业考试就是实操测验，即每位学员现场推介本单位，并回答老师的提问。

这篇文章就是我参加这次培训班的结业作品。

曾经，东莞以其敢闯、敢试、敢想、敢干的豪迈气概，创造了诸多奇迹，写就了很多传说，吸引了世人的目光。

社会财富的飞速积累、社会生活的急剧变革、社会阶层的不断分化，再加之外来人口的大量聚集、生活方式的激烈碰撞、社会管理思维的相对滞后、管理资源的捉襟见肘，使东莞在短短的几年间成了一座媒体眼中的新闻富矿。在东莞，一切皆有可能，便宜的快餐和顶级的红酒可能只有一墙之隔，最破旧的单车和最昂贵的跑车可能在马路上不期而遇，身穿最普通的厂服和最新款时装的人可能在大街上比肩同行。所以，当年东莞的城市口号是，每天创造新精彩。

但是，最让东莞人愤愤不平而又无可奈何的是，与此伴生的却是关于东莞的真真假假的负面新闻，如涉黄、涉暴、涉抢、包二奶、为富不仁、工厂倒闭、管理混乱、雇用童工、虐待外来工等。

我的一位资深记者朋友对此曾说过一句话：东莞的负面新闻之所以如此多，盖源于两个字——财富。再说细一点，就是一些半真半假的所谓媒体人，在对自身习惯思维定式大胆放纵的基础之上，对东莞这块神奇的土地上的财富原值的惊羡、财富原码的窥探、财富原罪的想象。这个说法，看似高深也有些绝对，但细想一下，还是有几分道理的。

无论如何，是时候花大力气来重塑东莞的城市形象了。

正如很多人所期待的一样，建立新闻发言人制度，及时引导，主动投送，以正视听，这被认为是重塑形象直取要害的一招。

据有关资料，新闻发言人最早可以追溯到19世纪20年代美国的总统新闻发言人。据说，杰克逊总统是最早聘用总统新闻发言人的美国总统。后来，麦金利总统上台，他的新闻助理科特柳开始领取政府薪水，由此，新闻发言人正式成为一个职业。与此同时，新闻发言人制度也相应建立，白宫的记者招待会和新闻发布会渐成定制。

1983年4月23日，中国记协首次向中外记者介绍中国国务院各部委和人民团体的新闻发言人，正式宣布我国建立新闻发言人制度，期望以此推动新闻发布工作的制度化、规范化和专业化建设。

2009年11月，党的十七届四中全会的《中共中央关于坚持和完善中国特色社会主义制度推进国家治理体系和治理能力现代化若干重大问题的决定》提出“要建立党委新闻发言人的制度”，这是党的全会首次明确要求建立新闻发言人制度。从实践上来看，当时的新闻发言人制度，主要还只是局限在中央各部门和省一级，在省以下还不多见。

事实上，东莞早在2006年就发布了《东莞市新闻发言人制度实施暂行办法》《东莞市关于建立新闻发布和新闻发言人制度的意见》。2010年又印发了《东莞市关于进一步完善和规范新闻发布和新闻发言人制度的工作意见》，同时公布了东莞市委及其工作部门新闻发言人名单和联系电话。这在全省尚属首例，在全国地级市中也不多见。

说实话，干了多年记者，再来参加这样的培训班，我并没有感觉到课程的难度很大。等到结业的那天早上，老师通知我们说，下午的结业考试，就是模拟一个新闻发布会现场，每个学员在会上推介自己的单位，老师现场逐一点评。这一下，我突然感到紧张起来。因为，我作为媒体单位派出的学员，算得上专业出身，表现好那是应该的，但如果表现只是比较好的话，那就是失败。也就是说，我只能成功，不能失败，而且没有任何试错的机会。

结业考试的程序分两个部分，先是学员自主发布新闻，介绍本单位的情况，时间要求控制在十分钟以内；再就是现场回答记者提问，由授课老师以记者身份提问，学员现场回答。对于每个学员来说，这都是大姑娘上轿——头一次。大家的表现也五花八门，各具特色。应该说，大部分同学认真准备发布内容，回答问题对答如流。但也有些不尽如人意的，大致有以下几种类型。

一是无可奉告型。全班50多个学员中，有大约三分之一的人，面对老师们并不算太刁钻古怪的问题，一律用“无可奉告”这个万能答案来回答。本来，老师在课堂上特别强调，不是外交场合，不得用这个词，并且列举了重庆市的例子，说重庆市政府新闻办明文规定，如果新闻发言人在新闻发布会上乱说“无可奉告”的话，将会被追究责任。

二是照本宣科型。全班至少五个同学，在第一个环节发布新闻时，是念他们单位的年度总结报告。其中有三位同学全文照念，因为那报告实在太长了，念到一半，被主持人给掐断了。在回答提问环节，问题是“你单位如何做好信访工作”，可那位同学的回答仍是照念总结报告中的“档案管理再上新台阶”那一段。

三是恼羞成怒型。有一位年龄较大的同学，当被问到怎么看待领导干部财产公示制度时，说：“很遗憾，我没有听说有这个制度。”现场提问的老师接着追问：“你本人愿意公布个人财产吗?”没想到，这位同学竟然恼羞成怒地反问道：“那我问你，你们记者为什么不公布财产？你们老师为什么不公布?”弄得在场的人莫名其妙。看样子，那位同学似乎是真正进入了角色，忘了这只是个模拟新闻发布会。不由得让人想起了在媒体圈中曾经广为流传的“你是哪个单位的”“你在替谁说话”之类的段子。

四是东拉西扯型。有一位同学，在现场回答“贵单位采取了哪些措施来防范即将到来的今年第3号台风”的提问时，居然说，在去年与台风作斗争的过程中，本单位干部群众团结奋斗，不怕牺牲，有3人受伤，财产损失仅为200多万元，受到了上级单位的表扬。明明问的是“今年”，而他说的却是“去年”。

五是紧张失态型。毕竟是第一次，学员中有的是技术干部，难免紧张。其中有一位同学，坐在发言席上，目光飘移，手足无措，不由自主地玩起了手上的圆珠笔，以缓解紧张情绪。哪知一不小心，那笔居然飞了起来，不偏不倚奔向台下坐着的市领导。好在那位市领导身手敏捷，一伸手便接住了圆珠笔，众人一片哗然。

六是情绪错位型。有一位长相姣好的女同学，在回答最近一起火灾事故造成重大人员伤亡的有关提问时，始终面带笑容，情绪高昂，振振有词，大谈领导重视，靠前指挥，措施得当，救援得力。对伤亡情况、伤员的处置等公众关心的问题一语带过。她缺乏应有的悲悯怜惜情怀，表演的痕迹太过明显。

按照抽签确定的顺序，我排在倒数第二名。看了前面同学们的表演，我心里对自己的稿子又增添了几分信心。

内容不可改变，结构可以重来。我从数字说起，一开头就妙语数句，先声夺人。在结构上，我从“零”开始，依次说到“八”，用九个数字来带出本台各个方面的亮点数据，颇有新意。在整个构思中，我始终牢记一点，任何技巧必须基于“事实”这一根本基础，所以，我的所有数字其实说的都是事实。与此同时，我也没有忘记“点睛”，每到合适的时候，用最短的一句话，点明本台的影响力、传播力、创新力、竞争力以及可信赖、可合作、可期待、有追求、有担当、有文化、懂责任、懂规矩、懂感恩等品质，恰到好处，也富有节奏。

在站位方面，我尽量放低姿态，平等对话，不卑不亢，记住了所有的情，感谢了所有的人。

在表述上，尽量用口语，少用长句子。有时插点闲笔，有时来点幽默，让人听起来亲切生动，实在而又有妙味。

2006年，有一位姓游的危机管理专家提出了一个概念叫“媒商”。显然，这是与智商、情商相对应的一个概念，实际上这指的是与媒体打交道的能力。在我看来，更准确地表述一个人的媒商是指其智商与情商在面对媒体时的综合表现。

游先生还提出了“媒商五度原则”，即高度、态度、风度、气度、尺度。新闻发言人必须正确引导舆论，真诚面对受众，坦然接受批评，主动承认不足，及时公布真相。

应该说，游先生关于媒商的理论框架是正确的，但离完美还差一“度”，那就是温度，也就是情绪和氛围。

之所以强调新闻发言人要注重对情绪的把握，是基于两个方面的原因。首先，温度的适配性弱，必须恰当。游先生所讲的“五度”，其实都离不开一个合适的温度条件，也就是说，面对不同的危机事件，必须营造合适的情绪氛围。这就像一个高明的厨师烹饪不同的食品用不同的火候一样。其次，温度的可控性弱，情绪这个东西飘忽不定，极不容易把握。更为重要的是，情绪只可感知而不可言喻。公众对情绪的获得，靠的不是语言的表白而是自己的感知。新闻发言人的一颦一笑、一举手一投足，甚至他的发型、佩饰和衣服的颜色，都是他内心温度的体现，直接影响着公众对情绪和氛围的感知，当然也就直接影响着公众对新闻发言人所陈述的事实的认可程度。

最终，没有出现什么意外，我的主动发布环节获得了意料之中的好评。不知是我真的讲得还可以，还是出于面子，老师点评时给了我很多溢美之词。提问环节，我花了很大力气进行准备，但是，最后居然没有人提问题，不免又有些失望。

东莞市教育系统2021年新闻发言人
培训班
东莞市教育局
2021年3月31日

人生的舞台上，有很多台词成了笑话，

但也有不少台词成了经典。

全市新闻发言人暨媒体融合发展专题培训班
主流媒体短视频业态与传播创新策略

在“为东莞喝彩，2014 巨星演唱会”新闻发布会上的致辞

尊敬的各位领导，各位来宾，各位媒体朋友、商界朋友：

大家下午好！

今天是 2014 年 11 月 8 日，星期六，农历闰九月十六。今天的天气是阴，有小雨，气温 18 ~ 23 度。

今天是个好日子，在首都北京，APEC 领导人非正式会议前夕，作为东道主的中国，将于今天正式举行加强互联互通伙伴关系对话会。

今天，在东莞，在东莞广播电视台的 1 号演播厅正在举行的是“为东莞喝彩，2014 巨星演唱会”新闻发布会。

今天是个好日子，因为今天是记者节。在此，我代表东莞广播电视台向全国的记者同行表示节日的祝贺！特别要对今天光临本次新闻发布会的各位记者朋友表示热烈的欢迎、良好的祝愿和崇高的敬意！

说到记者节，我们不得不提中华全国新闻工作者协会。它干了两件开天辟地的大事：一是 1949 年 7 月在北平作为全国性的新闻工作者组织，同工人、青年、妇女等 15 个全国性人民团体以及民主党派共同发起组织了中国人民政治协商会议；二是 1999 年，它促成了全国“记者节”的正式确立。

这个节日是时任国务院总理朱镕基批准的，所以我也要用感谢在座各位的心情来感谢朱镕基同志。

今天，你们怀着节日的喜悦，放弃周末的休息时间，工作在“为东莞喝

彩，2014 巨星演唱会”新闻发布会的现场，这是一种什么精神？这是一种无私奉献的精神，是一种崇高的职业精神，是一种全心全意为人民服务的精神，作为一名老记者，我向你们致敬！

今天在座的还有很多商界的朋友。你们的到来，是因为我们在长期的合作中建立了深厚的革命传统友谊，但又不完全如此。在我的理解中，你们的到来更是因为你们对本次演唱会的主办方——东莞广播电视台的充分信任。一是对主办方的组织策划能力充满信心，当年“红梅东莞开”一票难求的盛况，让很多人记忆犹新。二是对主办方的宣传动员能力充满信心，因为你们知道，主办方有广播、电视、网站三大媒体，它们联手，振臂一呼，无不应者。三是对主办方的硬件设备充满信心，无论是灯光、音响，还是服装、舞美，在东莞这片土地上，东莞台不敢说第一，也不敢居第二。正是因为有你们的信任，主办方更加自信。因此，我要对你们的高度信任表示衷心的感谢！

最后，祝“为东莞喝彩，2014 巨星演唱会”圆满成功，祝记者朋友节日愉快，祝商界朋友财源广进！

永远要对记者说感谢

2014年11月8日，是第十五个中国记者节。这一天，东莞广播电视台举行新闻发布会，主题是“为东莞喝彩，2014巨星演唱会”。这篇稿是我代表主办方在会上的致辞。

主办这次演唱会，是本台媒体经营战略结构调整的重要举措，目的是利用本台强大的宣传平台，力图在东莞庞大的演出市场中分一杯羹。

2005年，东莞作为全省首批文化体制改革试点地，组建了东莞广播电视台，并确定了“事业单位、企业化管理、市场化运作”的总体定位。从此，这个习惯了吃财政饭的媒体，不得不走向市场。与全国绝大多数媒体一样，当时的东莞台经营结构单一，除了广告还是广告，其他的产业就是出租几间铺子。所以从那时起，害怕市场也好、讨厌市场也罢，我们不得不面对市场。

东莞历史悠久，文脉深厚。但是，可能很多音乐界以外的朋友不知道，东莞不仅是广东音乐的故乡，而且还演绎出了不少关于音乐的极富传奇色彩的故事。

屈大均在《广东新语》中记载的三首采茶歌，就是在东莞至今仍然传唱的《十二月采茶歌》中的前三段。

“绿绮台”，一把古琴的名字，与天蠁、春雷、秋波一起，被称为“岭南四大名琴”。此琴曾是明武宗朱厚照的御琴，其年款为唐代武德。唐朝开国皇帝李渊的第一个年号即武德，因此，“绿绮台”又被称为“武德琴”。明朝末年，此琴散落民间，后为南海人邝露所有。邝露为广东抗清名将，工于诗、精于琴，对绿绮台珍爱无比，“出入必与俱”。顺治七年（1650）清军入粤，广州沦陷，邝露抱琴而死，遗有《峤雅》《赤雅》等。

后来，此琴为惠阳叶龙文以百金所得。龙文曾遍邀文友，泛舟饮酒，吟诗赏琴。岭南名士梁佩兰、屈大均都曾咏过此琴，尤以屈大均之作脍炙人口，其中“我友忠魂今有托，先朝法物不同沉”之句更是一字一泪，令人感慨。

道光末年，绿绮台为东莞人张敬修所得。张敬修是莞城望族，抗清名将张家玉之后，又是广东四大名园之一东莞可园的主人。张氏一门风雅，敬修之后辈如张嘉谟、张崇光等都是书画名家。敬修得到绿绮台后专门在可园中辟“绿绮楼”供藏，名园藏名琴，一时传为佳话。

民国初年，历经1300多年的绿绮台，已破残不堪，修复后让于同邑邓尔雅。尔雅是杰出的书法家、篆刻家，得此琴后，视同性命，其诗作屡屡提到此琴。尔雅居香港期间，曾于大埔筑“绿绮园”以供此琴。有一次，台风袭来，园中所藏宝物，尽悉损毁，唯绿绮台安然无恙，尔雅惊为奇缘。临终之际，尔雅仍将该琴置于塌畔，抚摩不舍，以至生命的最后一息，后人无不感叹其人琴之缘。

东莞的玉兰大剧院，被业内人士称为“国际一流、中国前五、华南第一”。在这里，上演过《猫》《天鹅湖》《罗密欧与朱丽叶》《胡桃夹子》等世界级经典剧作。时人有感于这种神奇现象，戏曰：“人在城乡接合部，心在巴黎圣母院。”

音乐剧，按专家的解释，就是通过音乐、舞蹈、戏剧三种手段来讲述故事、刻画人物、传达理念的一种娱乐形式。谁也没有想到，这种起源于纽约百老汇大街、成熟于伦敦西区的现代舞台综合艺术，居然在东莞兴盛起来。中国音乐剧界的大腕人物如李盾、三宝等在这里埋头苦耕，打造出了《蝶》《爱上邓丽君》《三毛流浪记》《虎门销烟》等十余部音乐剧。其中2013年创作的《妈妈再爱我一次》在全国20多个城市巡演150多场次，获得中宣部“五个一工程奖”、韩国大邱国际音乐剧节最高奖，引来世人惊羡的目光。

东莞毗邻香港，两地人文相通。东莞市民长期通过鱼骨形天线收看香港的电视节目，受到香港娱乐文化的直接影响，对港台歌舞心向往之，对港台明星十分追捧。东莞30多个镇街，群雄并起，个个都是全国千强镇，经济实力雄厚。东莞的民营企业更是藏龙卧虎，不要说那些叼着古巴雪茄、戴着手指粗金链子的老板，即使是在大街上随便碰到一个穿着背心、趿着拖鞋、摇着蒲扇的老爷子，那也可能是个千万富翁。总的来说，我们判断东莞的文艺演出市场十分巨大，甚至有业内人士估计，整个东莞的演出市场潜在价值在

100 亿元上下。

其实，早在东莞广播电视台成立之初，就开始了这方面的尝试。当时主政总编室的良哥，不仅文章漂亮，而且歌声嘹亮，还吹得一口动听的口哨。2006 年，他牵头组织在玉兰大剧院成功主办了“红莓东莞开”大型经典歌舞晚会，邀请俄罗斯军队亚历山大红旗歌舞团演出。该团成立于 1928 年，前身是苏联红军歌舞团，有 30 多位功勋演员，是俄罗斯军队最高级别的歌舞团，曾七次访华演出。《红莓花儿开》《莫斯科郊外的晚上》《山楂树》等原汁原味的俄罗斯经典歌舞给东莞的观众带来了精神上的享受，当然也给我们带来了效益上的收获。可以说，我们首秀即获惊喜。

这次的演唱会，台里指定由我牵头协调。一开始，我极不情愿，坚辞不就，托领导的领导来帮我说情都未奏效。最后，找不到更好的理由，只得硬着头皮上。

之所以百般推辞，不是怕辛苦也不是怕亏本，而是因为我当时有一个说不出口又挥之不去的心理阴影——《我心永恒》。

我来东莞不久，正值电影《泰坦尼克号》在东莞上映。在我的科室领导兼朋友的盛情邀请下，连看了两场。那是我来莞后第一次看电影，它对我内心的影响之深刻、持久，是我始料未及的。

要说故事情节，这部电影讲的不过是灾难背景下的爱情故事，并无特别之处。但是，其大视野、大制作、大明星、大气魄、大场景，把电影艺术和电影技术都用到了极致，在我平生所看的为数不多的电影中达到了最高境界，没有之一。如果仅此而已，那也只不过惊羡感叹一阵子。真正让我震撼并影响至今的，是那首主题曲《我心永恒》。

我第一次听到这首歌，是在电视上播出的宣传片中。当时，对音乐一窍不通的我，也只是一阵短暂的惊奇。但是当我真正坐在电影院时，我发现我不是太少看电影而是太小看电影了。银幕所呈现的，无论是穷人还是富人，无论是乐手还是水手，他们在灾难面前表现出来的责任和担当，在死亡面前表现出来的敬业与坦荡，就像重锤一样，一次次反复击打着我那颗没怎么见过世面的心脏。特别是置身于茫茫大海之中“葬于何兮？魂归故里”的无望之守望的悲情氛围中，男女主人公在大西洋那冰冷的海水中生离死别的场景反复叠加，那首被翻译成《我心永恒》的主题曲沉重地响起并久久回荡时，我那曾经抵御过无数风浪袭击的情感堤坝被无情地击碎了，那历经无数苦难锻造的理智框架被彻底地掀翻了。生命被吞噬了，爱情被终结了，美丽被撕裂了。自信输给了失误，必然输给了偶然，人类输给了自然。而我，被感动得一塌糊涂。

那段时间，只要一听到这首歌哪怕是只听到那爱尔兰哨笛吹出的一小段旋律，我就会心跳加速、血脉偾张、双眼湿润、神不守舍，最后竟产生了心理阴影。可奇怪的是，过了相当长一段时间后，竟又莫名其妙地想起那首歌，想再听听。但一想到那曾经受伤刚刚有所好转的心，终又不敢。就像一个痴情的小伙面对一个心爱的姑娘，她有时近在眼前，有时又远在天边，有时回眸一笑，有时又扬长而去。明明知道那是一个美丽的陷阱，却又忍不住想去尝试。明明知道那是带刺的玫瑰，却偏要去采撷，哪怕再次受伤。欲言又止，欲罢不能，欲逃无路。

音乐界曾有过一个神奇的传说，有一首名叫《黑色星期天》的钢琴曲，被称为世界三大禁曲。据听过这首曲子的人说，那是以死者的口吻唱给生者听的，那是一种心灵的颤抖、诡异的灼伤、阴沉的晦涩、哀悼的共鸣，是一种奇异的魔幻、郁悒的缠结、灵魂的呼救。中间还混合着孩子的哀号啼哭，恋人的低声苦吟，生生死死就在这音符中反复闪现，回环交错，让人痛不欲生。据说，听过这首曲子的共有 100 多人自杀了。

原来，我相信那只不过是一个传说，但现在，我相信那不一定只是个传说，有可能是真的发生过，因为音乐的魔力实在是太神奇了。

但不幸的是，这次演唱会恰恰就安排了这首我又爱又怕的《我心永恒》，真是叫人欲哭无泪。

既然不能反抗，那就学会享受吧。

新闻发布会如期举行，参加会议的除了港台和内地（大陆）的记者以外，还有各个合作的商家。因为没有了商家，演唱会很可能会裸唱，哪怕再叫好那也不行。

开头，我从天气说起，看似一段废话，其实也不完全是。我主要是想营造一种朋友式的融洽氛围，因为这是一场演唱会的新闻发布会，我不想搞得太一本正经。紧接着，我将会议主题与 APEC 扯在一起来说，无非想借此来点聊天式的轻松，当然也表明了主办方对活动非常重视的态度，有意无意增强了这次新闻发布会的分量。

记者节当然不能不说，因为这一段主要是说感谢的话。曾几何时，记者不被理解。我初来东莞时，还不止一次地见到过诸如“防火防盗防记者”的标语。很长一段时间，我路过那些地方，看到那些标语在那里理直气壮地警惕地注视着我，就感觉到无比气愤。记者采访被围攻、被殴打的事，也是屡见不鲜。

我知道，今天的主要听众就是记者。在这个特别的日子，我把记者节的事说足了，那就是对记者们最宏大的尊重和最真诚的感谢，这帮爱听恭维话的记者一定会很开心。当然，这也是对我自己的尊重，因为我也是记者。最为重要的是，演唱会的事，还得靠这帮记者帮忙宣传出去。当我说到要感谢朱镕基同志时，那些平时听惯了官话、套话和假话的记者开始正襟危坐。因为，在我的表述中，幽默里带着真诚，实话中藏着赞许，愉悦处飘着智慧。“作为一名老记者，我向你们致敬”这一句还没说完，我所期待的反应就出现了：一般新闻发布会上很少出现的掌声居然热烈地响起来了。

后面的表态虽然也是套话，但切入的角度不同。我不是从“我们的实力”的角度来直接硬吹，而是从“你们的选择”的角度迂回包抄。虽然内容依然是表明我们有丰富的办会经验、强大的宣传平台、优秀的动员能力，但落脚点却是“你们的选择是对的”，表扬了现场的商家，自然赢得一片喝彩，让他们掏钱也掏得心花怒放，这就是商界中传说的“消费并愉悦着”。

总的来说，这次新闻发布会，我驾驭得还算得心应手。我的感受是，永远要把记者当朋友，永远要对记者说感谢。

新闻发布会以后，除了媒体广告以外，东莞的户外大屏、公交车身、公交站点、出租车身、大型楼宇、社区超市等，对本次演唱会给予了全媒体方式的呈现。

12月13日晚8时，"为东莞喝彩，2014巨星演唱会"在东莞市体育中心体育场隆重举行，两万多名观众在寒风中，热情如炽。周华健、张宇、许志安、汤宝如、李蕙敏、陈少华、刘伟等明星如期而至。本台主持人孙琛、志恒、小真、祥冬等强势加持。孙琛与汤宝如联袂演唱的《相思风雨中》，将演唱会推向了高潮。周华健的压轴大戏《朋友》仍然没有让大家失望，他一出场便赢得了热烈欢呼，最后出现了万人大合唱的壮观场面，其如排山倒海，经久不息，数万观众度过了一个不眠之夜。

人生如果是一出戏，讲话就是台词。因人、因时、因事而言，往往差不了太多。无论是对演员还是对导演，尤其是对记者，永远要说感谢。

对导演，要有足够的尊重；

对记者，永远要说感谢。

在“第三届东莞市资信地产十强评选”颁奖典礼上的致辞

尊敬的各位领导、各位嘉宾、各位朋友：

大家下午好！

热烈欢迎大家参加第三届东莞市资信地产十强颁奖典礼。

我讲三个意思。

一是祝贺。祝贺“第三届东莞市资信地产十强评选”活动圆满结束，祝贺各个获奖单位。

二是感谢。感谢市住建局、市房管局、市房协、市物管协会、市消协对本次活动的英明领导、正确决策、亲切关怀和大力支持。正是因为有了你们的支持，这项活动才一届比一届好，一届比一届热闹。感谢各位房地产企业的积极参与，有了你们的参与，使资信地产活动的品牌价值不断攀升，影响力越来越大。当然，还要感谢各位消费者的关注。

最近几天，A 股不幸跌破 2 000 点，让很多股民欲哭无泪。股市不行了，那就来关注房市吧。

昨天，“神十”顺利返回，大家都看到了，聂海胜在接受央视记者采访时说：“太空是我们的梦想，祖国是我们永远的家。”借用这句话，我们可不可以说，股票那是一个梦，房子是我们永远的家？还有网友说，航天员都出舱了，我们还不出仓？

三是希望。希望各位领导、各位嘉宾、各位朋友继续关心支持资信地产评选活动，继续关心支持东莞广电协会、关心支持东莞阳光网。

祝大家身体健康，工作顺利，把在股市上的损失，从房市上捞回来！

谢谢！

房子的那些事

这篇稿子是我在“第三届东莞市资信地产十强评选”颁奖典礼上的致辞。

2008 年 9 月，国际金融危机全面爆发后，中国经济增长快速回落，出口出现负增长，经济面临“硬着陆”的风险。

为了应对这种局面，中国政府快速反应，发挥体制优势，于 2008 年 11 月推出了进一步扩大内需、促进经济平稳增长的十项措施。根据初步匡算，要完成这十大措施，在未来的两年内也就是到 2010 年，约需投资四万亿元人民币。此后，中国政府又根据金融危机的发展和走势，见招拆招，及时预判形势，适时调整策略，逐步形成了应对金融危机的一揽子计划。当时，一些媒体圈和经济界的人士将这个“一揽子计划”通俗地解读为“四万亿元计划”。根据住建部的有关研究，在这四万亿元计划的投资中，与房地产直接相关的占了 32%。这表明，面对严峻的金融危机，中央对房地产的期望值和重视度要远高于其他行业。

到了 2011 年，四万亿元投资计划基本完成，中国政府的一揽子组合拳，终于顶住了几十年不遇的席卷全球的金融风暴的袭击。据有关方面统计，2011 年，房地产业占全国 GDP 的比重接近 10%，房地产业的快速发展，促进和带动了建筑、建材、冶金、化工、轻工、机械、纺织等 50 多个行业的发展。一些真真假假的经济学家所谓的中国经济“硬着陆”“房价崩盘”等可怕的预言并没有出现。

与此同时，业内人士也深刻地感受到，2011 年确实是中国楼市发展史上无法忽略的一年。由于楼市发展太猛，从年初开始，各级政府就不断出台了目的明确、针对性强的各类房地产调控政策，旨在抑制房价过快上涨。随着各种调控政策的出台和落地，多地出现了“业主围攻售楼处”“二手中介关闭潮”“开发商降价促销”等诸多半真半假的新闻。

根据 2011 年东莞市国民经济和社会发展统计公报，这一年全市户籍人口

184万，常住人口825万，本地人口与外来人口的差距如此之大，这在全国地级市中是绝无仅有的。住房对于背井离乡的外来人员来说，其心理上的归属感、安全感和成就感，是别人无法感受到的。

我的一位老乡，与我差不多时间来到东莞，在一家民办杂志社当编辑。经过多年的打拼后，终于买下了一套小户型住房。一次酒后，他对我说，收房那天，他一个人在房间里来回踱步，后来，干脆脱掉了鞋袜，光着脚丫子，在那毛坯房坚硬的水泥地上奔跑，以期更真切地感受那间属于自己的房子。再后来，此君突发奇想，居然模仿某种动物的姿势，用一种最原始的方式，野蛮地宣示主权，最后跪在房间，仰天长啸："这才是我的，只有这才是我的……"后来，还是因为房子的事，这位老乡离开了东莞。临走时，只留给他的爱人一本他刚出的诗集，其中一首这样写道："如果我够不着你的唇边，就让这本书陪在你的枕边；如果我挽不住你的裙边，就让这本书陪在你的枕边……"

东莞位于广州与深圳之间，人口的城镇化率达到了88.6%。应该说，这种住房刚需极其稳健。但是东莞的房价长期远远低于广州、深圳，这引起了人们的极大兴趣，于是大家纷纷探究，东莞的房市到底怎么了？为什么？

按常理，房市低迷，房地产广告应该上扬才对呀，为什么随着房地产市场的不景气，广告投放也跟着下滑呢？

无论是政府还是市场，无论是购房人还是媒体人，无论是开发商还是中介商，都想知道答案。于是，他们经常聚在一起，从各自的专业角度，一起来为东莞的房地产市场会诊。讨论来讨论去，他们一致认为，必须给市民以信心、给市场以信心。后来，这种源于自发的聚会，逐渐形成了一种机制，这就有了每年一届的东莞资信地产评选活动。

第三届东莞资信地产评选活动由本台成功主办，并评选出了十强。在颁奖仪式上，我们邀请到了不少重量级的嘉宾，有住房和城乡建设部政策研究中心主任、中国房地产学会的资深分析师等。活动规模不大，所以这篇稿也非常短，总共不到500字。现在看来，这篇稿子也没有什么特别精妙之处，但其巧妙地运用了"双关"的修辞手法，可以说是一个小小的亮点。

范仲淹曾说：“兼明二物者，谓之双关。”双关是一种很有用的修辞手法，分为语义双关和谐音双关。就是在一定的语言环境中，利用词的多义或同音的条件，故意使语句具有两种意思，言在此而意在彼。这种手法如果用得恰当，可使语言表达得含蓄幽默，给人以深刻印象。

刘禹锡的《竹枝词》“东边日出西边雨，道是无晴却有晴”，“晴”与“情”谐音双关，写出了含羞不露、掩面欲语的微妙心理。李商隐的《无题》“春蚕到死丝方尽，蜡炬成灰泪始干”，“丝”与“思”谐音双关，表达了一种思念长在、至死方休的无限深情。

我在稿中说“航天员都出舱了，我们还不出仓”，航天员“出舱”与股票“出仓”不是同一回事，为语意双关。言下之意就是：股市不行了，大家赶快把股票卖了，投入楼市吧。这与本次活动的主题高度契合，颇有妙味。

多年前，我曾与一位美女博士共事。这位同事姓张，是个湘妹子，清雅时尚，秀外慧中，聪明勤奋，一身书卷气，我们有时称她张博士。2011 年，她出版了自己的第一本书，书名叫《行走的青春》，是一本纪实文集。该书出版前，她约我写一篇书评，拟收录于书中。一开始，我怕写不好，不敢从命。

张博士学的是新闻，后来却以英语同声传译而著名。她以节目主持人身份踏入电视界，最后竟然在采编系列中拿下了高级职称。别人写论文但求发表，在评职称时列为论文条件。而她却把论文当作品写，以获奖论文来总结业绩，颇有传奇色彩，常被人津津乐道。

人们常说，写书评难，为美女写书评更难，为博士美女写书评难上加难，我算是有了体会。正在为难之时，忽然想起两年前，我曾经与她一起参加在捷克的比尔森举办的国际花园城市竞评活动。这项活动是全球公认的“绿色奥斯卡”，由国际公园协会与联合国环境规划署共同主办，是世界城市建设与社区管理领域的最高荣誉之一。

相传，13 世纪时，捷克国王瓦茨拉夫决定建一座自由王城，并赋予王城垄断啤酒生产的特权，这座王城就是比尔森。15 世纪时，比尔森的啤酒已经驰名波希米亚地区。

在竞评活动期间，我们抽空参观了比尔森啤酒厂。这座酒厂建于 1295

年，相当于中国的元朝。最让人叹为观止的是，这里建有一座可存储7 000桶啤酒的巨大地下酒窖。我们一行人一边喝着当地的啤酒，一边缓步行进在那个据说长达9公里的地下酒窖的长廊，十分惬意。大约过了半个多钟头，张博士忽然问，我们还要走多远？我信口胡诌了一句，能走多远就走多远。

现在想起那段经历，想起那句无意中的话，似有所悟。再联想到她的书名《行走的青春》，感觉确实可以认真解读一下。于是，我在书评中除了表扬她"小时候爱穿父亲的拖鞋，崇拜父亲的大脚"，感叹她"在布拉格，凭吊那位制作出了自鸣钟却又被刺破了双眼的机械师"之外，在最后写下了这样一段话："既然走了，就义无反顾；青山悠悠，能走多远就走多远。如果累了，就随遇而安，前路迢迢，能走多远就走多远。行走，终将成为背影；脚印，却会成为永恒。"

"能走多远就走多远"这句话，既表达了鼓励，也蕴含了理解，亦纵亦收，亦张亦弛。这种用法，不知算不算得上是所谓的双关。

说回这篇讲话稿，后面那一句"把在股市上的损失，从房市上捞回来"看似直白，却也点题。虽然大家心里都知道这不太可能，但他们仍然愿意相信这个善意的谎言。因为在座的各位都知道，从2011年的年初，国务院就发布通知，明确要求各直辖市，计划单列市，省会城市和房价过高、上涨过快的城市，从严制定和执行住房限购措施。此后的半年时间内，广州、深圳、佛山、珠海等城市先后出台了不同版本的限购令。

总之，最后在会心一笑的似乎是黑色幽默的语态中，完成了我与在座各位的对话，也很有趣。

房子的事，

永远都是大事。

不可不说，

也不可乱说。

在微电影《灯梦奇缘》首映式上的致辞

尊敬的各位领导、各位朋友：

大家下午好！

受台长委托，我首先谨代表东莞广播电视台，向参加微电影《灯梦奇缘》首映式的各位领导、各位嘉宾和全体演职人员表示热烈的欢迎和衷心的感谢！

在这里，我讲几点感受。

一、这是一个蒙太奇式的好日子

大家一定都关注到了，举世瞩目的全国政协会议昨天胜利闭幕，67 岁的俞老先生当选全国政协主席。今天，全国人大正在酝酿协商委员长、副委员长、国家主席、副主席人选。据“小道消息”，在这些名单中，暂时没有我们的名字。但我相信，在东莞微电影发展史上一定会有我们的名字。今天，我们的首映式赶在这样的时间节点上，这些好日子叠加在一起，实在是一个蒙太奇式的良辰吉日。

二、这是一个蒙太奇式的好合作

东莞广播电视台与洪梅镇具有深厚的传统友谊，《灯梦奇缘》是东莞台旗下的东莞阳光网与洪梅镇首次合作的微电影项目，开创了双方合作新的空间。微电影是一种比较新的传播载体，情节简练，长度简约，非常适合网上传播，特别适合年轻人的审美特点。《灯梦奇缘》这部微电影将东莞台的人力资源、技术设备、传播平台与洪梅镇的民俗风情、水乡美景，特别是花灯文化进行了蒙太奇式的有机组合，进行了非常富有创意的探索。我们相信，这对于提升洪梅镇的整体形象、推进东莞的微电影创作将会产生蒙太奇式的良好效果。在此，我们要特别感谢洪梅镇的通力合作和各位镇领导的远见卓识！你们的选择是对的。我相信，这样的合作仅仅是个开始，今后，我们还会有更多更好的合作项目。

三、这是一个蒙太奇式的好团队

应该说，这次合作，东莞广播电视台、东莞阳光网、洪梅镇以及相关方面都派出了精干的专业队伍。从我们的编剧、导演、演员到服装、化妆、道具等，各个专业的创作人员，都尽职尽责、精益求精，正是他们的创新精神、艺术智慧和卓越才华演绎了一段荡气回肠的《灯梦奇缘》。据东莞阳光网报道，这部微电影，仅预告片的转发量就超过 3 000 条，在 56 网、优酷网的点击量超过 20 万人次。在此，我们以热烈的掌声感谢全体演职人员。

现在提倡开短会，讲短话，电影也是短的好。但是我相信，我们的合作是长久的，我们的友谊是长久的。

祝各位领导、各位朋友身体健康、万事如意！

谢谢大家！

灯与梦的初恋

2012年，本台直属的东莞阳光网与洪梅镇联合摄制了微电影《灯梦奇缘》，这篇稿子是我在这部微电影首映式上的致辞。

东莞阳光网于2005年底开通，2012年4月获得了“中华人民共和国互联网新闻信息服务许可证”，成为广东获得全国新闻网站资质的十大网络媒体之一。根据中国互联网协会“中国网站排名”公布的数据，东莞阳光网曾长期位列“地区分类综合排名”全国前十、全省第一，成为华南地区极具影响力和竞争力的新兴媒体。

不懂网站的我，曾在这里待了三年。几年间，东莞阳光网除了开设30多个频道以外，还开展了音视点播、网站代维、图文直播、承办活动、舆情咨询等业务。其品牌活动“东莞英语口语大赛”，网上报名人数超过10万。

2010年底，美籍华人吴彦祖主演的据称是全球首部微电影《一触即发》首发，被认为具有里程碑式的意义。此后，《老男孩》《66号公路》《安全感》等微电影相继推出，在网站上引起了大家的热议。

微电影，即微型电影，一般是指能够通过互联网新媒体平台传播、适合在移动状态和短时休闲状态下观看的、具有完整故事情节的短片。除此之外，之所以叫“微电影”，主要还是指它的微时长、微投入、微周期。

有的研究者认为，微电影的起源最早可以追溯到二十世纪六十年代的法国。当时，著名影评人巴赞聚集了一批包括夏布洛尔、特吕弗、戈达尔等人在内的年轻导演。他们深受萨特的存在主义哲学思潮的影响，主张“主观的现实主义”，反对过去电影中的“僵化状态”，强调拍摄具有导演个人风格的影片，因此又被称为“作者电影”。他们所拍的影片刻意描绘现代都市人的处境、心理与爱情，强调与传统影片不同的主观性与抒情性。他们反对美国好莱坞或梦工厂等产业体制下生产的巨资电影，追求低成本制作。他们启用非职业演员，不用豪华的摄影棚而用实景拍摄，不追求场面刺激和戏剧化冲突。

在表现方法上，他们广泛使用能够表达人的主观感受和精神状态的长镜头、画外音、内心独白、自然音响等。其中的代表作有特吕弗的《四百击》与夏布洛尔的《漂亮的塞尔其》。特吕弗还凭借《四百击》在当年的戛纳电影节中一举斩获了最佳导演奖。

和东莞阳光网这个年轻的网站一样，网站的同事们都非常年轻，充满理想，充满激情，充满活力，特别是对新鲜事物充满好奇，总想一探究竟。关于“什么是微电影”“我们网站能不能搞微电影”的讨论，经常在这帮年轻人中激烈地展开。对于微电影，他们不仅津津乐道，而且跃跃欲试。

当然，他们的自信不是没有原因的，他们中不少人出身于电视，有的干过记者，有的干过编辑，有的干过摄像，有的干过后期，对于微电影这种艺术形态的直观感受并不陌生。与此同时，他们自己本身拥有强大的传播平台，还可以与自己的老东家东莞广播电视台共享种类齐全的摄制编辑设备。因此，客观地说，他们进军微电影具有得天独厚的条件。

作为网站的新兵，我经常抱着学习的态度参加他们的讨论。

有一次，我们请到了一个重量级人物——中国微电影协会的秘书长来网站作业务指导。这位秘书长姓郑，来自湖北，是我国最早研究微电影而且颇有心得、实践微电影亦颇有成就的那群有志青年中的一位，被坊间誉为“中国民间微电影之父”。

在交流的时候，一位同事提了一个问题：“短视频属不属于微电影？”

郑秘书长想了一下，说如果把微电影作为一个视频分类的术语，那么短视频无疑属于微电影；如果把微电影作为一种艺术样式，那么一般意义的短视频则不属于微电影，因为它没有完整的故事情节。

他这个回答很全面、很原则，而且逻辑自洽，无懈可击。但提问题的同事并不满足，又追问：“您在前面提到二十世纪六十年代的法国新浪潮电影，其中不少电影并没有完整的故事情节，有的甚至只表现一种情绪和个人的主观感受。如果说它们是电影，但它们又确实缺乏故事情节，这是为什么？”

郑秘书长显然胸有成竹，他说法国新浪潮电影只是一种探索，后来也没有成为电影的主流形态。当时没有微电影的概念，但是，他们的电影追求简和短，也就是场面简单、时长短小，与我们现在的微电影有相似之处，所以有人认为他们的电影是现代微电影的雏形。

我十分赞同郑秘书长的意见。他既是郑家本族，又是湖北老乡，也没什么可忌讳的，我便大着胆子胡诌了一些似是而非的论据。我说，微电影也是电影。既然是电影，就必须有故事情节。古今中外一切已成定制的艺术样式，几乎都是建立在故事的基础之上的。比如，远古的神话传说，那是激荡千古的英雄史诗，一个个惊天地泣鬼神的英雄故事铭刻在一代又一代人心中。诗经中的《氓》，写尽了女主人公初恋的甜蜜、婚姻的幸福、离别的痛苦，起伏跌宕。《孔雀东南飞》中那一对苦命的夫妇生离死别、双双殉情的感人故事，曲折凄婉。唐诗中杜甫的“三吏三别”，用诗歌的方式讲述普通百姓的悲苦故事，叙事完整，极具画面感。至于后代的元代戏曲和明清小说，不仅在故事情节方面更加强调“情理之中、意料之外”的戏剧冲突，还在烘托环境、描写细节、刻画形象等多方面形成了一套完整成熟的创作理论和表述范式，使得故事情节更加感人、人物形象更加丰满。所以，微电影不可以没有故事。郑秘书长听后非常高兴，送了我看似外交辞令的四个字：所见略同。

现在想来，虽然当时我们的问题可能是幼稚的，我们的思考可能是可笑的，我们的理解可能是肤浅的，但我们的态度是非常认真的。

当一群认认真真追求梦想的人与另一群认认真真追求梦想的人碰在一起的时候，一个全新的故事便不可逆转地发生了。东莞阳光网与洪梅镇政府决定，联合摄制一部名为《灯梦奇缘》的微电影，想要用最现代的艺术形式去讲述一个十分古老的关于心灯、梦想、缘分的故事。

在东莞，春节期间，张灯祈福、悬灯祈子的习俗在很多镇街得到保留和弘扬，其中最为著名的是源于皇宫的“千角灯”。相传东莞赵家为宋英宗的生父濮王赵允让之后，逃难至此，而后落业。宋光宗的姑姑赵玉女凭着记忆，成功地制作了千角灯，用于家族添丁的开灯仪式。制作此灯费时费力，一般制作一盏灯大约需要花八个月时间。农历正月，将灯悬于本家祠堂。硕大的千角灯，整整一千只角，每角点燃一盏灯，极为壮观。东莞诗人杨鹤宾有《东莞竹枝词》：“一灯千角庆元宵，赵氏天潢衍宋朝。但愿灯花来报喜，三年抱两饮灯烧。”东莞的千角灯还获得了中国民间工艺“山花奖”金奖和“中华第一灯”的美誉，并于2006年被列为第一批国家级非物质文化遗产。

但真正将灯文化作为文旅项目发扬光大的是洪梅镇。他们打造“花灯文化节”，遍邀全国各地的花灯参展，并且融入了文艺表演、灯谜、许愿、游戏、美食等多个项目，逐渐成为当地的一张文化名片。

由于合作双方对这个项目都很重视，这部微电影的进展也非常顺利，前后三个月时间即首映，并于2013年获得第三届北京国际电影节微电影单元最佳编剧奖。

在首映式上致辞，这本来也是一个官样文章，但我比较巧妙地套用了电影艺术的术语“蒙太奇”来构建整个讲话的框架，算是有点创意，也非常契合主题。

“蒙太奇”这个词原本为建筑学术语，意为构成和装配，电影发明后又在法语中被引申为“剪辑”，中国电影界用的也是这个意思。蒙太奇作为一种电影理论，它认为，镜头的组合是电影艺术感染力的根本原因。两个镜头的并列形成新的意象，产生新的含义。蒙太奇作为一种思维方式，符合思维的辩证法，也就是通过感性表象去理解事物的本质，揭示事物和现象之间的内在联系。有的电影理论家甚至认为，没有蒙太奇便没有电影。当然，这也许太极端了。

致辞的第一部分，致敬良辰。“蒙太奇式的好日子”，故意把微电影的首映日与全国“两会”召开的日子“蒙太奇”式地扯在一起，回避了念稿式的讲话，亦庄亦谐，值得玩味。

致辞的第二部分，肯定机制。这部微电影是东莞阳光网与洪梅镇强强联手、通力合作所取得的成果。正是因为将我们的技术、平台和人力资源与洪梅镇的风俗文化进行了有效的“蒙太奇”式的对接，产生了电影，产生了电影式的合作效果。所以，必须感谢洪梅镇。

致辞的第三部分，赞美团队。参与这部微电影创作的团队来自各个方面，有我们自己的，也有洪梅镇的，还有外请的。此时，必须赞美他们的创新精神、艺术智慧和卓越才华，让所有与会的人都能收到感谢、得到赞美。最后，在“短”与“长”的辩证纠缠中结束了讲话，生动而有韵味。

多年来，我帮别人写过不少讲话稿，但很少有机会自己讲话。帮人写稿时，总想写点实话，但人家不允许，我也没办法。这次有机会自己写稿自己讲，我想试试，话是不是应该这样讲。事实证明，确实应该这样。

因为时间的关系，这个讲话比较短。如果时间允许，我还想讲，微电影也是电影，电影就是故事，故事就是人生。微电影的篇幅可以微小，但人生的胸襟品格必须崇高圣洁；微电影的投资可以微小，但人生的价值追求必须高贵宏大；微电影的道具可以简陋，但人生的梦想旅程必须坚定隆重；微电影的场景可以简朴，但人生的精神境界必须豪华瑰丽。只有微电影，没有微人生。所有用生命组成的人生故事都是值得敬畏、值得铭记、值得讴歌的……

也许，这样讲又成了令人讨厌的“假大空”了，好在没有机会。

灯中有梦，梦里有人，人间有缘。

永远的辉煌

一、永远的辉煌

你悄然落下，
没有任何渲染，
因为你的诞生就是为了奉献。
你毅然落下，
没有任何伤感，
因为你的落下是为了新生的明天。
你坦然落下，
没有任何遗憾，
因为你对天地万物的挚爱留在人间。
浩浩天风，为你奏一曲《欢乐颂》，
为你凯旋庆功。
滔滔莞水，为你酿一江英雄酒，
为你壮行到天边。
夕阳，向你致敬，
夕阳，不说再见。
夕阳，圣洁，无限，
夕阳，辉煌，永远！

二、世纪的曙光

为了迎接新世纪的你，
我们彻夜期待，苦苦登攀。
为了迎接今天的你，
我们把青山踏碎，把迷雾望穿。
终于，你出来了，
挣脱了乌云的羁绊；
终于，你出来了，
带来了天地的祝愿。
你把琼浆甘露赐给万物，
把万丈光芒洒满山川。
你点燃了远古文明的圣火，
在这个蔚蓝色的星球上薪火相传。
你点燃了虎门贝丘遗址的窑火，
把东江文明的陶泥烧锻。
朝阳，
我们心中的神圣，
我们叩拜，我们渴盼！
我们为你陶醉，我们为你狂欢！

千年何年

公元1999年12月31日，新千年到来前夕，我接到一个光荣而又艰巨的任务：到东莞最高峰银瓶山，拍摄一个新千年日出的节目，以迎接千禧之年。

我的直接领导，人称峰哥，带领我们策划了这一节目，并指定我牵头执行。这个任务要求我们立即出发，凌晨拍摄，当晚播出。当然，峰哥能把这个机会给我，我也感到十分荣幸。

任务光荣，是因为站在新千年的门口，我和这个星球上所有的同类生物一样，对未知的新千年充满着无限期待。我们的生命能够跨越两个千年的交汇之处，这是要经过多少年多少代的磨难才能修来的福分，所以要感谢上苍。如果能在这个千年一遇的历史节点上留下自己的哪怕是一点点印迹，亦不负苍天、不负此生。

任务艰巨，是因为当时我还不知道要把这个节目拍成什么样子。拍成新闻？一个日出，不可能拍成新闻。新闻专题？没有人物、没有事件，也不可能。再加之当时的要求是当天拍、当晚播，时间也来不及呀。

这时候我才发现，这次任务就像某些电视竞赛节目中的抢答环节一样，我们按完了抢答器才开始思考答案。

无论如何，去了再说。于是我们兵分两路，一路提前出发，直奔银瓶山顶，先拍一组日落的画面，我随后在谢岗广电站与他们会合。

谢岗广电站的朱站长是谢岗本地人，为人豪爽，性格开朗，热情好客，说起话来声音洪亮。他个子高挑，骨骼清瘦，走路极快，有时给人一种仙风道骨的感觉。

当天晚上，两路人马在谢岗广电站如约会合，并与广电站的同仁一起吃了一顿十分丰盛的迎接元旦、迎接新千年的大餐。

晚餐虽然算不上名贵，但都是谢岗当地的特色美食，其中一鸡一饭给我印象最深。豉油鸡，色泽金黄，嫩滑可口，其做法却极其简单，就是将一斤半左右的整只鸡加上酱油，用小火煮至吸干汤汁即可，十分美味。鹧鸪饭，是用隔年的香米与腌好的鹧鸪一起煮，饭熟后熄火再焗。其实，很多美食的做法都很简单，所谓大道至简。

美食虽美，可任务更重要。酒过三巡，我端起酒杯对朱站长说："大哥，您是资深广电人，这个节目应该怎么拍？"

朱站长爽朗一笑："听你的，你说咋搞就咋搞，你是专家。"

"哥，我可是诚心向您请教哦。"

朱站长年长我几岁，酒量一般，但酒风一流："酒喝到位了，自然知道怎么搞。你没听说过烟出文章酒出诗吗？还有，李白斗酒诗百篇？"

诗！写诗？能不能写成诗？写诗行不行？朱站长这句话倒是真的提醒了我。在当时，中国电视节目的理论建设尚处于探索之中，对栏目、节目的理性思考也是"百家争鸣"。这就是说，电视节目似乎就没有什么禁忌，想怎么搞就怎么搞。

搞成音乐电视？不行，那是以音乐为主的节目。音乐诗画？这与音乐电视大同小异。我忽然有了思路："电视诗画？"

朱站长半斤酒下肚已有了感觉："好，电视诗画，到底是专家，就是有水平。"

"哥，是您一言唤醒梦中人哪！"我一饮而尽。

其实，当时我俩谁都不确定有没有"电视诗画"这种节目，甚至不确定有没有这一说。

随后，我将这个想法通过电话向峰哥汇报，他未置可否，只爽朗地一笑："大将在外，权宜行事。"这又给了我莫大的鼓励。

看着时间差不多了，应朱站长的邀请，我们一行又浩浩荡荡去参加由广电站承办的谢岗镇的新年晚会。在当时的东莞，市里有晚会，镇里也搞晚会。今年是迎接新千年的晚会，所以大家都格外重视，晚会也格外隆重。

晚会在一个室外体育场举行。舞台、灯光、音响不算豪华，但氛围却十分热烈。怀着对新千年的憧憬，当地百姓早早地来到了现场。节目大多是当地文艺工作者自编自演的，有歌舞、小品、朗诵、快板等，节目形式虽然算不上新颖，但那种浓浓的乡土气息却让我深受感染。所有的表演都是粤语的，我是连看带猜，边看边问，才能弄懂大致的意思。我来东莞三年多了，还是第一次这么近距离地感受东莞的本土文化，感到十分兴奋。

晚会快结束时，一位来自水乡的本土曲艺社演员表演了一曲木鱼歌，这是一种流行于沿海地区的弹词类曲种。被誉为“岭南三大家”之一的番禺人屈大均《广东新语》载：“东莞岁朝……其辞至数千言，有雅有俗，有贞有淫，随主人听命唱之。”从本土学者杨宝霖先生的记载中也可见一斑：“岁朝佳节，农闲之时，榕树下，厅堂中妇人围坐，请识字者按歌本而唱之。东莞民谣云：‘要想癫，唱《花笺》；要想傻，唱《二荷》；要想哭，唱《金叶菊》。’”由此足见，木鱼歌在当时的市井烟巷十分盛行。

我是第一次听木鱼歌，既不懂曲调，对粤语也是一知半解。只见台上这位身着红衫绿裙的姑娘，抱着一把三弦琴，边弹边唱，十分投入。前面的内容我只是听了个大概，但后面几句，由于重复了多次，我却听得明明白白：“千禧之年，你从哪里走来？千禧之年，我们从哪里走来？千禧之年，你要带我们走向何方……”歌声婉转，曲意悠远，回返往复，一咏三叹，极富感染力。

很显然，这是旧瓶装新酒，临时填写的词。一时间，我不知怎么想起了屈原的千古名篇《天问》。遥想当年，三闾大夫伫立于湘水之岸，孑然冥想，仰望星空，向天叩问，一口气提出了100多个有关“天地万象之理，存亡兴废之端，贤凶善恶之报，神奇鬼怪之说”的问题，可是千百年来，天无应答，人无应答。其实，对天地山川、对历史人文、对人本身的探索，一直是人类的终极追问，并将贯穿人类历史的始终。无数先贤哲人穷其一生，也找不到答案。也许，即使到了人类终结之时，也不会有答案。站在世纪之交，千年之前的屈原之问与眼前这位绿裙姑娘的追问，似有异曲同工之意。没想到，这首乡野俚曲居然意外地击中了我的心，只感到心头为之一震，不知不觉热泪盈眶。

凌晨三点，我们按照计划，向银瓶山进发，去拍摄那新千年的日出。

银瓶山是东莞第一高峰，主峰银瓶嘴高约900米，远远望去，像一尊银瓶。这里既有观音菩萨留瓶的美丽传说，也有苏东坡醉卧银瓶山的文人佳话。银瓶山终年云遮雾障，仙云飞渡。千沟百壑、茂林秀峰、绝崖怪石、飞瀑流泉、鸟语花香，俨然一幅自然风景画。山中的蝴蝶谷、回音谷、石猴望月、蟾蜍吐丹等景点，令人流连忘返。

我们先坐车至山下，然后步行。在朱站长的带领下，我们走了一条比较近的崎岖小路，只用不到两个小时便登上了山顶。

我们选了一块平坦的大石头，装好了机器，等待日出。

不知是登山的疲惫，还是对新千年的期待，大家都很少说话。在那块大石头上，有人坐着，凝望着绵延起伏的群山；有人躺着，仰望着浩渺无垠的星空。也许，是在静静地回忆；也许，是在轻轻地祝福；也许，是在默默地祈祷；也许，什么都没有。

今天，是公元2000年1月1日。提到公元，不能不想起耶稣。2 000多年前，一个婴儿诞生在中东一个客店的马槽里。他的到来，开辟了人类历史的新纪元。他受死的刑具十字架，成为全世界普济救人的标识。无论是在战场还是在病房，这个十字架的出现，就是天使的降临，所有的残酷和无情都会跪倒在它的面前。耶稣复活的那一天是礼拜天，到了这一天，全世界把一切都统统放下，只为来纪念他。

公元元年相当于我国西汉末期平帝的元始元年。采用公元纪年之前，我国主要采用干支纪年法，以十天干、十二地支轮流组合，六十年一轮，循环往复。有人说，这在某种程度上暗合了我国古人的自然历史观：一生二，二生三，三生万物，生生不息。

世界各国纪年的方法有很多，如道教历法、帝王年号纪年、天文纪年、历史纪年等。另外，还有佛教纪年、伊斯兰教纪年、犹太教纪年等。

今天天气很好，轻风凉爽。快到六点的时候，朱站长轻轻喊了一声：“快来了！”众人立刻兴奋起来，一起将目光投向我们期待已久的东方。

不一会儿，在那天地交汇之处，光亮慢慢地由暗转明、由深到浅。那颜色先是灰白，而后橘黄、而后淡红、而后赤红、而后金黄。新千年的太阳，终于如约而至，冲破云层，喷薄而出，带着瑰丽、带着温暖、带着希望，完成了她在新千年的闪亮登场！顿时，天地间一片灿烂，生机盎然。

不知是谁先喊了一声：“喂，新千年的太阳！”大家齐声附和：“新千年的太阳，你终于来了，我们欢迎你！我们拥抱你！”一时间，山谷回应，百鸟合鸣，经久不息……

摄影师立即掉转镜头，记录下了这一珍贵场景。

我曾有幸在泰山、华山、黄山看过日出，在日本的富士山、南非的桌山看过日出，但今天的日出却是让我永生难忘的。一时间诗兴盎然，激情涌动，胸中腹稿，一挥而就，由此成就了我十分得意的新千年的第一首诗作。

两首诗，一写日落，一写日出。篇幅不长，但切题合意，通过人格化的处理，抒情自然。全诗立意高远，气势宏大，节奏明快，遣词自如，比拟融洽。两诗相比，写日落的那一首稍胜一筹，多年以后来读，仍然感到寓意深远，回味无穷，故予留之。

峰哥对这种电视诗画的新玩法非常赞赏，特地在运河边置酒烹鹅犒劳我们。很有缘分的是，多年以后，他被调到谢岗镇，担任党政主官多年，表现出了卓越的政治智慧和施政才华，在城镇规划、产业升级、生态环保、文化建设等方面建树良多，政声极佳。

天道轮回，日月有常，逝者如斯，不舍昼夜。2000 年，共 366 天，53 周。农历庚辰龙年，起止时间为 2000 年 2 月 5 日至 2001 年 1 月 23 日，共 354 天，无闰月。

这一年，国家统计局正式宣布，国内生产总值首次突破 10 000 亿美元。

这一年，中国《夏商周年表》正式公布，把我国历史由西周晚期的共和元年向前延伸了 1 200 多年。

这一年，普京就任俄罗斯总统。

这一年，朝鲜领导人金正日和韩国总统卢武铉签署了《南北共同宣言》。

这一年，全国政协副主席、中国佛教领袖赵朴初逝世。

这一年，中国台湾著名物理学家吴大猷逝世。

这一年，法国航空 4590 号班机空难，造成 113 人遇难。

这一年，人类成功完成克隆猴实验。

这一年，中国围棋小将蒋其润出生。

这一年，齐达内获得“世界足球先生”殊荣。

这一年，章子怡以《我的父亲母亲》获得了“百花奖”最佳女演员奖。

这一年，余秋雨开始了“千禧之旅”，后来出版了《千年一叹》。

这一年，我被确诊患二型糖尿病……

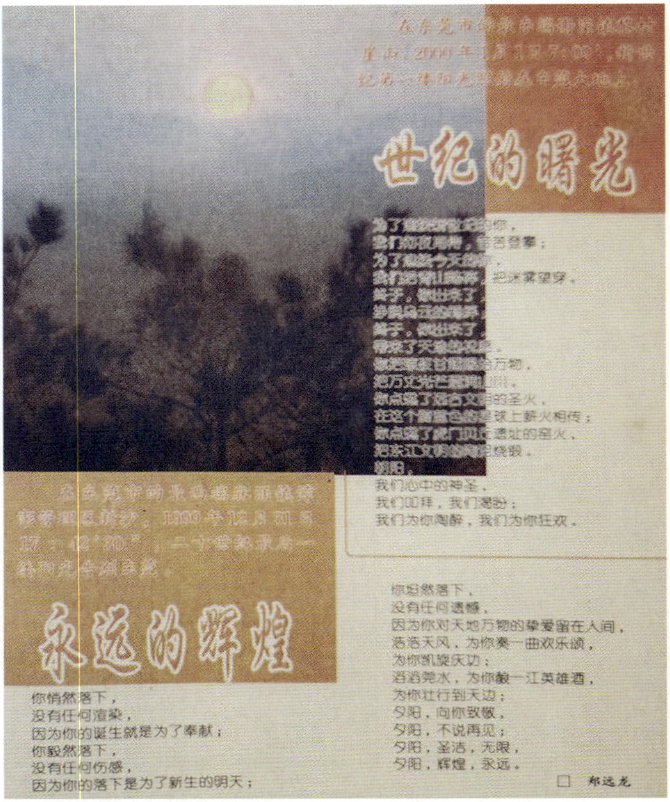

在东莞市[illegible]山，2000年1月1日7：00'，新世纪第一缕阳光[illegible]东莞大地上。

世纪的曙光

为了[illegible]你，
我们[illegible]，含辛登攀；
为了[illegible]，
我们[illegible]，把迷雾望穿。
骄子，你出来了，
[illegible]
骄子，你出来了，
带来了天[illegible]。
你[illegible]万物，
把万丈光芒[illegible]川。
你点燃了[illegible]的圣火，
在这个[illegible]星球上薪火相传；
你点燃了[illegible]遗址的窑火，
把东江文明[illegible]烧毁。
朝阳，
我们心中的神圣，
我们叩拜，我们渴盼；
我们为你陶醉，我们为你狂欢。

在东莞市的最西端[illegible]拍摄，1999年12月31日17：42'30"，二十世纪最后一缕阳光[illegible]。

永远的辉煌

你悄然落下，
没有任何渲染，
因为你的诞生就是为了奉献；
你毅然落下，
没有任何伤感，
因为你的落下是为了新生的明天；
你坦然落下，
没有任何遗憾，
因为你对天地万物的挚爱留在人间，
浩浩天风，为你奏一曲欢乐颂，
为你凯旋庆功；
滔滔莞水，为你酿一江英雄酒，
为你壮行到天边；
夕阳，向你致敬，
夕阳，不说再见；
夕阳，圣洁，无限，
夕阳，辉煌，永远。

□ 郑远龙

与朱站长（左）、李站长（右）寻访古埃及文明

东莞第一峰——银瓶嘴

杨振宁接受本台专访，盛赞东莞改革开放成就

导语：物理学家、诺贝尔奖获得者杨振宁日前在香港中文大学接受了本台记者的专访。作为世界著名的科学家，杨振宁对东莞改革开放30年取得的辉煌成就以及东莞高等教育的发展，给予了高度评价，请看记者发自香港的报道。

解说：杨振宁1942年毕业于昆明的国立西南联合大学，后就读于芝加哥大学并取得博士学位，1957年杨振宁与李政道共同获得诺贝尔物理学奖，成为最早获得诺贝尔奖的中国人。杨振宁还是美国科学院院士，英国皇家学会会员，中国科学院外籍院士，香港中文大学教授。1993年起担任东莞理工学院名誉院长，并为东莞理工学院题写了“学而知不足”的校训。去年2月，杨振宁还专程来到东莞理工学院，亲自为学生颁发杨振宁奖学金。本月9日，杨振宁教授在香港中文大学欣然接受了本台记者的专访。

杨振宁：全国的县很多，变成市的也有不少，在这些市里面，东莞是很特别的，因为它的发展方式是很特别的，也很成功。我上回去市中心广场，我就觉得气魄很大。我想很多人来看的话，一定会很羡慕，而且会有所感悟，东莞在30年的改革开放中有这样的成功也是很不容易的一件事情。

解说：杨振宁以全球眼光，对东莞改革开放的成就给予了高度评价。

杨振宁：从全世界的角度来看，中国的崛起是一个大家都想不到的奇迹，我想连邓小平同志30年前也可能没有想到能够有这么巨大的成就。而整个中国的成就里面，各个地区又不一样，那么从这个角度讲起来，在中国这个大

家都想不到的取得巨大成就的过程之中，东莞又是一个特别的例子，也可以说是在全国的经济增长速度、发展质量等方面，东莞是很突出的，这一点我想是一个历史的事实。至于说是向前看，我想更需要市里的领导用比较长远的、高瞻远瞩的眼光去谋划。比如我刚才说到的，你们争取到散裂中子源项目，这就是一个很好的例子，因为向高技术发展是非常非常重要的。

解说：当谈到东莞理工学院的发展时，杨振宁认为东莞理工学院对地方的经济社会发展将起到非常重要的作用，对东莞的产业升级转型也将会起到非常重要的作用。

杨振宁：东莞的高速发展，必须有很多的各个不同专业、不同领域的人才。东莞理工学院在东莞经济转型升级过程中所需要的人才培养方面会起到很大的作用，我相信而且我也希望东莞能够继续过去的成功，尤其是要把握科技发展的方向，做出成功的决策，这样整个经济社会发展的质量就会更高。

与大师对话

2008年，是中国改革开放30周年。东莞台作为根植于改革开放先行之地的本土媒体，面对这样的重大主题，应该有所作为，也必须有所作为。

根据上级有关要求，结合本台实际，我们最终确定了“十大宣传工程”，以此致敬改革开放30周年。这其中一项重点项目，就是以《伟大的历程，东莞改革开放30年》为题，推出一组系列报道，通过回顾太平手袋厂、高埗大桥等标志性事件，采访相关当事人、亲历者、专家学者，反映东莞30年来取得的巨大成就。初步规划是拍摄30集，以应30年之数。

分配给我的任务，是采访“改革开放30年中国最有影响的海外专家”、中国科学院院士、诺贝尔物理学奖获得者杨振宁先生，反映东莞在科技创新方面所取得的进步。

领到这个任务，我感到既兴奋又紧张。兴奋的是能有机会与世界顶级科学家对话，这对一个记者来说，是求之不得的无上荣耀；紧张的是我从没有过采访世界级杰出人物的经验，担心驾驭不住，要么辜负了使命，要么浪费了机会，无论哪一种，那都是职业所不能允许的。

杨振宁先生与东莞颇有渊源。1993年1月13日，杨振宁先生应邀访问东莞，在东莞理工学院讲学，并接受东莞市人民政府和学院的聘请，担任东莞理工学院名誉院长，这是杨振宁先生首次在国内高等院校担任这样的职务。此后，杨振宁先生多次访莞，并在东莞理工学院开堂授课，对学校的建设发展给予高度关注和大力支持。

东莞理工学院于1990年筹办，1992年4月经国家教委批准成立，2006年5月获批为学士学位授予单位，2018年5月被确定为硕士学位授予单位，10月成立国际联合研究生院。从2019年起，独立招收硕士研究生。

东莞理工学院建院十周年之际，杨振宁先生为学院题写了“制天命而用之”匾额，勉励东莞理工学院把握大势，顺势而为。此前，杨振宁先生为学院题词“学而知不足”，被师生们奉为校训，并勒刊于石，成为校训石。

东莞理工学院杨振宁教研楼正式启用时，杨振宁先生还专门录制视频为教研楼的启用致辞，并对同学们提出殷切期望。这是我国第一栋以杨振宁命名的教研楼，由著名勘察设计大师、中国工程院院士、东莞老乡何镜堂领衔设计。何镜堂是我国著名的建筑设计大师，美国哈佛大学建筑系主任科恩曾评价何镜堂“作品微妙而复杂，空间移动在限制与大胆之间穿梭，并没有刻板单一的设计模式”。

记得几年前，我去澳门采访，住在新竹苑迎宾馆。听说杨振宁先生也住在这里，我们找到澳门中联办的朋友，想得到一个采访杨先生的机会，但最终未能如愿，感到不胜遗憾。没想到这次，机会却找上了门。

经过有关部门的联系，采访时间定于后天，也就是说给我们的准备时间也就一天多。根据分工，我负责撰写采访计划、设计问题、整理资料等文字性的工作，另派一位姓谢的主持人以记者身份现场提问，共同采访。我怀着激动的心情，当即查找相关资料，连夜设计采访提纲。出于尊重杨振宁先生身份的考虑，结合东莞的实际，我们将采访重点放在了东莞的科技和教育方面，请杨振宁先生谈谈对改革开放30年来东莞科技教育的评价及对未来的希望。

位于沙田的香港中文大学，俯瞰吐露港，风光明媚，绿意盎然。这是一所亚洲顶尖的高等学府，是全港唯一有诺贝尔奖得主、菲尔兹奖得主、图灵奖得主在校任教的大学。

那是一个阳光灿烂的下午，在一间不太大的会议室门口，我们采访组一行恭候杨振宁先生。不一会儿，一辆白色小轿车缓缓停下，车门开处，杨振宁先生带着笑容走了下来。

由于采访提纲事先已经由相关人员转呈，所以刚刚落座，杨振宁先生就直奔主题：“东莞理工学院本身就是改革开放的产物，没有改革开放政策，就不会有东莞理工学院。东莞人有眼光、有魄力，不仅是造福东莞人民，更是为国家的科技发展作贡献。学院与中科院高能物理研究所、热物理研究所、西门子、华为等开展了很好的合作……”

“前段时间，我看到一个资料，说东莞的研究与试验发展经费投入强度超过3%，这超过了广东省的平均水平，也超过了全国平均水平。东莞的高科技企业超过5 000家，超过了很多省会城市，这很了不起……”

“特别是位于松山湖的中国散裂中子源项目，建成后将成为中国最大的科学装置，也是世界上第三大散裂中子源装置。它的功率是英国散裂中子源的4倍，构成世界四大脉冲式散裂中子源……”

关于今后东莞科教事业的发展，杨先生说，加强财政投入，加强成果转化，加强人才培养，争取更多的国家级项目……

杨振宁先生兴致很高，以至于记者几乎插不上话。这与我们原来设想的问答式采访不是一回事，但他所讲的正是我们的报道所需要的，不仅完全符合主题，而且站位更高，讲得更全面，所以我们也不去打断他。

从这个意义上说，这次采访取得了完全成功。

看着杨振宁先生心情很好，我们便大着胆子，与他聊起了原来确定的采访计划以外的话题。谈到个人爱好时，杨振宁先生说，他年轻时很喜欢唱歌，但是唱得不太好。爱吃的菜，主要是辣子鸡丁、酸辣蛋汤，有时也爱吃红烧肉。

采访氛围非常融洽，除了谢主持以外，我们同行的其他人也你一言我一语地插话。实际上，这时的采访变成了聊天。

问：听说您从小数学成绩就很出色，小小年纪就已经能读懂哈代的《数论导引》，但身为数学教授的父亲却为您请来古文老师教您《孟子》，这事是真的吗？

答：是真的。《孟子》里面的故事告诉了我中国传统文化的世界观，还有做人的原则。

问：有人认为《易经》影响了中国人的思维方式，而这个影响就是近代科学没有在中国萌芽的重要原因之一，您同意这个说法吗？

答：不完全是，但也有一定道理。

问：有的资料上说，您在西南联大上学期间，认识了数学系的一个女孩子叫张昭景，您对她很有好感。这算是您的初恋吗？

答：她是我父亲的学生，与我的妹妹经常来往。那时候，绝大部分女生都穿蓝布大褂，而她经常穿红色衣服，显得很特别。

先生的回答很具体，包括当年那女孩“经常穿红色衣服”的细节都记得这么清楚，这本身就是一种很明确的回答。本来，还想大胆问一个关于翁帆的问题，几次话到嘴边又咽了回去。

问：您做学问的原则是什么？

答：宁拙毋巧，宁朴勿华。

问：您认为，物理学与数学有什么区别？

答：打个比方吧，远远看过去，数学有几十个大大小小的山头，而物理学则只有几座大的山头。

问：您认为，数学或者说物理学与美学有关系吗？

答：人类从远古以来，就知道有日月星辰的运动，这些运动既遵循着一些规则，也有不同的变化。最后牛顿写下了牛顿方程式，这是人类历史上非常重要、也是非常美的一个新发现。当然，我们也可以从美学家的角度来感受物理学家。比如，英国最著名的浪漫主义诗人布莱克写过一首《天真的预言》：一粒沙里有一个世界，一朵花里有一个天堂，把无穷无尽握于手掌，永恒宁非是刹那时光。”（后来我们查了相关资料，原文为：To see a world in a grain of sand，and a heaven in a wild flower，hold infinity in the palm of your hand，and eternity in an hour）

初听这首诗，感觉其与西晋“少有奇才，文章冠世”的陆机在《文赋》中所写的“观古今于须臾，抚四海于一瞬”有着异曲同工之妙。更进一步想，似乎还能品出一种禅味在里边：一沙一世界，一花一重天，掌中即无限，永恒即瞬间。

杨振宁先生还提到，牛顿去世后，英国诗人蒲柏写了一首诗：“自然与自然规律为黑暗隐蔽，上帝说，让牛顿来！一切遂臻光明。”现在听来，这诗竟然有点像童谣。

此前，我看到过一个资料，称杨振宁先生是“诗人科学家”，今日一见，果然如此。

问：您将清华园的寓所取名为“归根居”，听说您还写了首诗叫《归根》：“昔负千寻质，高临九仞峰。深究对称意，胆识云霄冲。神州新天换，故园使命重。学子凌云志，我当指路松。千古三旋律，循循谈笑中。耄耋新事业，东篱归根翁。”这首诗古色古香，沉稳大气，很让人感动。

答：诗言志，叶落归根，人之常情。

在我的理解中，先生所说的“归根”并不是“归隐”。诗中表现的不仅有“采菊东篱下，悠然见南山”的恬静，更有“老骥伏枥，志在千里”的豪情。

2010 年，杨振宁先生和他的太太翁帆女士一起译写了第 16 届广州亚运会会歌《重逢》的英文歌词。

2012 年，杨振宁先生九十岁时，还写了一首英文诗《九十抒怀》，意境辽阔，哲理深邃，情感细腻。原文为：Mine has been a promising life，fully fulfilled a dedicated life，with purpose and principle，a happy life with no remorse or resentment，and a long life，traversed in deep gratitude. 试译如下：

走不远的往事，唯奉献与憧憬。

移不动的信念，唯真理与坚韧。

诉不完的心语，唯坦荡与真诚。

道不尽的感恩，唯幸福与永生。

采访结束后，我们提出想与杨振宁先生合影留念，杨振宁先生满口应允，并高兴地说去铜像那儿照吧，一行人兴奋不已。

杨振宁铜像是由国际上享负盛名的雕刻家吴为山先生创作的。吴为山是英国皇家雕塑家协会会员，曾为包括伟大导师马克思、荷兰女王贝娅特丽克丝在内的数百位世界杰出人物塑像，其作品被荷兰王国布瑞达博物馆、美国霍普金斯大学、法国巴黎大学、日本加藤美术馆收藏。

杨振宁先生的铜像立于学校中心地带。那微微前躬的后背，表明这是一个长期伏案工作的勤奋的长者。铜像天庭饱满，发型规整，脸廓方正，嘴角坚毅，线条分明，勾勒出了杨振宁先生那杰出的数理逻辑思维的个性。敏锐的双眼，坚定而又深邃，像是在向苍茫的宇宙发出自己的疑问，又像是窥破了大千世界的奥秘而显现出来的果敢与自信……

“性灵出万象，风骨超常伦。”这是杨振宁先生特别喜欢的唐代著名边塞诗人高适的诗句，它也是杨振宁先生铜像形神的写照，包含了儒家思想中关注现实的入世之道，也包含了道家思想中超然出世的隐逸之境。当然，杨振宁先生铜像的气象里，既有东方人文的精神之魂，也辉映着西方科学理性的逻辑之光。

据说，吴为山与杨振宁相识后，书信往来不断，共同探讨东西文化的异同和融和。杨振宁先生非常欣赏吴为山的艺术才华，当吴为山完成了塑像后，曾致函杨振宁先生：“在人类发展的进程中，您用自己的人品、学识自塑了一尊雕像……因此我想底座上还是只写‘杨振宁’三个字，不要任何前缀和后缀，且最好你自己来写。”出乎意料的是杨振宁先生在回信中说：“我建议：由你写。”

采访那天拍完照后，我也忘记看了，不知道那底座上的名字到底是谁写的。

性灵出万象，

风骨超常伦。

杨振宁博士受聘我院名誉院长

并应邀来学院作学术演讲

本报讯 （本报记者）1月13日，诺贝尔物理学奖金获得者、著名美籍华人学者、美国纽约州立大学教授杨振宁博士，应邀前来东莞进行访问，于当天下午来我院讲学，并接受东莞市人民政府和我院的聘请，担任我院名誉院长。这是杨振宁博士首次在国内高等院校担任此职。

这天，正在东莞视察工作、四十年代同杨振宁在昆明西南联大的同学、前国务委员张劲夫和夫人获悉后，立即赶来我院，与杨振宁亲切会见。省人大常委会副主任、东莞市委书记欧阳德、市长叶耀亲切会见了杨振宁博士。陪同访问的还有我院顾问、东莞旅港乡亲知名人士方润华先生、王华生先生、王霖先生等。

杨振宁博士的到来，受到了东莞市和我院领导及师生员工的热烈欢迎。市政协主席郑锦滔、副市长姚锦柏，我院党政领导张淑龄、李新柳、王素其、包树元，以及市教育局局长欧阳禹湖等，陪同杨振宁博士参观校园。杨博士兴致勃勃地在校园内植树留念，为我院挥毫题词：“学而知不足”，并应邀作了精彩的学术演讲。

图为杨振宁教授（右二）在参观校园

郑远龙（左一）、杨振宁（右三）

精彩

——东莞广播电视台台歌歌词

用声音唱响世界，
用镜头歌颂时代。
在路上，在奔跑，我们的舞台，
在现场，在记录，我们的豪迈。
红绿蓝，我们永恒的色彩，
真善美，我们不变的情怀。
精彩，你的期待，
精彩，我的至爱。
追求精彩，创造精彩，奉献精彩，
你的精彩，我的精彩，每天播放新精彩。
我们创新，我们创业，
我们开创东莞广电新时代！

用青春刷新梦想，
用激情点击未来。
有规矩，有分寸，我们有担待，
有始终，有情义，我们有风采。
红绿蓝，我们永恒的色彩，
真善美，我们不变的情怀。

精彩，你的期待，
精彩，我的至爱。
追求精彩，创造精彩，奉献精彩，
你的精彩，我的精彩，每天播放新精彩。
我们创新，我们创业，
我们开创东莞广电新时代！

精彩之后

2015 年是东莞广播电视台建立十周年。

十年风雨，行之不易。作为台庆系列活动之一，从去年下半年开始，台里决定以数万元重金，公开向社会征集台歌。

当时，台里指定我具体负责这项工作。一开始，我信心满满，因为本台过去所有的活动都得到了社会的积极响应。而且，我们对观众的回报从来不吝啬，这次当然也不例外。记得在五周年台庆时，有一位山东的观众抽中了幸运大奖，获得一辆价值 36 万元的油电两用轿车。但当我们的工作人员联系他时，这位观众不相信自己中了这么大的奖，误以为遇到了骗子，最后还向当地派出所报了警，我们只得作罢。

几个月过去了，陆续收到了不少稿件，但都不是很理想。到最后一个月时，我开始着急了。如果最后征集活动失败，那就滑天下之大稽了。那段时间，我每天都认真阅读所有的来稿，我发现它们都有一个致命的通病，那就是不贴近媒体、不贴近东莞、不贴近东莞广播电视台。离截稿时间越来越近，我也越来越着急。到了最后两天，我意识到，必须自己出手了，否则，我没办法向台里交差。

其实，真正写的过程前后不过半个小时。第二天改了两次，就把稿子打印出来，混在来稿之中。因为这十年，我不仅全程参与并见证了东莞台的所作所为，而且充分理解、深刻感受了它的所思所想，这是别人没有办法做到的。

在专家评审会上，大家一致认为，我那歌词不仅写出了东莞台的精气神，关键是写出了它的魂，被全票通过。由于时间紧迫，台里采用特邀的方式，邀请了东莞的几位著名作曲家为台歌作曲，同时指定台里的音乐编辑孙立佳也来谱曲，择优录用。最后，孙立佳谱的曲以风格清新、旋律明快而入选。主持人小真、孙琛首唱，还拍摄了 MV，在台庆前夕隆重发布。

这是东莞广播电视台第一首台歌，最后定名为《精彩》。

这次台歌创作，实现了从作词、作曲、演唱、录制、拍摄及后期制作全部由台里的员工合作完成的又一个梦想。从此，《精彩》成了全台员工共同的心声。

回望东莞广播电视台成立以后的十年，那是一段激情燃烧的岁月，是一部以中国媒体改革为大背景、以东莞文化体制改革为主题、以东莞广电人为主角的自编、自导、自演的时代正剧。我有幸忝列其间，并按照总导演的意图，激情满怀地跑了些许龙套、比画了些许动作，由此成就了我职业生涯的黄金年华。

因为不曾辜负，所以难以忘怀。

当年的改革，现在想来，仍然感到惊心动魄。首先，在干部使用上，实行中层干部竞争上岗。英雄不问出处只问能力，打破身份界限的藩篱，不少普通干部甚至是普通工人通过竞岗走上了中层干部的岗位。其次，在人力资源配备上，实行人员自由组合、双向选择。再次，在分配上，实行“股份式”分配，为每个员工核定不同的比例，全台总利润与这个比例的乘积就是该员工的收入，使全台员工成为“股东”。最后，在节目规划上，全体“休眠”，公开招标，收听收视收入俱优者中标。

这种理念再造、信心再造、机制再造、流程再造的革命性的设计，思路之新、力度之大、范围之广，在当年的媒体改革中，实不多见。这场改革，忠实地继承了东莞人敢闯敢干的文化基因，成功地传扬了东莞人厚德务实的文化品格。这只有根植于东莞这块改革开放热土之上、在敢为天下先的东莞精神的熏陶激励之下的东莞媒体才能做得到。

于是，奇迹出现了，而且超过了我们的想象。一个30分钟的电视栏目年收入居然超过了3 000万元；一个电视主持人的年收入居然超过百万元，造就了现象级主持人。广播电视广告和网络经营创收短短6年间增长了6倍多。其中，2011年，全台及下属单位实现经营收入近10亿元。

那些年，心之所想、目之所及似乎无不可能。开门办电视、联合办节目、合作搞经营逐渐成为全台员工的集体思维和话语模式。

那些年，我先后担任办公室主任、台长助理兼执行总编辑、总编辑、副台长，几乎参与了所有重大改革方案和大型宣传活动的决策与执行。

节目招标改革后，诞生了一档民生栏目，最高收视率竟然冲上了17%，而当时的中国收视率第一的节目春晚在东莞的最高收视率也不过1%。改革之后的短短三年时间，我们一举打破了境外媒体在本地区的收视垄断地位。自此，全台的电视频道黄金时段平均收视率和市场份额在本地区130多个频道的激烈竞争中，长期名列榜首，最终赢得了对手的尊重。

我作为主要执行人，参与了与新疆台合办的新闻节目《南海潮》，它使东莞广播电视台的节目实现了事实上的上星播出。与广东广播电视台合办《魅力东莞》，远赴奥地利、斯洛伐克、匈牙利等十多个国家，摄制了大型纪录片《相约多瑙河》，在北美洲、欧洲、东南亚等地区十多个国家的电视频道播出，覆盖数百万海外华人，使东莞广播电视台的节目实现了事实上的跨国界传播。

那些年，获奖似乎唾手可得。全台平均每年获得省级以上政府奖70多项。2011年，更有71件作品获得97个奖项。广播消息《生死大营救》获中国广播影视大奖提名奖。定位为“东莞人演东莞事给东莞人看”的电视栏目剧《家园》，让老百姓成为节目主角，在第三届全国电视栏目剧评优中一举夺魁。“拥抱春天”2011年东莞市春节联欢晚会，不仅获得全国春节电视文艺晚会优秀节目一等奖，同时还获得了最佳导演奖、最佳舞美设计奖、最佳视频特效奖、最佳节目创意奖四个单项奖。“精彩童星”文化交流团赴美国参加“夏威夷国际少儿舞蹈交流大赛”，荣获“儿童舞蹈类比赛金奖”。

连续三年获南方广播影视传媒集团“创新发展一等奖”“广播电视管理创新奖”。30多人获得全国“十佳百优”广播电视理论人才、全国广播影视系统法制宣传教育先进个人、广东省优秀新闻工作者、广东新闻金梭奖、广东新闻金枪奖、广东省十大金牌主持人、广东省百佳主持人等一系列荣誉。我有幸获得“广东省优秀新闻工作者”称号。

三集广播连续剧《追梦的人》，由我担任总策划和监制，良哥担任策划和编剧。我和良哥一赴成都、两赴北京、三赴黑龙江，先后召开五次剧本论证会、三次专家评审会、六次演播室录制。该剧最后获得中国广播影视大奖提名奖、广东省广播电视节目奖一等奖和广东省精神文明建设“五个一工程”奖广播类优秀作品奖。中国广播剧研究会副会长孙以森说：“这是一群人在追梦，折射的是一个国家、一个民族追求富强昌盛的梦。”中国广播剧研究会副会长何善昭说：“在生命美的多色调讴歌中，给人以精神上的愉快、启迪和深刻的感悟。”中国广播剧研究会专家组成员熊生民说：“剧中的人物，将以他们独特的艺术形象镌刻在中国广播剧人物的长廊上。”中央戏剧学院教授路海波说：“贴近现实、共度时艰的意蕴，让听众对追梦的人充满敬意。”中国传媒大学教授王雪梅说：“这种‘东莞精神’深深感动着我，同样也会感动每一位听众，是他们从内心高呼：这就是伟大的中国精神。”

但是，这部我们倾注了大量心血的作品与全国精神文明建设“五个一工程”奖擦肩而过，成为一个挥之不去的遗憾。

由我担任总监制、制片人和编剧的全国第一部以广播电视媒体改革创新为题材的20集电视连续剧《电视台的故事》，由曾执导《三国演义》《格萨尔王》的著名导演张中一执导，执编过《外来媳妇本地郎》等电视剧的杨白钊任编剧，知名演员张页石、杜俊泽、吕洁、梁晶晶以及本台员工共同演绎。中澳国际电影节最佳女主角、百花奖得主何赛飞加盟。良哥除了担任执行制片人外，还在剧中成功主演了总编室主任李文章的角色。

当时，香港的电视剧生产采用了一种全新的模式，只要有一个故事大纲就可以开工，边写边拍边播，以提高效率，完全以收视反应和市场回报作为判定电视剧去留的依据。由于时间紧、任务重，我们也借鉴了香港的这种做法，边设计边施工，边写剧本边拍摄。

记得有一次，由于编剧任务的冲突，剧本创作跟不上了。数十人的拍摄队伍，眼看就要面临无本可拍、无米下锅的窘境。当时，我正在云南曲靖参加“珠江小姐环保行”活动，每天都要与杨白钊老师通过电话协调剧本的事，最长的一次通话竟然超过3个小时，直到手机没电。

电视剧终于拍摄完成了，先后在广东台等全国20多家城市电视台播出，总的反响还是不错的，但投资回报和奖项表现却不尽如人意。后来我自己反思，这个题材还是比较新的，导演、编剧也十分给力。不太完美的主要原因，还是我本人受某些功利思想的影响，造成了整部作品的立意不够高。同时，我对自己的才情过于自信，对电视剧这种类别的艺术规律及其生产规律缺乏深刻的把握。但无论如何，这是我挑战电视剧的处女之作，也是唯一的作品，仍然值得永久纪念。

改革，说到底是利益格局的调整。利益的最终落脚点在人，那么，员工的思想建设和文化认同就显得十分关键。当然，这一点在改革之初就已经被关注到了，而且将企业文化建设与改革的整体方案一并设计。

经过几年实践的不断煅烧和提炼，我们最终于2008年形成了“有规有矩、有分有寸、有始有终、有情有义”的“八有”台训。为了使“八有”成为员工的自觉行动，我们还组织了多场演讲比赛。“学习八有、践行八有”活动还成功申报了市直机关党组织党建品牌。此后，在东莞市“每天绽放新精彩”的感召之下，我们又形成了“追求精彩、创造精彩、奉献精彩”的价值追求。从此，“八有”和“三精彩”就成了东莞广电人的人格范式、精神品质和文化标签。

每个台庆开放日，我们的受众都给予了极大的关注。有的坐几千公里的飞机，有的踩着单车，有的坐着轮椅，来到广电中心，来到星光大道。他们送来了贺卡和鲜花，还有闹钟甚至布娃娃，只为表达他们最真诚的祝福。他们走进了演播厅、直播间、主播台，用心感受他们喜爱的主持人的工作场景，与主持人合影留念，互道珍重，其乐融融，十分感人。全台各级领导和主持人亲自迎送，导游讲解，礼数周全。

三周年台庆晚会暨“我喜爱的主持人”颁奖典礼，在有着“全国十大剧院”之誉、号称内地造价最高的东莞玉兰大剧院隆重举行。流光溢彩的廊道上，铺着长长的红地毯，数十位主持人浓妆盛服，在鲜花和掌声中，成双成对行进在星光大道上，接受听众和观众的祝福。4个主分会场一齐调动，40多个机位同时呈现，盛况空前。省委宣传部、省广电局、南方广播影视传媒集团主要领导，在莞的7位市领导亲临现场，为我们鼓劲加油。全省19个市广电台的主要领导以及东莞各界朋友等共1 000多人参加活动。晚会结束后，由本台全体主持人共同演绎的《相亲相爱的一家人》在剧院上空久久回响，颂扬着我们的文化基石、价值追求、情感依托和心灵归宿。

五周年台庆晚会，除了盛大的歌舞和深深的感谢之外，我们还关注身边的同事，节目中出现了真实发生在身边的故事，如数十年坚守水濂山发射基地的庚叔与远在他乡的亲人在舞台上意外相聚时的喜极而泣，还有年轻记者苦苦守着他同样也是记者却身患重病的妻子而不离不弃的感人场景。

九周年台庆晚会，我们邀请到了一位名叫佩研的小女孩。她与东莞广播电视台同龄，也是我台的老朋友，多次参与我台的节目与活动。作为特邀嘉宾，她在现场演绎了童声版的《祝你生日快乐》，与此同时，一段非常煽情的解说响起："为了追求精彩，我们痴心不改；为了创造精彩，我们豪情永在；为了奉献精彩，我们继往开来。广电九载，爱在精彩！情浓九载，无限感慨。因为爱，才精彩；有您在，更精彩！"这把晚会推向了高潮。

这段解说词是我最后修改定稿的，效果非常理想。聊以自慰的是，那些年，我几乎写遍了全台大型活动的主持稿，绝不夸张。

2011 年，我受命撰写了 15 万字的报告文学《媒体梦工厂》，以期全面记录东莞广播电视台的改革历程。我当时对这本书的定位是"三本书"：一是要写成本台改革的白皮书，真实而深刻地反映东莞广电人的情怀、智慧和胆识；二是要写成兄弟媒体改革的参考书，在理性上有启迪、在实操上可借鉴；三是要写成读者爱看的小人书，强调故事性和可读性，见人见事，见理见情。初稿写成后，自以为基本达到了上述要求。后来在极小范围内征求意见时，大家一致叫好，我自己也为此激动了好久。但后来出于种种原因，这本书最终未能出版，成为我心中久久挥之不去的隐痛。

2013 年，我主编的《追梦》获得了广东省电视艺术家协会颁发的"广东省新世纪电视理论贡献奖"，这是我职业生涯中唯一获奖的图书。

台庆十周年时，我约朋友自掏腰包，在云南制作了一批普洱茶饼，以作纪念。茶饼的内包纸中，最上面是隶书"缤纷十载，共创精彩"，中间是篆刻阴文"贵在永恒"，以下依次为"品名：兰昔归""产地：云南澜沧莽麓山""监制：十年同行感恩办公室""乙未羊年，春"。

有人说，"昔归"二字，取自《诗经·采薇》："昔我往矣，杨柳依依。

今我来思，雨雪霏霏。”意为盼望昔人归来，故又称为“情人茶”。

不管此说是否牵强，我的初衷，的确是想以此表达我对东莞台这个伟大的集体以及每一个与我同行的人的无限感恩之情，是他们给了我最温暖的关怀、最真诚的鼓励和最宽广的包容。

此后，我偶尔也会与朋友一起品尝自己订制的那款“情人茶”，回忆往日岁月，感到幸福和满足。就像与心仪的姑娘一起品读自己曾经倾情写就的情书一样，浪漫而充实，回甘醇厚而又悠长。

也许，此后余生，将会一直浸泡于漫长的歌与茶的回味之中，并最后终结于由歌的旋律和茶的韵味共同调制成的一种似有还无的祥和空灵之中，但那又未尝不是许多人穷毕生之力苦苦追求的修为与造化呢？

也许，但愿。

作为词作者接受专访

拍摄台歌MV现场

在捷克采访

缤纷十载 共创精彩

在德国采访

与中天电视签约

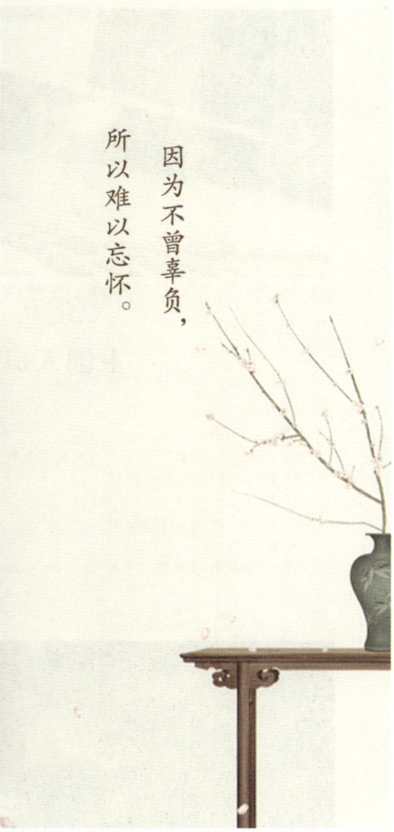

因为不曾辜负，
所以难以忘怀。

在韩国采访

结业于悉尼大学

在美国华盛顿采访

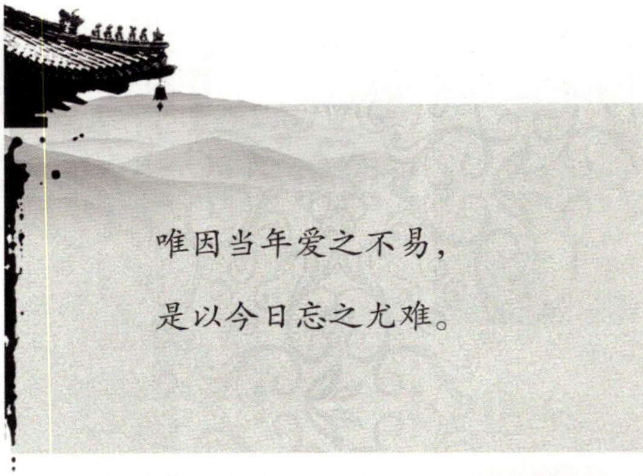
唯因当年爱之不易，
是以今日忘之尤难。

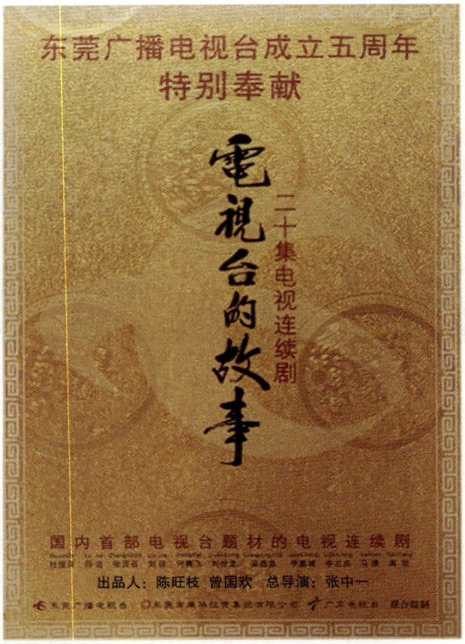
东莞广播电视台成立五周年
特别奉献
電視台的故事
二十集电视连续剧
国内首部电视台题材的电视连续剧
出品人：陈旺枝 曾国欢 总导演：张中一

主创人员

总顾问：王道平

总策划：梁志刚　李树祥　唐和平　郑远龙　刘全凤

策　划：李志良　李观湖

监　制：郑远龙

编　剧：吕　卉　李观湖　李志良

导　演：金　兑

主　演：周建龙（饰阿锋）　香香（饰Sunny）　陈迪（饰春伯）　钟阳（饰小莲）

广东省新世纪
电视理论贡献奖
获奖图书目录汇编
广东省电视艺术家协会
广东文化传媒发展研究会 编

东莞广播电视台成立五周年
特别奉献
追梦的人
三集广播连续剧
东莞广播电视台

剧情简介

故事发生在中国近代史开篇地和中国改革开放前沿的广东东莞。在虎门炮台边长大的残疾男青年阿锋自小铭记“落后就要挨打”的道理，而“身在纽约、心在虎门海滩”的东莞籍残疾女子Sunny也一直关注家乡的发展。“强者梦”、“创业梦”和“强国梦”把这两名从未谋面、仅以互联网QQ沟通的残疾青年紧紧联系在一起。在完成“轮椅千里海疆行”后，为了改变虎门电话机厂来料加工利润低、依赖性强的生产模式，推动企业升级转型，实现“东莞制造”向“东莞创造”转变，阿锋与Sunny共同研发残疾人专用超能手机。在市政府有关人员贵哥、技术员小莲等的大力协助下，阿锋通过“阳光热线”发动员工为研发新产品献计献策，并战胜了产品退货危机；同时几经曲折，消除了老板春伯的重重顾虑，坚定了他走企业升级转型之路的决心和信念。当残疾人专用超能手机问世时，Sunny走完了短暂而美好的人生。

《追梦》——东莞广播电视台五周年台庆员工作品集

郑远龙 主编

广东教育出版社 2010.3

目录

坚守

又是一个明媚的春天，
青山叠翠，绿水流欢，满眼春光。
又是一个温暖的春天，
百花吐蕊，万物竞发，大地荣昌。
又是一个东莞广电人的节日，
我们不忘初心，继续前进，脚踏实地，坚守理想。
又是一个东莞广电人的节日，
我们热情期待，真诚感恩，理性思索，深情回望。

回望这一年，我们坚守着对党的忠诚、对党的信仰。
我们认真学习贯彻习近平总书记在党的新闻舆论工作座谈会上的重要讲话，
在采编播的全过程、全环节落实正确的舆论导向。
这一年，我们认真贯彻市委、市政府的决策部署，围绕中心，服务大局，
为东莞的改革与发展，提供有力的舆论保障。

回望这一年，我们坚守着对人民的忠诚，为人民歌唱。
广播栏目《我就是歌手》，邀请了 130 多位歌唱爱好者走进直播间；
电视栏目《家乡味道》走进了家庭，走进了村庄。

当台风“妮妲”过境时，

我们发挥媒体优势，和整个东莞风雨同舟，一起守望。

急人民之所急，报人民之所需，想人民之所想，

我们用肩上的镜头和手中的笔，还有心中的责任，

和全市人民在一起，筑起了一道不可逾越的信念的高墙。

回望这一年，我们坚守着对东莞的忠诚，

因为我们深爱着这片热土，深爱着我们的家乡。

这一年，在全市精神文明创建“补短板、促提升”工作中，

我们全情投入，只愿为“文明东莞”贡献自己的一份力量。

这一年，我们与中央电视台同台直播东莞马拉松比赛，

传播了东莞青春阳光、活力开放的形象。

这一年，我们组织了“友善之城”的宣传、“发现精彩”系列活动、首届青年舞蹈大赛，

润物无声，潜移默化地传播着东莞的正能量。

回望这一年，我们坚守着对事业的忠诚，

深化改革，大胆创新，锐意进取，奋发图强。

我们积极推进媒体融合，组建了全媒体新闻中心，

搭建了内容生产的“中心厨房”。

我们创建了全新的业务学习平台，

创新的热情与智慧在“广电沙龙”风云激荡。

我们加强制度建设，推进经营机制创新，

深化干部人事制度改革，完成了中层干部竞争上岗。

其实，我们没有什么惊天动地的壮举，

有的只不过是对岗位的忠诚、对梦想的渴望。

其实，我们也有生活和家庭的压力，

在村口，看着年迈的父亲老去的背影，

只把无言的歉意在心底里深藏。

在病榻前，握着母亲颤抖的双手，

只把那张刻满皱纹的脸久久凝望。

即使是新春佳节，我们也没时间走亲戚，

因为我们奔波在走基层的路上。

即使是新春佳节，我们也没时间陪孩子吃团年饭，

因为我们在万家欢乐的直播机房。

但是，我们从不后悔、从不彷徨。

因为，我们是党的新闻舆论战线的战士，

是战士，就要站好自己的岗；

是战士，就要紧握手中的枪；

是战士，就必须坚守在阵地；

是战士，就必须奋斗在战场！

新的一年，新的希望。

我们将迎来党的十九大，

实现中华民族伟大复兴的中国梦，我们的斗志更加高昂。

市第十四次党代会提出，奋力在更高起点上实现更高水平发展，率先迈上基本实现社会主义现代化新征程，

悠久灿烂的东莞历史，将续写波澜壮阔的伟大辉煌。

新的一年，新的启航。

我们将在极端重要的意识形态工作中，唱响主旋律，打好主动仗。

新的一年，我们将扎根本土，创新节目，努力满足人民群众日益增长的精神文化需求，

我们将立足东莞，放眼全球，讲述东莞好故事，传播东莞好声音，维护东莞好形象。

新的一年，我们将在激烈的媒体竞争中，主动出击，抢抓机遇，抢抓市场，

在媒体融合的时代大潮中，敢为人先，勇立潮头，劈波斩浪。
为东莞在更高起点上实现更高水平发展，
挽起我们的臂膀，
挺起我们的脊梁，
贡献我们的力量！

坚守不易

自2005年起，本台一年一度的台庆晚会被坚持了下来。十多年来，台庆晚会已经成为全台员工特别期待的一种心理图腾、一枚文化标识甚至是一个价值品牌。

2017年3月28日，是东莞广播电视台12周年台庆日，台庆晚会自然是这个盛大节日里的"豪华大餐"。

就在台庆晚会前大约一个星期，台里在一号演播厅召开晚会筹备工作会议，听取晚会组委会的工作汇报，审查舞台方案、节目架构、嘉宾名单以及主持人、节目单。

几年前，我已不在节目生产一线，实际上是渐隐江湖了。所以我虽然参加了这个会，但也只是重在参与、重在掺和。再加之这样的会议内容繁杂，不仅冗长枯燥，而且没完没了。所以，会议还只开到一半，我就已经精疲力竭了。就在我昏昏欲睡的时候，忽然听到晚会总导演夏总说："龙哥，只有请龙哥出山了。"

夏总原是知名电台女主持人，后来通过竞岗，跨界担任了经营部门的主任，同时还无师自通地兼任了大型晚会与活动的导演。作为自己的台庆晚会，导演的角色她自然是当仁不让。夏总性格开朗，待人诚恳，行事果断，不让须眉。几年间，她策划并执导了很多大型活动和晚会，是著名的品牌导演。

过去，夏总多次邀我合作，请我帮忙弄一弄主持词或者诗朗诵之类的文稿。共事时间久了，她知我老实厚道，不负朋友。很多时候，只要她忽悠一句"这个只有龙哥才行"，我便乖乖就范，听其所用。完事后，她又爽朗一笑，来一句"我就知道，龙哥仗义，定会帮我"之类好听的话，再把我忽悠一遍。

这次会议，我原本就不准备发言，只想坚持熬到会议结束，没想到夏总的一句话把我给惊醒了。我赶紧追问才知道，她是想在晚会中再增加一个诗朗诵的节目，名字早就取好了，叫《坚守》，由我写稿，主持人集体朗诵，直接表现过去一年我台取得的巨大成绩。

我一听，赶紧说，诗朗诵这种形式太土气了，也用得太滥了，咱是不是考虑来点新鲜的花样。当时我在心里想，直接拒绝夏总好像不太礼貌，不如换个角度，通过否定这种节目形式来达到拒绝的目的，或许更恰当一些。

夏总仍然坚持说，诗朗诵这种形式土是土点，但是很管用。直奔主题、直抒胸襟、直取要义，这恰恰是其他如歌舞之类的节目所达不到的效果。

我说，夏总考虑在晚会中适当回顾一下去年的成绩，是有必要的。但我刚才看前面的很多节目对此都有所呈现，比如说去年我们新办的那几个栏目《我就是歌手》《家乡味道》，那几个比较大的活动如英语口语大赛、原创歌曲大赛、电视舞蹈大赛等，不是都提到了吗？只需要再把戏的分量加重一下就行了。我一边说，一边在心里反复告诫自己，这次我可要步步为营，严防死守，无论如何绝不能再让她给忽悠了。

夏总很坦诚地说，考虑是考虑到了，可是不怎么集中，找不到爆发点，形不成冲击力。

回想当初，我与她合作时写的那些诗也好、歌也好、词也好，都只不过是一单让东家满意的生意，并不是一件让自己满意的作品。有些东西写得多了，就看淡了，也就很难再有心情来写这种应时的玩意儿。即使别人不笑话，自己也不是很情愿。所以我坚持说，晚会它就是晚会，不是总结表彰大会……

我的话还没有说完，领导就拍板了，说夏总讲得有理，就依她的。领导忽又对我说，阿龙辛苦一下。

夏总乘机又进一步忽悠，说龙哥老马识途，绝对不负众望。

万万没想到，就这么几个简单的回合，我就又败下阵来。当时，我已无语，只自怜自叹道，又被忽悠了。过了一会儿，又自我安慰，也许，我生来就是这个总被女人忽悠的命吧。其实，如果说人生就是一场戏，那我只不过是戏中一个微不足道的小角色，如果这个小角色偶尔也能被导演瞄上一眼，忽悠两句，也没有什么特别难堪的。有时候我甚至想，舞台那么大，只要有戏演就好。既然上了台，那就演好自己的小人物，塑造好自己的小角色，别管导演是谁。

诗朗诵，作为一种节目形式，文艺界的共识是：朗诵者用清晰的语言、响亮的声音、优美的体态、恰当的动作把原诗歌作品有感情地向听众表达出来，以传达诗歌的思想内容，引起听众的共鸣。

诗朗诵，它的基础当然是诗歌。我考虑，首先，这是个现实题材，如果选用古体诗，不管是四言的、五言的还是七言的，规则较多，句式呆板，缺少变化，创作的自由度不高。同时，这是个多人朗诵的节目，必须考虑每个人之间的风格特点以及在舞台上的对比变化，那样呈现出来的效果才有可能丰富多彩。那最好就是通过句式的长短变化造成情绪和节奏的变化，尽可能为朗诵者留下比较大的二度创作空间，并以此来调控节奏的张弛，推动情绪的起伏。基于以上考虑，我决定选用现代自由诗来表现。

用诗化的语言来写总结，这本就是难事。虽然这种事我以前也干过，但那时候年少无知，试试也无妨。现在，早已词穷才尽的我，再来写这种命题作文、应景之诗，实在是有些为难。但天命不可违，再难也必须放手一搏。

在第一部分，我用了四个“回望”来构建框架，总结过去一年的主要工作，分别表达对党的忠诚、对人民的忠诚、对东莞的忠诚、对事业的忠诚，层次分明。因为本诗的主要内容是回顾这一年全台工作的重点、亮点和特点，所以，我用尽可能情绪化的语言突出我们坚持正确导向，把握正确舆论：突出我们坚持以人民为中心，为人民歌唱；突出我们坚持以服务为中心，宣传文明东莞；突出我们坚持改革创新，推进融合发展。当然，从诗歌的普遍要求来说，用四个“忠诚”来谋篇布局显得有点生硬，但这正是命题作文的独特要求，也是这类诗歌的正常取舍，就像孟子说的：“说诗者，不以文害辞，不以辞害志。”

抒情是诗歌最重要的品质。明朝胡应麟《诗薮》：“作诗不过情景二端。”如何把总结写成诗歌，写得有些诗味，甚至有点感情？这着实让我费了一番功夫。

在接下来的一段里，我分两个层次来展开。首先，将发力点瞄准人，瞄准媒体人与普通人作为人的共性，立足于“媒体人也是普通人”，他们有生活的压力、有家庭的压力，也有对孩子的牵挂、对父母的愧歉。因为从这个角度来展开，才能在“人同此心”的层面引起观众的最大共鸣，并为后面的情感升华奠定基础，就像王国维在《人间词话》中说的“一切景语皆情语”。紧接着，笔锋一转，着眼于“媒体人不仅仅是普通人”，将情感上升到了第二个层次，他们是战士。将看似矛盾的“是普通人”与“不是普通人”对比起来，搅动了情感的波澜，实现了诗化的表现。正是因为媒体人是党的新闻战线的战士，有着战士一样的家国情怀，才会有战士一样的贡献、战士一样的坚守。因为是战士，所以他们永远在岗位、永远在阵地、永远在战场。这就像媒体人有时的自嘲一样：不是在现场，就是在去现场的路上。从过程来看，这一段写得还比较顺手。

按照类似诗歌的惯例，一般都是回顾、感悟、展望三部曲，本诗也不例外。

最后一段，写了对新的一年的期望和决心。从内容上看，必须把新一年的工作放到党的十九大精神以及市第十四次党代会精神的宏大背景中去思考，这是政治，不能含糊。然后分别从导向、节目、机制等各个层次进行演绎，突出本台的广电特色。从情绪的变化要求来说，这最后一段必须是全诗的高潮，不能低落，否则就是头重脚轻。但难的是，这一节不可能有什么细节，也不可能有什么情景，再浓烈的情感也无处安放。那就只能通过标语口号的方式，硬生生地往上拉，别无他法。最终效果如何，就只能看主持人的功夫了。

交稿时，我建议将标题改为《忠诚》，未被采纳，最后用的还是《坚守》。晚会中，本诗由主持人叶纯、欧阳玉明、代磊、楚风、冷皓、高莉、吴钦明、陈怡诺集体朗诵。

他们不愧为优秀的主持人，很多位曾多次获得我台“观众最喜爱的主持人”荣誉。最终，就是靠着他们饱满的热情、洪亮的声音、宏大的气场、出色的演绎，弥补了诗作的不足，撑住了节目情绪的要求，赢得了观众的热烈掌声。

总的来说，还是比较幸运。我以天命之年、带病之身、凋落之才勉强完成了此稿，完成了任务。

从创作的角度来说，本诗内容上没什么突破，形式上没什么创新，语言上没什么金句。从诗本身来说，也算不得精品，仅合格而已。对我而言，这首诗最重大的意义，只不过是让我再次刷了一下存在感，表明此君仍然健在，尚能饭焉，亦能文也。

诗朗诵《坚守》演出现场

左起：冷皓、高莉、楚风、叶纯、欧阳玉明、代磊、陈怡诺、吴钦明

初心不改，坚守不易；

尚能饭焉，亦能文也。

东莞创建全国文明城市推介词

尊敬的各位领导、各位专家、各位老乡：

大家上午好！

我是东莞电台的叶主持，同时我也是东莞的文明使者。

我来自江西，首先，请允许我用家乡话向大家问好。

（叶主持用家乡话致敬：“我以东莞文明使者的身份，欢迎各位老乡亲临我们美丽、文明、友善的东莞，指导工作。”）

今天，我非常荣幸地担任“城市推介人”，为大家推介我的第二故乡——东莞。

8年前，我从那个被称为“世界瓷都”的景德镇来到了东莞，从此，我就在这里扎下了根，获得了包括共青团中央授予的“全国进城务工青年良师益友”在内的多项荣誉。

我在东莞电台主持的节目叫《城市的声音》，那么我就先从这座城市的声音说起。

5 000多年前，人类的祖先在东莞这块古老土地上的蚝岗遗址，踏响了披荆斩棘的脚步声。

160多年前，民族英雄林则徐率领热血男儿，在虎门这块英雄的土地上，发出了抗击外辱的怒吼声。

30多年前，中国第一个“三来一补”企业太平手袋厂，在这里率先拉响了机器的轰鸣声。

如今，这座爱好篮球的城市，每到节假日，遍布32个镇（街）590多个村（社区）比赛的哨声，此起彼伏。

全市36个图书分馆、102个图书流动服务点，激起了洒满城乡的琅琅书声。

接下来，我们再说说这座城市的颜色。东莞是东江纵队的发祥之地，是一片被热血染红的土地。矗立在大岭山镇的东江纵队纪念馆，向人们讲述着红色的英雄故事。

在东莞，蔚蓝色的是天空，湛蓝色的是大海，青绿色的是森林，墨绿色的是山峦，红色的是木棉花，黄色的是鸡蛋花，紫色的是紫荆花。绿树成荫的是森林公园，嫩绿芬芳的是街头小景，花枝招展的是女士的裙摆，粉红如花的是孩子的笑脸。

每年一届的虎门服装交易会，百花争艳，五彩斑斓，那是服装的盛会，更是颜色的盛会。

老乡们，我再给大家说说东莞的味道。文明的东莞极富包容性，可以说是五味俱全。

“海纳百川，厚德务实”是东莞的城市精神。在东莞工作的上千万外来员工，每个人都可以找到自己的家乡口味。走进东莞的大小餐馆，有四川的麻辣、湖南的鲜辣、贵州的酸辣，山珍海味、满汉全席、法国大餐皆可烹制。

西北草原烤全羊的浓浓膻味，云贵高原野生菌的淡淡清香，极大地丰富了东莞的饮食世界。它们与东莞本地的虎门油鸭、厚街烧鹅濑粉、道滘粽子等和谐共生，共同拓展了味道东莞的内涵和外延。

不得不提的是，中国近代著名画家居廉、居巢在岭南四大名园之一的东莞可园，研习画法，潜心创作，岭南画派由此发端，可园的墨香经久不息。

这些年来，我在东莞工作、生活，我的感受是：文明的东莞，五音正和，五色祥和，五味调和。

恳望各位专家、各位老乡亲自倾听一下东莞的声音，审视一下东莞的颜色，品尝一下东莞的味道，可能我们的感受是一样的，那叫所见略同。

谢谢大家。

文明之路

1999 年，东莞启动文明城市的创建工作，经过十年的努力，2009 年获得“全国文明城市”称号。

本文是在全国文明城市考核验收环节“城市陈述”上的陈述词。

按照中央文明办制定的有关规则，全国文明城市的考核验收工作由第三方执行，包括实地考察、问卷调查、现场观察、会议汇报、城市推介等多个环节。

在城市推介过程中，又设“城市陈述”，由申报城市自主推介，内容不限，形式不限，但时间只有五分钟。

按照一般的新闻播音速度，五分钟时间，最多不能超过 1 200 字。

负责此事的是时任东莞市文明办的胡主任。

胡主任是我的老领导，也是我的好朋友。他的媒体经历始于节目主持人，后历任新闻部主任、节目部主任、市广播电视局宣传科科长、市委宣传部办公室主任、市文明办主任。

此君胸怀宏大，视野开阔，性格爽直，情趣高雅，见识独到，极富创新精神和人格魅力。他重情重义，尤爱学习，乃至后来当了镇长、书记，仍坚持自学英语，是我非常崇拜的东莞本土朋友。

我初来东莞那几年，电脑尚未普及，他就带着我学 Word 文档，学五笔输入法，以至于后来在全台的电脑打字比赛中，我竟然意外地战胜了台里的专业打字员，让人大吃一惊。胡主任对我不仅有知遇之恩，还有襄助之情。我来东莞后看的第一部电影、穿的第一件西装、用的第一部手机、骑的第一辆摩托车无不得到此君关照。

一次小酌，胡主任举杯不酣。一问才知道，他正为全国文明城市陈述词的事犯难，并说邀请过省市宣传、社科、文联等相关部门的专家帮忙，但收到稿子之后，都不甚满意。

正是应了那句话：酒壮怂人胆。平时谨小慎微的我竟口出狂言："何不问我？"

不知道是出于礼貌还是出于了解，胡主任当即脱口而出："好，可以一试。"

酒醒之后，我才感到后怕。细细一想，要在五分钟的时间内把东莞的地理、历史、文化乃至东莞创建全国文明城市的思路、措施和成果都说清楚，谈何容易！

自此，我为酒后狂言惶惶不可终日。

东莞是一座神奇的、充满魅力的城市。20多年前，它只不过是广东省惠阳地区的一个农业县。1985年，东莞建市，1988年升地级市，是全国五个不设县而直管镇的地级市之一。

我当记者时采访过不少内地来莞参观学习的代表团，临走时，大家都有一个共同的感受，那就是东莞的天时、地利、人和极其特殊，他们根本学不了东莞。荀子说："上不失天时，下不失地利，中得人和，而百事不废。"论天时，东莞对改革开放大势的把握极其准确，对市场经济的理解尤为深刻。东莞首创了全国第一家外向型企业太平手袋厂，在全国首创了"收费还贷"的路桥建设模式。论地利，它处广深之间，毗邻香港，两个小时车程之内有三大国际机场，两条高速公路、两条铁路纵横全境，高等级公路里程更是冠绝全球。论人和，"香港"这个名字，源于产自东莞的一种香料"莞香"，香港人中有9%来自东莞，与东莞血脉相连。东莞的很多数据真是叫人难以想象，在东莞的一些村，本地人不过几千人，而外地人多达十几万人。曾经，东莞全市的用电量超过东三省，一个镇的用电量超过海南省。总面积不过几十平方公里且不产一根羊毛的大朗镇，其毛衣产量却占到全球的1/6。已有500多年历史的横沥牛墟，至今依然保留着"观于眼、衡于杖、量于手、价于袖"的传统，可是这里一天仍能卖出去1 000多头牛，包括来自东北、内蒙古的牛。

当年，中山、顺德、南海、东莞被并称为广东"四小虎"。如今，东莞的GDP早已远远超过了其他三"虎"中任意两"虎"之和，并已跻身"万亿俱乐部”了。

1996年4月，我辞别故园来到东莞，这座伟大的城市欣然接纳了我。在这片神奇的土地上，我找到了事业、找到了朋友、找到了感情的寄托、找到了心灵的归宿。我对东莞充满敬仰、充满感激。如今，倘能为她做哪怕一点点贡献，不仅完全应该，而且十分荣幸。

一日，打电话给胡主任，问此前收到的专家的稿子如何，他说大多是从东莞的地理方位、悠久历史、深厚文化开始，再写领导重视、部门落实、群众参与，最后是成果展示，洋洋洒洒数千言，有的上万字，均不得要领，实在着急。

我心想，这种思路肯定不行，内容再好，时间不允许啊！

又一日，下班的路上，我又打电话给胡主任，问何人陈述，他说东莞电台叶主持代表东莞陈述。

我知道，叶主持是江西人。她在东莞电台主持的节目叫作《城市的声音》，是最受欢迎的王牌节目，她本人被誉为“城市夜空最温暖的声音”，曾多次获评本台“最受听众喜爱的广播节目主持人”。

我灵机一动，一拍大腿，大呼“有了”，把坐在副驾驶的老婆吓了一跳，直骂我神经病。我顾不得多想，当即把车停在路边，电话里向胡主任报告我的思路：从“城市的声音”说起，分为城市的声音、城市的颜色、城市的味道几大部分。比如，声音部分，只要罗列5 000年前，蚝岗遗址祖先们的呐喊声；150多年前，虎门销烟的怒吼声；40年前，全国第一台来料加工企业机器的轰鸣声……

我话未说完，胡主任即大声说：“甚妙！”

受此鼓舞，一回到家，我就开始动笔。一时间，只觉得思接千载，神游万里，文泉涌动，欲罢不能，1 500多字的初稿，竟然一气呵成。

第二天，胡主任早早地在办公室等我。两人又就有关细节进行了认真甄选，对字句和结构进行了反复推敲，用了半天时间，最终定稿。

最为神奇的是，参加陈述推介会的专家，竟然大多数来自江西省的统计系统。

陈述会按计划进行，叶主持一出场，即用她那地道的江西话向专家们问好，同时介绍自己的身份和主持的节目，让专家们一下子感受到东莞这座城市的大气和包容，用现身说法的方式恰到好处地诠释了东莞“海纳百川”的城市品格，一切看似那么自然、那么水到渠成，但一切又都是精心策划的，用心良苦。据在场的人说，陈述时，专家们始终面带微笑，颔首示好。陈述完毕，有的专家竟然站起身来鼓掌，“城市陈述”取得了圆满成功。

事后，当然少不了一场豪饮。运河之畔，榕影婆娑。我与胡主任互酌对饮，十分畅快。一边是知人善用的满足，一边是士为知己的真诚；一边是指点江山的豪迈激情，一边是如释重负的轻松自由。频频举杯之际，什么“使君操耳”之论，“两表三顾”之酬，各种豪迈的场景奔涌而来，又不断闪回，亦虚亦实，如梦如幻。直到最后，我才发现，所有这一切都是奔着两个字去的：痛快！

在胡主任的亲自策划和指挥下，在副主任宋姐和娜姐的组织下，我们围绕“创建文明东莞”的主题，制作了一系列时长不同的电视短片，在本台进行了大密度、多时段播出，营造了良好氛围。其中的《航拍东莞》居然播了十多年，一直播到现在。

几年以后，宋姐被调到了别的单位，娜姐被调到台里。此后十年间，娜姐成了我的同事，也成了我的好友。娜姐天资聪慧，文静大方，言语中满满书卷气，行则款款模特步。台里很多女同事羡慕娜姐，时不时向她请教模特步的训练方法。娜姐嫣然一笑，说不是故意为之，而是因为当年上小学时，必经之路上有一段铁轨，上学放学便沿着那铁轨行走，久而久之，便形成了走猫步的习惯。

娜姐悟性极高，善解人意，真诚开朗，所以人缘极好。每有朋友相聚，娜姐便拿城市推介词的事来推介我，说当初那稿写得不错，我也为东莞创建全国文明城市作出了贡献。我心里暗自得意，嘴上却说，东莞本就天生丽质、高贵典雅、仪态华贵、风情万种，我只不过是在那一个特别隆重的日子里，在她盛装出场之时，帮她理了一下裙带、提了一下裙摆，如此而已。

回顾这篇陈述词的写作过程，我也是感慨良多。

清末民初大学者王国维在他的《人间词话》中说，做事或者做学问有三种境界："昨夜西风凋碧树，独上高楼，望尽天涯路"，此境之一也；"衣带渐宽终不悔，为伊消得人憔悴"，此境之二也；"众里寻他千百度，蓦然回首，那人却在灯火阑珊处"，此境之三也。近代以来，不少文人以为此三境相互独立，为并列关系。也有人以为，此三境实为相互联系的一个体验过程，将其理解为递进关系似更妥帖，我以为此论有理。

我写那份陈述词的心路历程，实际上就是体验此三境的过程。简言之，境一为"觅题"。人海茫茫，前路漫漫，唯有登临高处，望尽天涯，方能有所抉择。东莞创建全国文明城市已历十载，有太多人可书，有太多事可写，到底从什么角度入手呢？这实在是难煞我也。境二为"思题"。既已抉择，便是承诺；既已承诺，便当力行。践行那酒后狂言的过程，就是一个痛并快乐着的过程，就像虔诚的书生，在孜孜苦读中、在慢慢咀嚼中品出智慧的甘甜，虽九死而不悔。境三为"破题"。正是"城市的声音"这五个字，点破了我的困思，产生了顿悟。就像一个心路苦行之人，历经山重水复、百折千回，踏破铁鞋、心力交瘁之时，突然醍醐灌顶，柳暗花明，蓦然回首，发现原来一直苦苦追寻的美妙精灵就在那里，忽然间喜极而泣，泪如雨下，然后深深地跪下、久久地拥抱……

实际上，天下万事，不过是一张纸，纸破则彻悟。为文如此，为人亦如此。但古往今来，想要悟破这张纸，又谈何容易？

1927年6月2日，提出"三境论"的王国维先生雇了一辆人力车，去往颐和园。中午时分，他抽完最后一根烟，自沉于昆明湖，时年50岁。

想先生陪天子读书，教学生无数，其论殷周、解甲骨、释钟鼎，处处卓绝，句句精到，最后竟厌世投湖，令人唏嘘不已。时人说先生学问之境已至凌绝处，人生之境尚在云雾中，似有道理。先生殁后，谥"忠悫"。一周年祭，清华大学立碑纪念。碑由梁思成设计、陈寅恪撰文、林志钧书丹、马衡篆额，此皆大家，先生也算哀荣备极。碑文曰："……先生之著述，或有时而不章；先生之学说，或有时而可商；惟此独立之精神，自由之思想，历千万祀，与天壤而同久，共三光而永光。"一时传诵。

为文是一种过程，为人亦是一种过程。欲得绝妙好辞、欲入自由佳境，皆在参破悟透之后也。

文明之路，唯其艰辛，益其壮美；

城市的声音，唯其根深，益其厚重。

东莞因你而文明

Dongguan's civilization is created by you

请支持东莞创建全国文明城市

何以达胜

——为达胜公司画册拟稿

一、达胜之本

本，木下曰本，从木，一在其下，草木之根柢也。达胜之本，在于本土，在于本我，在于本色。

思我莞邑，历史悠久，福祚绵长，物华天宝，人杰地灵，富庶祥瑞之地。达胜根植本土，开枝散叶，必本固而枝荣。

达胜怀天地、爱祖国、敬桑梓，秉善念、重情谊、讲义气、懂感恩，追求和谐共存、合作共赢、不谀而友、不讼而利、不战而胜。此达胜之本我，初心不改。

碧云天，黄花地，远山黛，近水绿，桃之夭夭，柳之栩栩，此达胜自然本色之理念，始终不渝也。

（注：这一段可作为卷首语）

二、达胜之道

道生一，一生二，二生三，三生万物。天造一半，人造一半，世事莫非此道。顺天时，就地利，谋人和，诸事乃成。

达胜之道，在于天，在于人，在于事。

从商以诚，从商以信；言出必行，既行必果；行善无别，取利有道。此达胜为商之道也。

为人以真，与人为善，与员工共同成长，与朋友互利共赢，风雨同舟，不离不弃。此达胜待人之道也。

精心设计，精心施工；注重细节，追求完美；事无巨细，不谀不欺。此达胜行事之道也。

（注：这一段阐述公司的价值追求、发展理念。公司基本情况、荣誉资质、内部管理等可编入此节）

三、达胜之谋

《说文》称虑难曰谋，《左传》谓咨难为谋。唯因其难，始有其谋。达胜始创于2003年，15年来，深蒙上天眷顾，幸托诸友抬爱，乃得风雨兼程，不断前行，长成阳光少年。历此过程，达胜深知创业维艰，尤重谋也。

达胜之谋，在于谋正道而不谋捷径，谋共赢而不谋独利，谋人和而不谋是非；在于既谋一隅更谋全局，既谋当前更谋长远。回溯往昔，莫不此谋也。

（注：这一段阐述公司的深谋远虑。公司的主要业务、下属企业、发展规划等可编入此节）

四、达胜之术

术，邑中道也。做精做专，方能做大做强，此达胜之术。

够专业，术之一。达胜与国内外高端环保科研机构建立了紧密的合作关系，引进了一大批以环保为核心的多专业高级人才，建立了自己的人才引进、培训、使用体系，并不断优化，为管理和服务提供了有力支撑。

高智能，术之二。当今世界，IT潮流浩浩荡荡。达胜创建之初就注重引入智慧管理理念，在方案设计、工程实施、流程控制、综合评估多个环节采用人工智能技术，提高了管理效能，也优化了用户体验。

大数据，术之三。用数据说话，用大数据说话，时代大势。近些年来，达胜在积累经验、积累人脉、积累财富的同时，也积累了以本领域为主的多套详尽的海量数据，并建立了配套的数据处理和分析机制，为精准决策、精准咨询、精准服务提供科学的数据支撑。

强监测，术之四。凡事预则立，不预则废，谓之预警。达胜不仅能够提供系统在线智能监测服务，还能综合运用无人机、声呐、遥感等技术，在大气、水质、土壤、噪声等方面，为用户提供远程遥感、现场监控、远程声像传输、目标定位、无人机采样等多种服务。

（此节主要介绍公司实力。经营亮点、典型案例等可编入此节）

文缘何处

在中国写作史上，曹丕无疑是个必须被记住的人物，因为他至少干了两件开风气之先的事。一是他首次强调了写文章的重要性，说是“经国之大业，不朽之盛事”，这对后世产生了深远影响。二是他最早将文章分成了“四科八体”，并阐述了它们各自的特征。他在《典论·论文》中说：“盖奏议宜雅，书论宜理，铭诔尚实，诗赋欲丽。”我们发现，这“四科八体”中竟有“六体”都是我们现在所谓的实用文体。

如果按照曹丕的分类，本书选编的这篇文章应该属于“铭”这一类。如果按照现当代通行的文体分类法，它应属于平面广告。我当记者几十年，写过消息、写过评论、写过主持词，写过对联、写过诗歌、写过纪实文学，但从未写过广告词。

那是一个偶然碰到的聚会，酒至半酣，言无拘束。一家以环保为主业的名为“达胜”的公司经理正好坐在我旁边，说他正在策划一本公司成立15周年的纪念画册。

其实，对画册我是外行。但既然有缘坐在了一起，出于礼貌，我便连谄带吹地应酬了几句。正聊着，不知是谁来了一句：“此事可找阿龙。”其他朋友一听，也跟着起哄，说阿龙是写作高手云云。起初，我十分谦虚，百般推辞。不是不屑，而是不擅。最后，在甲方的真诚邀请和乙醇的强势激励之下，我那经不起恭维的老毛病又犯了。转念一想，咱没干过画册，还没见过画册吗？于是，便傻傻地应了下来。

第二天，达胜公司的人便发给我一份他们起草的画册初稿。我一看，发现他们用的就是一般画册的招数，平铺直叙，实话实说，缺少策划，几无创意。对公司的历程、实力、业绩和产品介绍得确实比较翔实，但问题就是太实了。

我把原稿看了几遍，慢慢地理出了一些头绪。其基本思路就是立足公司名“达胜”二字，从“本”“道”“谋”“术”四个层次，从高到低，依次揭开公司发展的奥秘。这样，画册就有了层次。

“达胜之本”，从解字说起，分别从本土、本我、本色三个角度，阐述公司的核心价值，立论准确，立意高远，最后落脚到公司的思想境界、社会担当和自然理想，这就比较深刻地揭示了公司的立世理念：人与自然和谐相处。用古人的话说，就是天人合一。这一下子就摸到了哲学的高度，就有了赢得读者尊重的可能性。

“达胜之道”，解读公司的企业文化，从为商之道、待人之道、行事之道出发，将天时、地利、人和融入其中，提升了公司的精神品位和文化层次，比较巧妙地用翰墨之香掩盖了一般企业画册很难处理的铜臭之味。

“达胜之谋”，阐释公司的经营方略，从谋合作、谋全局、谋长远谋合作三个侧面突出合作共赢的理念。通过人格化的语言，让冰冷的画册有了情感的温度和智慧的光彩。

“达胜之术”，展示公司的技术内涵，只用了简单的“够”“高”“大”“强”四招，便展示了公司的强悍实力，给读者塑造了一个守道义、有担当、重感情、可信赖的亲切形象。

从文字上说，此稿文白互衬，古色古香，简练沉雄，准确犀利。基于画册以画为主的特点，文稿基本做到了文辞风雅，惜墨如金，少铺排，少长句，重对偶，讲对仗，不少地方还稍微有点古赋的风韵。写完之后，沉吟良久，把玩多遍，颇感得意，很快就发给了对方。

从文章的角度来说，这区区几百字当然只能算是雕虫小技。但这个过程却使我对“广告语”之类有了新的认识。

窃以为，无论什么类型的广告，都不能仅停留在对产品功能的描述上，而必须具备激发情感的功能，与读者建立起情感联系，使广告在体现人性的过程中，最终获得长久的生命力。此外，还要注意把握人与自然、社会、历史、文化等之间相互依赖的关系，从而理解人的生存方式、欲望及观念的变化。不仅要考虑人们对物质的需求，更要考虑人们的精神需求。只有关注了人类的深层次需求，构建以人文精神为价值取向的创作理念，才能获得功能美与形式美的完美统一。

美国著名广告大师韦伯扬曾提出了一个“魔岛理论”：灯泡一亮，灵感一来，创意于是诞生，这就像古代水手在一片汪洋大海中突然发现一座珊瑚岛一样。实际上，这些岛屿是无数珊瑚经年累月地成长，最后一刻才升出海面。创意的产生，也是这个过程，必须经过长期的思考和积累，即所谓厚积薄发。

多年以后，再来回顾这篇文章，我觉得我当时在创意方面，特别是在结构层次方面，还是下了一番功夫，比较妥善地处理了情与理、简与繁、动与静、雅与俗等诸多关系，兼顾了功能、形式、精神的统一。虽然表述的角度不同、特点不同，但仍然构成了一个既有态度又有温度的整体。

按照曹丕的理论，这篇广告词非“奏议”非“书论”亦非“诗赋”，但又兼具了“八体”中所有应该具备的特征，既“雅”且“理”，既“实”亦“丽”。

第一次写广告词，就无意之中粗鲁地冲撞了古人的文论，喜耶？狂耶？不敢妄断。

写完这篇广告词，感觉良好，但后来的结局却出人意料又令人唏嘘。

此后的数年间，我与那位经理曾多次见面，并且多次畅饮，但彼此都没有再提起那广告词的事，我期待的被感谢或者被表扬之类的场景始终没有出现。当然，对方不提，我也不好意思问。但有一点可以肯定，那文章未被采用。但为什么未被采用，一直在我心里纠结，难以忘怀。惦记那文章，有时感觉就像牵挂自己的孩子一样。毕竟，它凝结了我一腔敦厚的心血，承载着我那份朴实的情感。

第一次写广告词，就暗结一段无尽的相思，痴耶？怨耶？不可知也。后来想想，难道，这就是人们传说中的“文缘”？

南宋著名诗人吕本中，在其《九日晨起》中有句：“了了江山梦，区区文字缘。”

缘这个概念，本是佛教用来解释世间万物产生的原因的。在佛教的语境中，世间万物的产生、变化、消亡，都是由一系列内在的或外在的原因导致的，这就是因果。佛教自西汉传入中国，千百年来最为成功之处，就是它在中国文化中找到了一个“缘”字，将佛教的广博大义通过一个“缘”字根植于人们的内心。人们相信缘分、期待缘分、珍惜缘分。聚，缘到了；散，缘尽了；爱，有缘；恨，无缘。千年一瞬，万事随缘。一个缘字承载了人们内心所有的欢爱喜乐，抚慰了人们内心所有的痴恋哀怨，化解了人们内心所有的妄怒恨仇。用一个缘字，引导众生揭示宇宙人生的真相、苦乐的真谛，传授众生离苦得乐的方法，将人的内心导入一种宁静、和畅的境界，从而完成佛教带给人类和平、幸福和智慧的终极使命。

吕本中也是一位著名的道学家，他曾写过一首《采桑子·别情》：“恨君不似江楼月，南北东西，南北东西，只有相随无别离。恨君却似江楼月，暂满还亏，暂满还亏，待得团圆是几时？”这首词把一个离愁别恨的沉重题材写得淡雅轻盈，用字朴实，不着一典，别有风味。《长恨歌》写死别，所以恨无绝期。而这首词写生离，所以归即无憾，只求团圆，这种境界即为道家所说的自然。楼也自然，江也自然；别是自然，聚是自然；月满自然，月亏自然，一切皆是自然。看似妙手偶得，实际上乃是词人将缠绵悱恻的相思装进了博大自然的心胸，展现了他包容天地的大智大慧。

自然，是产生于中国本土的道家一个极重要的价值理想和哲学概念。老子认为，天地万物，自然而然，谓之“道法自然”，或曰天意。

那么道在哪里呢？老子认为，道“无状之状，无物之象，是谓惚恍。迎之不见其首，随之不见其后”。其实，道，是自因的，是原始的，是一切开始的开始，是一切原因的原因，亦即玄牝。所以，不要追问道是从哪儿来的。自然而然，顺应自然，不要刻意，而要“去甚，去奢，去泰”。以自然的态度对待自然，对待他人，对待自己。你认为那是“自然”的，内心就“释然”了；你认为那是“当然”的，内心也就“怡然”了。这是否与“天下事了犹未了，何妨以不了了之”有异曲同工之妙？

既然重过泰山的道尚且不可追问，那又何必苦苦去追问那轻如鸿毛的区区文章呢？

当年的才子李叔同，15 岁就能诵出“人生犹似西山日，富贵终如草上霜”的惊世之句。但到 39 岁时，不知他悟到了什么，竟然放下了娇妻幼子，在定慧寺正式出家了，成为弘一法师。62 岁时，法师在泉州温陵圆寂，被佛家弟子奉为律宗第十一代世祖，成为让后人景仰的一代佛门宗师。他的人生从富丽绚烂到归于平淡简拙，极富传奇，亦是自然之道也。赵朴初先生在评价大师时说："无尽奇珍供世眼，一轮圆月耀天心。"

弘一法师在僧俗两界久负盛名，于诗词歌赋音律、金石篆刻书艺、丹青文学戏剧诸多领域才华卓著，造诣极高。皈依佛门之后，他一洗铅华，笃志苦行，不问红尘俗务，不问爱恨情仇，不问人生的归宿，当然亦不问文章的归宿。法师临终前，只写下"悲欣交集"四字，留给后人无限的怀念和猜想。他那首著名的"长亭外，古道边，芳草碧连天……"一直传唱至今，而且还会永远地传唱下去。

多年以后，我终于放下了，不问也不想，释然，怡然。既是文缘未到，又何必问？从之自然，是以自慰也。

只要文心在，
何必问文缘。
問

文

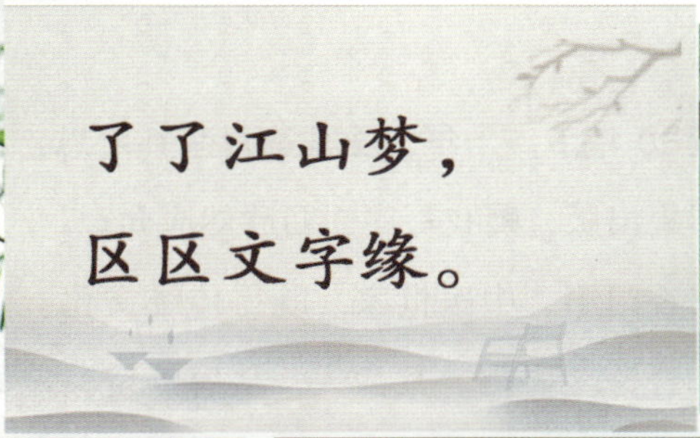
了了江山梦，
区区文字缘。

缘 YUAN
相遇是缘
相知是缘
相逢是缘
相爱是缘

赠荆菊嫂子序

认识荆菊近20年了。当年，受其箪食浆补之恩，得其苦心励志之助，常怀感激。今其影集出版，嘱我写序，乃欣然应允。

荆菊出身书香门第、中医世家。既得传统文化、儒家道德之熏陶，亦有阴阳五行、天人合一之心得。其为人，从容淡定，宠辱不惊，静雅贤淑，乃大家闺秀之风范。其为事，坚定恒持，勤勉细慎，善始善终，有不让须眉之气度。其修身，克己守正，顺天应人，无奢无妄，具黄老恬静之遗风。

荆为药，菊亦药也。不知是受家风之影响，还是受名字之暗示，几十年来，荆菊一直工作在医疗战线，治病救人，抚慰心灵，积德行善，深受敬重。

光生影，影亦光也。荆菊崇尚自然，热爱生活，兴趣广泛，特别执着于摄影。这部影集是她的处女作，在她的镜头里，花鸟鱼虫、河流山川、市井小巷、身边百态，无不充满着美。而且她都能从中发现这种美、捕捉这种美，并且用相机表现这种美。更为可贵的是，从她相当专业的表现中，我们读出了一种思想，获得了一种心灵上的共鸣，从而产生一种精神上的愉悦。

从医也好，从影也好，都须有一颗纯善之爱心。这本影集，有大墨写意，也有特写雕琢；有小桥流水的雅致秀美，亦有亘古雪山的雄浑壮美。可以说，每一幅画面都是她的倾心之作。其用光，其构图，无不透出对生命的礼赞、对自然的崇拜、对生活的讴歌。虽然荆菊目前还不是职业摄影家，但这本影集还是让我们看到了她独特的灵感气质、纯熟的表现技巧和厚实的哲学韵味，可喜可贺！

读图时代，不敢写多，恐碍观瞻。

是为序。

东莞广播电视台总编辑　郑远龙

2013 年 8 月

序无常序

本文是为我尊敬的嫂子荆菊女士的首部影集写的序，也是我第一次帮别人写序。

关于序，宋代王应麟《辞学指南》说："序者，序典籍之所以作。"序的正式出现大约始于汉代，司马迁的《史记》有"太史公自序"，他在自序中详细叙述了他的史官家世、生平遭际和发愤著书的经过，说明了《史记》的目次和要旨。

古代的"序"，有时也写作"引"，如唐代刘禹锡的《彭阳唱和集引》。有时也称"题辞"，如赵岐的《孟子题辞》，都属于"序"的异名。

序文作为一种文体，有的侧重叙事，有的侧重议理。叙事名序，当推宋代李清照的《金石录后序》。这篇序文，除开头说明《金石录》的主要内容以外，还花了很大篇幅记述他们夫妇一生的遭际，反映了北宋末年的大荒乱，描绘了他们心爱的宝贝文物在乱离中散失的惊险历程。论理为主的著名序文，以宋代散文大家欧阳修所写的《五代史伶官传序》为佳，这篇序对五代时后唐庄宗的成败作了深刻的剖析，最后发出了国家盛衰"忧劳可以兴国，逸豫可以亡身"的惊世警言，称得上是此类序文的典范之作。

在古代，序分为书序、赠序、宴集序三种。清代的姚鼐认为，赠序之类，乃"君子赠人以言"之意，所以在他所编的《古文辞类纂》中单独列出"赠序"一类。其实，赠序晋代已有，如傅玄的《赠扶风马钧序》。

我为荆菊嫂子写的这篇序，貌似赠序，实为我主动请缨，求写之序。一般来说，作品出版时，都是自序或者请人写序。像我这种自告奋勇、大言不惭地求着帮人写序的，应不多见。

1996 年 4 月，在我本家大哥的引荐下，我有幸进入东莞电视台工作，在遥远的南方找到了吃饭的家伙。说是本家大哥，是因为我们都姓郑且都是湖北人。由此，我在第二故乡东莞，找到了本家大哥，找到了我事业上的引路人、思想上的同盟者、生活上的赞助商。他既是我尊敬的领导，也是我至亲的大哥。既是知己，也是诤友。他给了我家一样的温暖、兄长一样的照顾。

初到东莞，大哥主动从他居住的两居室腾出一间，让给我住。我心里明白，除了经济上为我考虑以外，更为主要的是，他让我跟他住在一起，是想给我一个家，让我感受到家的温暖、家的安慰。这对一个远离故土、孤苦伶仃的游子来说，是何等的珍贵！所以，必须终身感激。

从家里上班，步行要半个小时左右。大哥早我几年来到东莞，已有一辆摩托车，所以我经常坐他的摩托车上班。每天早上上班时，侄女坐在摩托车前面，我坐在大哥身后。大哥先把侄女送到托管中心，再带着我一起到单位。大哥车技很好，过街穿巷，闪躲腾挪，游刃有余。坐在大哥身后，只感觉到喧哗的街市、和煦的晨风，立刻驱散了我初到东莞时所有的孤独和寂寞。

大哥工科出身，思维缜密。他性格爽朗，胸有大志，不拘小节。硬笔毛笔兼修，书法刚劲，力透纸背，一如其人。

2006 年，我跟着大哥到美国内华达参加一个广电设备展，顺便拜访了拉斯维加斯。在那灯红酒绿的大街上逛了几圈后，两人商量，既然来了，赌场咱不进，但啤酒还是要喝的。在那间著名的米高梅大酒店门前的酒吧，我们每人点了两瓶啤酒，一边喝酒一边欣赏着超级巨星模仿秀。表演快结束时，一个长相比较富态的黑人女服务员来了。我俩都不太懂英文，看她那表情和动作，估计是问我们还要不要加酒。只见大哥挥起右手前臂，竖起食指，不停地左右摆动。这个动作在老家荆门的意思就是：把酒壶子拿走，不喝了。但过了一会儿，那黑人女服务员又端来了两瓶啤酒，满脸堆笑地摆在我俩面前。原来，她把大哥的这个手势理解为“好的，再来一瓶”。多年以后，提起这个细节，我俩仍忍俊不禁。

嫂子荆菊，荆门人氏，中医世传，大家闺秀。她善良贤德，温柔谦和，怜弱恤贫，宽厚恕人，深受大家敬重。

哥嫂都有良好的生活习惯和作息规律，不沾烟酒，少吃辛辣。我住进他们家以后，完全搅乱了他们宁静的生活。有时我在家里写稿，得意忘形时，一不小心吞云吐雾，弄得整个房间乌烟瘴气。有时在外面强装豪气，结果被同桌的对手灌得大醉。回家后，蹲在洗手间，想把胃中多余的乙醇翻倒出来，结果弄得惊天动地，把洗手间里的盆盆罐罐、这霜那膏打翻一地。虽然第二天我狼狈地主动跑到嫂子面前，傻笑着赔不是，说些“保证不再犯”之类的连我自己都不相信她就更不相信的鬼话，但没过几日，又依然如故。

嫂子医道出身，习惯性地在家里备些常用药品，也经常教我些戒烟醒酒、护理养生的常识，甚至还教会了我打针。初学打针时，我先用茄子练，再用橘子练，最后用绷带练，居然熟练地掌握了进针的角度，而且有了良好的穿刺感。没想到几年以后，我得了糖尿病，自己注射胰岛素时，这门绝技居然派上了用场，不知这是不是冥冥之中的定数。

我曾在河南开封、广东肇庆参观过包公祠。两处都提到了包公小的时候由嫂嫂抚养长大，故称嫂嫂为嫂娘，由此衍生出民间“长兄如父，长嫂如母”的说法。我不止一次感动于这个铁面无私的黑脸大汉，居然胸怀一颗赤诚的感恩之心。不过，曾有人专门考证，据包拯长子包镱与妻崔氏合葬墓的墓志铭记载，包拯去世时，他的次子包绶才五岁，由他的长媳崔氏抚养长大，并延师授文。另《宋史·包拯传》也载有此事。也就是说，真正以嫂代母抚养兄弟的不是包拯的嫂嫂，而是他儿子的嫂嫂，也就是他的儿媳妇。那为什么又张冠李戴地将故事的主角弄成了包拯呢？人们从位于合肥的包氏墓园中的墓碑上找到了证据。原来，包拯祖孙三人的墓碑中，每个人的姓名前均冠有“包公”二字，导致了混淆。实际上，彼包公非此包公。

无论如何，感恩，不需要考证，也不需要注解，只需要传承和颂扬。

感谢上苍垂怜，让我在陌生的东莞遇到了哥，遇到了嫂，找到了这个虽小实大的家，一个大得足以包容我所有臭毛病的家。所以本序一开头就说“受其箪食浆补之恩”，言之不妄也。

据称，中国古代有四大名序，分别为《滕王阁序》《兰亭集序》《伶官传序》《金石录后序》。其实，李白的《春夜宴从弟桃花园序》、陶渊明的《桃花源记》、文天祥的《指南录后序》均为经典之序。

写得最优美的序，被认为是《林徽因传》的序：“几场梅雨，几卷荷风，江南已是烟水迷离。我喜欢这个季节的雨吟，喜欢这个季节的诗意，喜欢这个季节的文韵，喜欢这个季节的墨香。”

最沮丧的序，当属《陶庵梦忆序》：“今当黍熟黄粱，车旋蚁穴，当作如何消受？遥思往事，忆即书之，持向佛前，一一忏悔……”

篇幅最长的序，自当是梁启超先生为蒋百里《欧洲文艺复兴史》写的序。

蒋百里是我国近代著名的军事理论家，获授陆军二级上将，以抗战期间的《国防论》而名噪一时。该书全面阐述了中国对日抗战的方略，在当时引起很大轰动。但很多人可能不知道，1921年，蒋百里在欧洲考察时曾写了一本《欧洲文艺复兴史》，期望以此探寻中国文艺复兴之道。该书写成后，请他的老师梁启超作序。梁先生看了书稿后非常赞赏，一下笔就收不住手，写完一看，洋洋洒洒五万多字，居然比蒋百里的原作还长。天下哪有这样的序？梁先生只好另作一短序，付梓印刷。原来写的那篇长序经过改写充实，另以《清代学术概论》单独出版，反过来又请蒋百里为此书作序，遂成民国文苑一段佳话。《欧洲文艺复兴史》至今仍为中央美院教材，谁能想象，如此文艺的书，竟出自一位叱咤风云的上将之手？

荆菊嫂子性格开朗，爱好广泛，审美高雅，歌舞双修。有人说她的歌声特别像王菲，有些曲目甚至超过了原唱。退休以后，她专攻摄影，进步神速，技艺纯熟，渐臻化境。看她的作品，或写实、或唯美，或大江东去、或小桥流水，无不融入她自己对自然、对历史、对生活、对生命的情感和思考，实现了从一般的照相师傅到摄影艺术家的升华，令我等干了一辈子影像工作的所谓专业人士自叹不如。

本序从名字“荆”与“菊”两字入手，自然引出影集作者的职业经历，然后从“光”与“影”的辩证关系着墨，将作者与作品自然地联系起来。然后，将这两组意象对比铺陈，从中药抚慰人的身体、光影净化人的心灵的角度，褒评作者的人生追求，自然升华到了精神层面，富有哲学韵味。自认为，这种构思还是比较巧妙，即使在众多名序中也不多见。遣词半文半白，可读可诵。句式明快而富于变化，而且还很有节奏感。其实，我平生写序不多，此为得意之作。

序文写成后，内心忐忑，担心不能称嫂子意。后来，幸得不弃刊用，心实慰之。

又几年，欣闻荆菊嫂子在摄影领域风生水起，佳作迭出，甚至还拿了台湾的金马奖。当然，这与本序写得好不好并没有什么直接的关系。

跟随大哥在国外采访

悼炎青

邹炎青同志的家属、家乡领导，各位乡贤和各位亲友：

邹炎青同志不幸去世，我和各位一样，万分震惊，无比悲痛。炎青同志2005年入台，是一位优秀的节目主持人，多次获得“我喜爱的电视节目主持人”称号和其他奖项，深受广大观众的喜爱。几天以来，台工会、人力资源部等部门的负责人代表电视台，第一时间与家属联系，表达关心和慰问，并表示尽最大努力给予帮助。市委常委、宣传部部长杨晓棠通过电视台表达对家属的慰问；台党委书记、台长梁轼文通过多种方式表达关心和慰问，多次听取汇报，作出指示，亲自向全体党员和全台员工发出捐款倡议并带头捐款。我作为炎青的生前好友之一，闻此噩耗，夜不能寐，草就一篇祭文，今天有机会在这里宣读，稍觉宽慰。我相信，这也应该是炎青喜欢的。

岁在己亥，十月小阳；尺牍片言，祭于灵堂。

邹君炎青，生于宜丰；三十七岁，魂归仙乡。

政治坚定，忠诚担当；胸怀大局，爱国爱党。

勤于修德，仁爱善良；志向远大，胸怀宽广。

生而有节，不卑不亢；诚信有礼，不骄不妄。

沉稳大气，伟岸俊朗；意气勃发，儒雅倜傥。

十四年前，辞别故乡；青春作伴，逐梦南方。

炎青好学，敬业爱岗；能采能编，能播能讲。

多种风格，亦谐亦庄；以口为笔，妙写华章。

多个部门，多次获奖；多个现场，为台争光。
炎青多才，犹爱歌唱；常修声乐，歌颂梦想。
家庭和睦，甘苦共尝；夫妻恩爱，育子一双。
孝敬父母，亲奉茶汤；嘘寒问暖，殷勤探望。
炎青念旧，常思故乡；儿时伙伴，老屋小窗。
天胡不仁，英才早殇；地胡不慈，折我栋梁。
此别炎青，何悲何伤；音容长在，懿德留芳。
今无三牲，亦无琼浆；唯是真情，伏乞尚飨。

青春之祭

本文是在我的同事、好友邹炎青遗体告别仪式上的致辞。

2019年11月14日，炎青因突发心梗，猝然离世，年仅37岁。遗子二，长子七岁，幼子仅四个月大。

炎青是江西宜丰人，是本台新闻主播、东莞市文明使者，东莞市直单位十佳歌手。他先后主持过《全市新闻联播》《新闻夜总汇》等栏目，多次被观众评为“我最喜爱的电视主持人”。炎青曾是我的同事，也是老友，对我执大哥之礼。

炎青身材挺拔，阳光英俊。他接受过系统的声乐训练，尤以男高音见长。他多才多艺，长笛、二胡等乐器样样拿手。他爱好书法，经常临帖。还在读书时，他就经常参与各种演出活动。他除了唱歌以外，还在乐队中担任长笛演奏员。参加工作后，他曾与国际著名指挥、中国音乐界泰斗卞祖善，星海音乐学院管弦系副教授熊茵，华南理工大学艺术学院钢琴副教授闫瑜等著名音乐家合作演出。

我与炎青有过多次合作，甚为融洽。2011年，由我监制、炎青翻唱的歌曲MV《母亲》，在本台连续播了两年。炎青明亮宽广的嗓音、娴熟自如的技巧、真诚朴实的情感，获得了广泛的好评。

而今，儿已远去，母亲却仍在倚门相望。

炎青多才多艺，爱交朋友，是有名的文艺青年。多年前，我曾参加过他们的一个文艺聚会，主题竟然是“谁是花月写作第一人”。这群少男少女对传统文化的热爱，让我大感意外，也让我想起了我的当年。

他们中有老师、律师、厨师，也有公务员、打工妹、程序员、报关员、业余作家、驻场歌手和前台经理，还有自由职业者、私营企业主。共同的文艺爱好，把这群有梦想的年轻人聚在了一起。

炎青作为职业电视主持人，自然是这次聚会的现场主持。按照惯例，他首先阐述了本次聚会的主旨，介绍了新加入的朋友，然后逐一感谢本次聚会的场地提供者和红酒赞助商，接着便是热烈的讨论。

这群年轻人的讨论非常自由，非常率性，也非常热烈。他们中有不少人认为，张若虚应是写花写月的第一人。此君以《春江花月夜》孤篇压全唐，千古不朽。闻一多在《宫体诗的自赎》中称其为“诗中的诗，顶峰上的顶峰”。张若虚以朦胧的夜色为背景，以花、月、江为描写对象，抒发了游子们的离情别绪，发出了富有哲理意味的人生感慨，表现了一种迥绝独特的宇宙意识，创造了一个深沉、寥廓、宁静的境界，当得起花月写作第一人。

虽然这些人职业不同，但他们都酷爱中国传统文化，而且有的人还有比较深入的研究。有一位同样来自江西的自由诗人提出，张若虚的这首诗对后世影响极其深刻，比如崔颢的“黄鹤一去不复返，白云千载空悠悠”很可能是张诗“白云一片去悠悠，青枫浦上不胜愁”的化用；张九龄的“海上生明月，天涯共此时”极有可能是参考了“春江潮水连海平，海上明月共潮生”的写法；苏轼的“明月几时有，把酒问青天”，也有比较明显的借鉴“江畔何人初见月，江月何年初照人”的痕迹。

他们有的长篇大论，有的三言两语，也有中间插话，不一而足。他们的讨论令我大开眼界，敬佩不已。

众人讨论期间，作为主持人的炎青却在陪我喝酒。我问，他们讨论时不用你主持吗？炎青一笑说，他们的这种聚会是很自由的，只需要过程，不需要结果，其娱乐意义远远大于学术意义。所以，这个过程是不需要主持的。我细细一想，也深以为然。

聚会渐入尾声，炎青站起身来，走到台上，以主持人的身份作了总结发言。他说，大家以为张若虚为花月写作第一人，此论实不尽然。《春江花月夜》写月无人能比，但写花却未必。纵观全诗，只有“月照花林皆似霰”这一处，而且仅着一个“花”字。所以，张若虚自然当不得花月写作第一人。

众人不服，开始哄闹着要与他论理。

炎青将一杯红酒喝干，提高了嗓门，带着几分调皮几分戏曲味道的腔调道：“且听我慢慢道来……”

他说，写花应首推曹雪芹，代表作是其《葬花吟》。曹先生以其盖世的才情，将人拟花，以花喻人，花叹人嗟，于生命短暂、韶华易逝、情深不寿之处，把花的命运与人的命运紧紧相连，搓揉在一起，写得如泣如诉、如痴如醉，凄美得噬魂销骨。他说，不知大家有没有注意到，那《葬花吟》实际上就是林黛玉的墓志铭。

现场的哄闹渐渐平静下来，到最后，炎青以主持人特有的气质，带着朗诵的调子说："想那万丈红尘、三生烟火、一世迷离，想那凋敝的残花、浅葬的香丘，我们的耳畔便会轻漾起葬花词的绝响。花也飘零，人也飘零，随着一缕香风，怀着那破碎的爱情织成的遥远的红楼一梦，随风飘散，情何以堪！梦飞三世何处去？花落人亡两不知，这难道不是前无古人、超越时空、永恒不朽的花之绝唱吗？那花、那人、那情，谁不为之伤感，为之动容？如此多情多才的曹雪芹先生，难道当不得写花第一人？"

此论一出，众皆哗然。少顷，一阵热烈的掌声响起，以示信服。我也情不自禁地站起身来，为炎青鼓掌叫好。

还有一次，我俩小酌，炎青忽然问我，喜欢三毛吗？

我如实答道，三毛的作品我读得不多，因为她的作品比较沉重。虽然她的语言很美，但总感觉她用看上去平和纯真的笔触，在向人们一点点展示她内心的疼痛、生活的艰辛、无助的挣扎以及对生命的感悟，那些朴素的文字里似乎满是泪水。这样的风格，我不是太喜欢。

炎青说，他很喜欢三毛，因为她的作品创造了一个充满传奇色彩的瑰丽而浪漫的世界，同时还有一种悲剧的美感。特别是那些引人入胜的异国情调，比如非洲沙漠的骆驼、拉丁美洲的原始森林。还有那些大起大落、生死相许的爱情故事，也会长久地感动着读者，包括自己。

临别时，炎青说，网上有一封非常火的辞职信，写的是："世界那么大，我想去看看。"他说，那是一个女教师的普通的辞职信，一夜之间竟然登上了头条，网友们感叹，汪峰那么努力都没有办成的事，这位女老师用短短十个字就搞定了。

我说，听说过这事。忽又补充道，世界确实很大，我们都应该去看看，特别是年轻人。

我深深地感觉到，活着的炎青是一个有思想、有追求、有热情的生命个体。而如今，这个充满活力的美丽生命的灵魂，不知飞向了何处。也许，他在某一小镇的某一偏僻的客栈，邂逅了一位灵魂知己，相叙正欢，让上苍感动得停滞了时光，使他错过了回家的时间。也许，他正在大漠深处，追逐着一个多年前的美好梦想，因为用情太专，以至于找不到回家的路了。所有这些，没有人知道。但无论如何，炎青是再也不会回来了。

炎青去世前不久，邀我以及其他几位主持人参加了一个单位的工作聚会。那个单位新任的主官是从部队转业的上校军官，也是个业余诗人。刚一入座，那位主官便给我们每人送了一套精美的书签。打开书签外套，每张书签上都印着这位主官创作的小诗，还有他的签名和联系方式。这套书签实际上是艺术化了的名片，设计精美，版面清雅，十分别致，很有文人情调。

酒至半酣，有人提议，请在座的主持人每人从书签中挑出一首诗，现场朗诵，以助雅兴。炎青灵机一动，紧接着说，我们不妨效仿古俗“曲水流觞”之风，在桌上置一杯酒，转动桌面，酒杯在谁的面前停下，则谁饮酒朗诵，众以为然。据说，当年王羲之偕谢安、孙绰等人，修禊祭祀之后，在兰亭清溪两旁席地而坐，浮杯饮酒，填词赋诗。王羲之挥毫作序，乘兴而书，写下了举世闻名的《兰亭集序》，成为千古佳话。

那天炎青兴致很高，除了朗诵书签上的诗以外，兴之所至时，还临场朗诵了苏轼的《水调歌头·明月几时有》。

这首词，在座诸君都耳熟能详。一般朗诵时，大多从正文“明月几时有”开始，但那次炎青在正文之前，还特意朗诵了词的前序：“丙辰中秋，欢饮达旦，大醉，作此篇，兼怀子由。”据专家们研究，“丙辰”指的是宋神宗熙宁九年，这一年苏轼在密州（今山东诸城）任太守，这首诗是为思念他的弟弟苏辙而作，表达了人生无不散之筵席的慨叹，流传千古。

每每想起那次聚会上的这个细节，我都叹息不已。而今，月如故，人安在？东坡思弟可问月，我今思君去问谁？

炎青的后事由东莞江西商会牵头料理，他的老家宜丰县政府领导、有关团体、社会组织的代表以及炎青的生前好友参加了告别仪式。

台里决定，我以台工会主席身份参加告别仪式并致辞。

头天晚上我看了相关部门拟写的几个稿子，感觉均不甚如意。在床上辗转反侧，难以入眠。至后半夜，乃决定自己动笔。也许是情之所至，一挥而就，草成此文。

此文采用沉稳古雅的诗经体，以示庄重，以表敬意。全文叙事平实，抒情真挚，辞章朴拙，篇幅恰当，实血泪之作也。

灵堂布置得简朴肃穆，炎青安详地静卧于鲜花丛中。在哀婉低回的乐声中，我向炎青深鞠三躬。想起我与他曾经的交情，想起他年迈的母亲、无助的娇妻、七岁长子以及仅四个月大的幼子，一阵揪心的悲痛涌了上来，让我几不能立。我强忍悲楚，动以真情，一字一泪、一句一泣地念完此文。现场寂静无声，忽又一片哀恸。复鞠躬，向炎青作最后的告别……

唯愿此文，能报兄弟萍聚之谊，能慰炎青在天之灵。

很多参加告别仪式的朋友后来说：炎青，性情之人；阿龙，亦性情之人也。

闻此，吾心甚慰。

母亲
监制：郑远龙

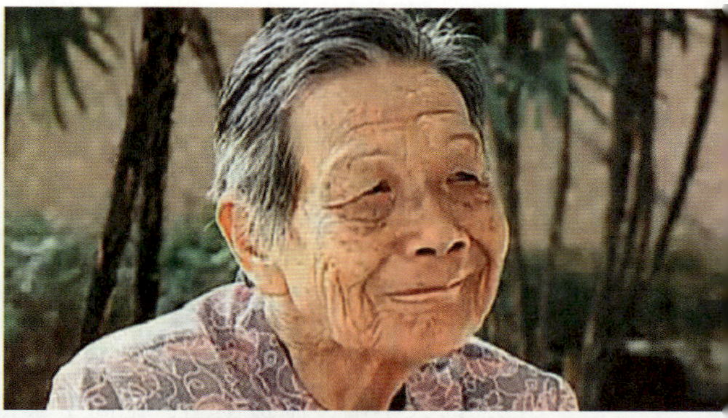

演唱：邹炎青

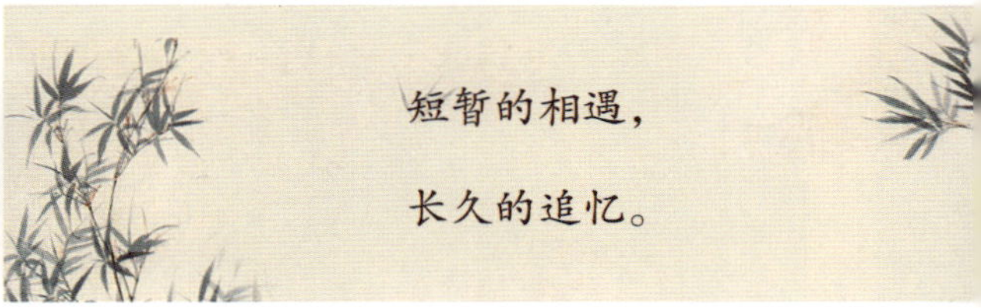
短暂的相遇，
长久的追忆。

挽谢国维老师

国也家也终释怀，忆师平生，扶犁即耕，劈砖即砌，挥毫即诗，泼墨即画，抚琴即吟，执鞭即教，才俊情真千秋邀月三关赋。

维之系之始宽心，敬公品格，修身不懈，寻道不辍，罹困不怨，得志不狂，诲人不倦，施援不图，德高望重百世流芳四时歌。

回望乡关

此联是为我的恩师谢国维写的挽联。

谢国维是我高中复读班的班主任，是我人生中重要的思想启蒙者、精神哺育者和人格塑造者。

我的求学生涯其实起步很早，五岁发蒙读书，先在石板溪小学得邓中传等老师授业五年，后入凤台中学师从陈学坤等老师两年。12 岁，进入巴东县第二高级中学读书，14 岁毕业，班主任为谭德松老师。

自此，种田、代课、喂猪，箍广盆、打鸡笼、装板壁、织簸箕，下田挖洋芋、上屋检瓦片、干沟河背炭、椿木营起屋，遍尝人间百味。

1981 年 9 月，我结束了六年乡下的浪荡生活，回巴东二中复读。

巴东二中位于野三关镇。

野三关镇北望三峡，南邻清江，武陵深处，人杰地灵。早在秦汉时期，巴人就在此形成了稳定的活动区域。北宋名相寇准任巴东县令时，曾在此劝民弃猎务农，留下《劝农歌》。歌曰："苍天在上，厚土在下，效我神农，五谷丰登，挽草为界，定居稼穑，厚土归民，传之子孙。"这里也是首义元勋邓玉麟将军的故里，现有玉麟大道、将军广场。

大革命时期，贺龙元帅率部征战，两次路过这里，播散了革命的种子。1984 年，胡耀邦、赵紫阳、胡锦涛等党和国家领导人视察恩施，曾驻跸小镇。

野三关自古为交通要冲，318 国道横亘于北，水布垭高坝雄踞于南，宜万铁路、沪渝高速公路在此交会。

巴东二中创办于 1956 年，如今是恩施州示范高中、国家重点课题实验单位、"冰心文学创作" 作文基地。

当年，按照学校规定，复读班只招收近三年的高中毕业生，而我毕业六年了，早已不具备入学资格。

幸运之神再一次眷顾了我，我在凤台中学代课时认识的吕惠铭老师向我伸出了援手。吕老师善良贤淑，优雅大方，生富贵之家却怀悯恤之心。她的父亲是南下干部，与当时二中的校长素有交情。通过这层关系，助我迈开了漫漫求学路上最为艰难的一步。尤其让我终身感念的是，报名时我囊中羞涩，她二话不问，慷慨地支付了我的学费。

复读班的同学大多数是久经沙场的老兵，有的甚至还是“三朝元老”。

入学以后，我才想明白，我必须用一年的时间学完别人学了六年的课程，还要能够至少考上中专，那是一个几乎不可能完成而又必须完成的任务。同时，我更清楚，自我踏入二中校门的那一天起，就已经没有撤退可言，必须拼死一战，绝不回头。

支撑我走下去的自勉的一句话，其实非常朴素，就是我们老家乡下的一句俚语“老子就不信邪哒”。后来才知道还有更文雅的说法：“天生我材必有用。”还有更古老的说法：“故天将降大任于斯人也，必先苦其心智，劳其筋骨……”

谢国维老师以班主任身份主持了开学班会。他身材魁梧，鼻挺脸方，英俊倜傥，谈吐幽默。特别是那一手漂亮的板书，潇洒流畅，大气沉稳，给我留下极深的印象。时间长了才了解到，国维老师多才多艺，琴棋书画，诗词歌赋，篮球乒乓，无一不精，被誉为“野三才子”，是男生的榜样、女生的偶像。

国维老师才华横溢，天性豪放，尤善豪饮，几无对手。即使身处逆境，亦大度豁达，不怨不弃。熬糖煮酒，喂猪养鸡，打铁磨刀，一学就会，颇有三国名士嵇康之风范。据《文士传》说，嵇康在其后园的一棵柳树下开了一个打铁铺子。他引来山泉，绕着柳树筑了一个水池。打铁累了，他就跳进池子里泡一会儿，再接着打。路人见此，皆赞其“萧萧肃肃，爽朗清举”。

国维老师上课几乎不用讲稿，所有的内容他早已烂熟于胸。同时，他还善于与兄弟班、兄弟学校交流，借鉴别人的经验。他根据不同学生的特点，帮助学生制定不同的备考策略。我清楚地记得，他为我制定的策略是：主攻文科、突出政史、确保语文地理。在如此短的时间里，要拿下高分，只能靠死记硬背。而理科是需要积累和理解的，他说尽力而为就行。当时，他把这个策略称为“田忌赛马式”。

国维老师待生如子，亲如己出。班上有一杨姓同学，洪湖人氏，好学上进，但家境不宽，处境困艰。他只身步行数百里，到巴东二中向国维老师求助。国维老师感其求学心切，心生爱怜，大开方便之门。偶有难处，亦慷慨解囊，并嘱班上同学好生相待，不得欺生。此君后来果然争气，不负师望，考中了武汉一所专科学校。

当时，我们的理想其实并不高远，甚至就在隔壁。

与二中仅一墙之隔的是巴东县师范学校。两校近邻，常有往来，经常组织篮球、羽毛球比赛。当然，学生们除了组织打球外，有时还组织打架。打球他们赢得多，打架我们赢得多。师范学校所处地势整体比二中略低，所以在我们的宿舍楼正好可以看见他们的礼堂。每每看到或听到他们爽朗的笑声、轻快的歌舞、动听的乐音，我们的心中就充满了无限向往。一想到他们毕业后就是公办老师，更加激起了我们奋斗的激情，期望着有朝一日能像他们一样，当个公办老师，吃商品粮，此生足矣。于是，我们把考入巴东县师范学校作为我们人生的第一目标，不少同学甚至还公然喊出了“为把板凳儿搬下去而努力奋斗”的口号。

国维老师知我闯荡江湖多年，跟我交流时都是交代具体事务，很少跟我讲大道理。他对我说的最多的一句话就是“来哒，横直要使力”，用最朴实的语言表达他最真诚的期望。

当年，我曾随一谭姓四川木匠闯荡，背着一篓子斧锯凿刨，从湖北的建始、恩施、利川、宣恩到四川的巫山、万县、忠县、石柱，纵横数百里，历时大半年。期间，我染上了大碗喝酒、长杆吸烟的恶习。那烟是山里的土烟，铜铸的烟锅与烟嘴用一根四五尺长的细竹竿相连，将烟叶装入烟锅中，直直地伸入火炕点燃，然后顺在一旁，吞云吐雾，悠然自得，十分惬意。上了复读班后，人生的追求变了，心中的目标变了，可那该死的烟瘾却没变。国维老师知道后，只说了一句：“在教室搞不得，我的寝室，有时可以商量。”为了感谢老师的理解，我竟然傻傻地卷了一根土烟给他点上。可那烟实在是劲大味重，自称烟瘾了得的国维老师被呛得涕泪横流，说：“还是纸烟松合些。”

首次考试，我倒数第一，所有人都不意外，包括我自己。可两个月以后，我居全班中等。期末，进入前五，惊呆了一群小伙伴。我按照国维老师的套路，猛攻政史，尤其是他教的历史，我更是格外用功。到考试前，这门历史课的所有课本，我居然能倒背如流。如果有人从这些课本中任意抽出一句话，我都能说出这句话在某册、某页、某行。

对我来说，学习的艰苦不算什么，最主要是时间不够用，到了第二学期，就更加紧张。晚上11点后，全校熄灯。开始时，我和几个同学便躲在走道上复习，但屡屡被巡夜的老师碰上。不得已，我们就采用游击战术，他来我走、他上我下，和巡夜老师转圈圈。但老师就是老师，我们根本不是其对手。智高一筹的巡夜老师忍无可忍，把我们投诉到了学校，后来我们写了保证书才算了事。

也许是天无绝人之路，一个偶然的机会，我发现教师宿舍区旁边有一公共厕所，那里的灯是通宵不熄的。而且，那厕所建在一片小松林里，地处偏僻，一般人要不是真有"急事"，是绝不会到这来的。于是，很长一段时间的午夜，我都是在那里度过的。那一盏睡眼惺忪的小电灯泡，躲在铁丝笼里，好奇地盯着眼前这个执着的穷小子，在这个世界上最不雅的地方，傻傻地干着世界上最儒雅的事情。

月亮升起来了，又要落下去了，松树林的树影从模糊慢慢变得清晰起来，手指粗的叶子烟快要燃尽了，我脑子里忽然冒出一句不伦不类的诗：昏灯孤烟，只影晓月……此等景象，有时想想，不免有些苦涩。

后来，国维老师知道了，把我叫到他的寝室，递给我一把钥匙，还有半包香烟，看了我好一会儿，说："我回家睡。"我明白，他是要把他的寝室让给我用。

走出门外，他又回过头来补一句："莫搞很晚哒。"

我只是下意识地"嗯嗯"了几声，说不出话来。他那温暖的表情和慈祥的眼神，我一辈子都忘记不了。一瞬间，我突然有种想哭的感觉。但我终于忍住了，因为我知道，这不是他想要的。

就这样，国维老师给了我温暖的空间、光明的夜晚。从那以后，我就在他的寝室里没日没夜地拼命折腾，度过了高考前那一段紧张而又充实的日子。

1982年7月7日，全县的高中毕业生都涌向位于县城的巴东县第一中学参加高考。我们被最后牵出来遛一遛，看看有几匹骡子几匹马。

人们常说，自助者自有天助。最终，国维老师和所有的科任老师倾注了百分之百的智慧、学识与情怀托举着我，让我极其艰难地越过了当年高考那道人生中最重要的横杆，我所在的复读班创造了巴东二中高考史上的第一个辉煌。多年以后，回想起来，仍感觉好像面临万丈深渊时的拼命一跃，侥幸过后，更多的是后怕。

高考结束后，国维老师说，古语有云：不出峡江，难成大器。从此以后，你们将各奔东西，这次机会难得，我带你们去闯一闯长江三峡。

国维老师在宜昌工作的老同学，极其热情地接待了我们。时值盛夏，酷热难当。在他老同学家里，头顶上虽然开着吊扇，大家仍然大汗淋漓。他的老同学又从书房搬来了台扇对着我们吹，但宜昌闷热的天气仍然使我们汗流浃背。面对此情此景，我在心中不禁暗自惊叹：国维老师的同学可真是有钱呐，光电风扇就有两台！

返程之时，逆水行舟，我们得以仔细品味峡江风光。坐在船上，抬眼望去，只见长江两岸峰峦高耸，夹江壁立，悬崖横空，奇石嶙峋，飞泉垂练，苍藤古树，翳天蔽日。

国维老师从峡江的神话传说讲到历史典籍，从战国诗人屈原讲到现代诗人郭沫若，从昭君故里讲到汉匈关系，从民谣“巴东三峡巫峡长，猿鸣三声泪沾裳”讲到李白的“三朝上黄牛，三暮行太迟。三朝复三暮，不觉鬓成丝”，如数家珍，娓娓道来。在兵书宝剑峡，他讲诸葛亮的前后《出师表》；在牛肝马肺峡，他讲刘备西征巴蜀的历史传奇。

博学多才、心怀天下的国维老师，就这样以壮阔瑰丽的三峡为讲坛，给我们上了毕业前最后一堂历史课，以这种特别的方式，向他倾注了全部心血的高二五班告别，为他牵肠挂肚的学生慨然壮行！

正如国维老师所言，此后，同学们各奔东西。但所有的同学都记住了我们那个复读班，记住了班上的科任老师，他们是：政治老师田启雅，语文老师龚清玉，数学老师邓正珊，英语老师覃道国，历史老师谢国维，地理老师张祖爱。在此谨记，并向老师们致以特别的敬意。

我的《首义元戎邓玉麟》出版后，我第一时间送给了他几本，并特别说明：这是我的课外作业，呈请国维老师批改。

2013年，国维老师以古稀之年、久病之躯，出版了他的《野三关文化漫笔》，他这种治学不辍的精神再一次感动了我。他这本书是第一本关于野三关文化的专著，全面梳理和阐释了野三关文化的地理定义、文脉传承、文化载体、地方特色，内容广博、考据翔实、资料丰富、论理精细、文辞优美。

不久，野三关镇委、镇政府举办了研讨会，我也受邀忝列，并作了专题发言，向我的恩师表达祝贺和敬意。

会后，在清江之畔，我恭敬地问："谢老师，我那课外作业，就是那本《首义元戎邓玉麟》，能否及格?"

国维老师笑着说："你这本书，是目前为止写邓玉麟将军最成功的一本，没有之一。"又说："特别是书中那篇《祭母文》，就是玉麟将军回乡扫墓写的那一篇，写得深沉恭雅、细腻感人。我看了好几遍，每一遍都是流着泪看完的。"国维老师这样的批语，着实让我感动了好长一段时间，也兴奋了好长一段时间。

"接下来，你还打算写个什么家伙?"国维老师又问。

我如实相告：可能暂时不写了。那本书写完后，我整个人就像大病了一场，整天空落落的。那书中的每一个人物，就像我朝夕相处的亲人，我整天和他们一起说、一起笑、一起哭、一起闹。但书写完了，他们却一个一个离我而去，而且再也见不到了……那种失落和痛苦，不仅仅是切肤之痛，有时甚至是锥心之痛，我好长时间都无法解脱。也许是我用心太苦、入情太深，那书出版后好几年，我都不愿再去看它，甚至不敢去想它。

国维老师转过头来，盯着我看了好一阵子，忽然爽朗地一笑："你可以毕业了!"

啥？这就可以毕业了？我百思不得其解，而且至今也没有想明白。到底怎么理解这句话的含义？从生命本原的角度？从人生意义的角度？从心灵体验的角度？我不知道。也许，这是国维老师给我出的又一道课外作业题，需要我用毕生的精力去寻找解法、寻找答案。

终于，我不得不承认，在国维老师那里，我可能永远也毕不了业。

又三年，国维老师病重。我携妻将子，专程回到野三关，探望我的恩师。病榻上的国维老师，十分瘦弱，靠着几个叠起来的枕头，才能勉强坐在床上。回想起当年他在课堂上的风采、球场上的英姿，回想起他与我之间的点点滴滴，我不禁感到人生无常，黯然神伤，一声我恩师，双泪暗自流……

三天过去了，假期已到，我不得不返粤上班。行前，我带着妻子和儿子再次来到他的病榻前，向我的恩师作别。我知道，这也许是最后的告别。我牵着儿子，与国维老师说了很多保重和安慰的话。最后，一家三口立在床前，向国维老师深深地鞠躬，久久没有直起身来……

又三月，噩耗传来，老师走了，走得坦荡而安详。

在国维老师最后的日子里，同学正睿、明武、开斌、家兴等，亲守病榻，奉送汤药，服侍周全，尽到了做学生的孝心。老师走后，正睿提议，以高二五班的名义给国维老师送一副挽联，并指定由我执笔，然后公议。

得到大家的信任，我很荣幸，也感到压力很大。一日，正在冥思苦想时，偶然翻到以《陶庵梦忆》名世的明代大散文家张岱自撰的墓志铭："蜀人张岱，陶庵其号也……好精舍，好鲜衣，好美食，好骏马，好华灯，好烟火，好梨园，好鼓吹，好古董，好花鸟……"又想起了"民国最后的才女"张充和给沈从文的墓碑写的铭文"不折不从，星斗其文；亦慈亦让，赤子其人"，藏尾即是"从文让人"。

受此启发，乃决定用藏头之法来写，以表敬意。于是，挽联首字，藏头"国维"二字。上联用了"耕、砌、诗、画、吟、教"六个动词，从正面追忆老师的丰富人生和卓越才能，气象开阔，内容丰富，结构灵动，很有画面感，结尾时恰到好处地嵌入了老师的一篇名作《三关赋》。下联用"懈、辍、怨、狂、倦、图"六字，均冠以否定词"不"，盛赞老师的个性魅力和崇高品德，拣字精当，颇有妙味。既合了对联中正反相对的规制，又多层次、多角度呈现了老师的高尚人格。初稿写成后，经宗伟、正睿、正殿、本维、在满、明武等同学集体推敲定稿，最后用在国维老师追悼会上。后来听说，参加追悼会的老师和同学对此联评价甚高，我心宽慰许多。

本应是亲身举棺之人，我却未能参加国维老师的葬礼，只发了一纸唁电，此亦终身之憾也。

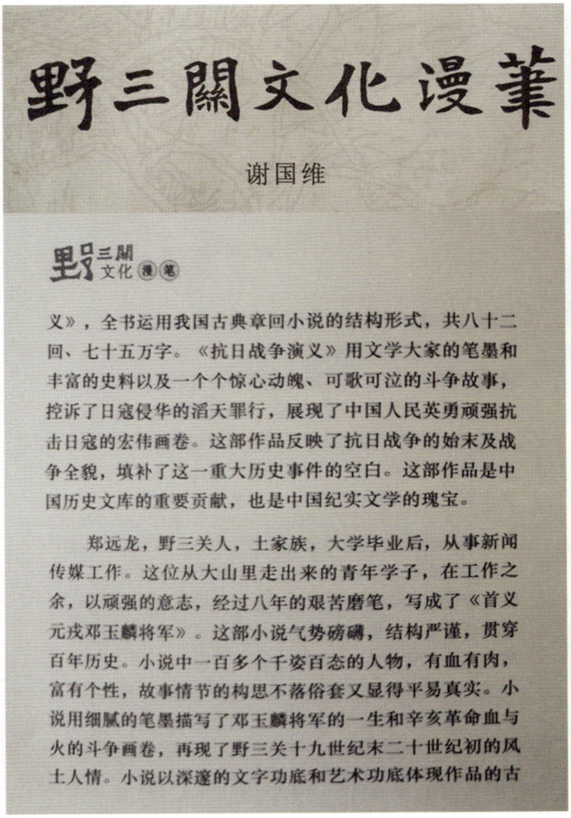

野三關文化漫筆

谢国维

野三關文化漫笔

义》，全书运用我国古典章回小说的结构形式，共八十二回、七十五万字。《抗日战争演义》用文学大家的笔墨和丰富的史料以及一个个惊心动魄、可歌可泣的斗争故事，控诉了日寇侵华的滔天罪行，展现了中国人民英勇顽强抗击日寇的宏伟画卷。这部作品反映了抗日战争的始末及战争全貌，填补了这一重大历史事件的空白。这部作品是中国历史文库的重要贡献，也是中国纪实文学的瑰宝。

郑远龙，野三关人，土家族，大学毕业后，从事新闻传媒工作。这位从大山里走出来的青年学子，在工作之余，以顽强的意志，经过八年的艰苦磨笔，写成了《首义元戎邓玉麟将军》。这部小说气势磅礴，结构严谨，贯穿百年历史。小说中一百多个千姿百态的人物，有血有肉，富有个性，故事情节的构思不落俗套又显得平易真实。小说用细腻的笔墨描写了邓玉麟将军的一生和辛亥革命血与火的斗争画卷，再现了野三关十九世纪末二十世纪初的风土人情。小说以深邃的文字功底和艺术功底体现作品的古

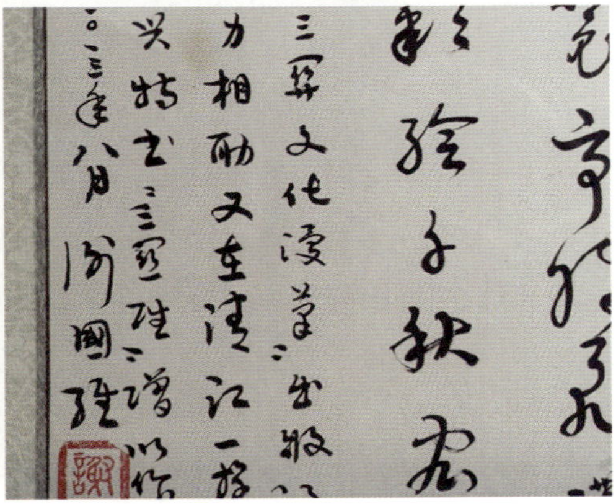

国维老师赠书

《三关赋》

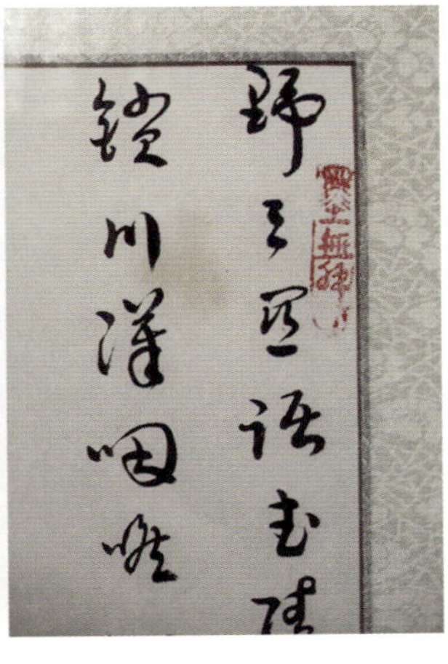

廪君故里的留念（左起：黄本维、黄在满、谢国维、郑远龙、邓正睿、谭明武）

祭慈父文周

先考文周，族本谭姓，郑家外甥。生于戊寅年腊月初四。六岁启蒙，初显天资。未及弱冠，家贫辍学，始随舅牧。舅无儿女，嗣之膝下，亦侄亦子。娶长阳柳山陈元翠，互敬互爱，终生不渝。辛卯年九月二十三病殁，享年七十又三。育子远龙远虎，有孙天忆开渠开星。盖先考以侄事舅，俸若亲生，养老送终，大孝子也。敬宗爱乡，友邻悌弟，谨言善行，大好人也。先苦后甜，子孙绵衍，高寿善终，大福人也。盖先考此生，忠孝宽厚，慈善豁达。修身积德，无讼无奢。万千苦难，独自担当。爱妻怜子，不离不弃。苦人所不能苦，忍人所不能忍。其大彻大智，大仁大德，吾辈不能悟，世间无不敬也。先考生水流坪，葬凤凰岭。刀耕火种，创业维艰。欣然而来，毅然而去。德泽后世，功高山岳。特勒石立碑，以为敬念。

孝男　郑远龙泣撰

碑联一：水流坪中绿水流芳，
凤凰岭上金凤鸣瑞。

碑联二：一辈子甘做好人，
七十三终成真仙。

怀念父亲

父亲去世已经十年了，一直没有写过纪念他的文章，此诚不孝也。

水流坪，是湖北省著名的高山岩溶湖，历史悠久，山水奇绝。1938 年腊月初四，我的父亲谭文周就出生在这里。

此地群山环抱，奇山异水，文风鼎盛。站在高处，抬眼望去，湖光粼粼，炊烟袅袅，一派祥和景象。其地方圆不过十余里，却土地肥腴，水草丰茂。一泓清流，自东而西，穿坪而过，鱼虾菱稻，养育了两岸百姓。由此向南，至三里城而至鹤峰县，向西则可达清太坪而至建始县。由于这里自古为交通要道，在历史的某一节点上曾经形成了一个绵延十多里的繁华街市，车马喧嚣、弦歌不绝。

水流坪地形生得十分奇特，一汪大湖，长约十五里，宽一二里。湖周围天生龟山、蛇山、象山、狮山，四山环抱，形极酷似，巧夺天工。其中龟山对蛇山，象山对狮山，隔河相望，气象恢宏，堪舆家谓之“龟蛇二将，金狮拜象”，风水极佳。环湖共有水头溪、磨合洞等四十八股活泉，注入湖中。当地老人说，鼎盛时期，这里曾出现过“三声鼓响汇集四十八个顶子”的盛况，正是应了这生生不息的四十八股清泉。

水流坪是“八坪谭姓”发祥之地。民国年间谭化南为族谱写的序文说：“迄自元末明初，洪武时兵焚之际，我祖谭舜禹被南汉王弓斩。佘氏太君由宜都左东湖巴邑，避难于响洞中，坐金盆荡于刀尖岩神仙洞所出。举目一视，见其岩数十丈余，四望无涯，昊天大哭一场。幸遇神鹰负下锦鸡水落婆坪。披荆斩棘，落叶斯土，遗腹生我始祖谭公天飞。”“太君寿终内寝殡柩之地，生玉树一株，即为白果树是也。后迁葬碑坪，左有贵人升殿，右有金狮吐弦。”

到南方工作后，我回家探亲，曾有幸仰望刀尖岩之奇峰，拜饮锦鸡水之醴泉，跪谒佘氏婆婆之茔墓。

佘氏婆婆墓碑碑文三百余字。其载，佘氏婆婆之子谭天飞与芝兰成婚所生八子，分居八坪、八洞、八河。八坪谭氏子孙后又各自建立祠堂，衍生各派。谭化南在上述谱序中又云："上水流坪大茂岭左耳湾飞公生八子，桂芳从业于水流坪磨河洞桥水河。"

桂芳公第八代孙国耀，官居一品，为土家族历史上品级最高的官员。国耀薨后葬于水流坪川子架村，碑刻有"皇清诰赠钦授正一品谭公国耀字达还大人之墓"。

佘氏婆婆墓居桥河之畔，伫立山间，回首西望，十里之外，云海之下，即是父亲出生的衣胞屋场水流坪。遥想先祖千难万险，筚路蓝缕，创业艰辛，驻足沉思，久久徘徊。

据有关资料，西周穆王分封谭国，为诸侯国，其为少昊氏后裔，子爵爵位。封地在今山东省济南市章丘区龙山街道，其地状如城垣，故称之曰"城子崖"。据谭氏八坪文化研究会水流坪分会2017年编印的《八坪谭氏族谱水流坪支谱》，谭国自谭孝公始，传国十六代，前684年为齐国所灭，享国500余年。谭国第十六代国君谭祁避难莒国，情思先祖，怀念故国，乃以国为姓，传之后代，始有谭姓。是故，谭祁公乃谭氏开姓之第一世先祖。汉文帝时，第二十一世祖玉成公因追随齐王刘襄讨伐吕后，屡建战功，获封元侯，敕赐为弘农郡郡主。自此，其子孙播迁各地，皆以弘农为堂号，所谓"望出弘农"乃出于此。第六十二世祖常凤公，生于元仁宗延祐五年，进士出身，授南京凤阳知府，德配佘氏。元末，朝廷无道，民怨沸腾，群雄并起，天下大乱。常凤公偕佘氏及家仆等一行，自安徽颍州出发，欲西行入川，辅佐夏王明玉珍。行至宜都，常凤公不幸被乱兵害于燕子崖。其时，佘夫人身怀六甲，逃至巴东纱帽山之响洞，遁入洞中。时追兵不敢擅入，只在洞外"悬羊击鼓，饿马摇铃"。佘夫人死里逃生，自响洞出，落业于落婆坪。此即谭化南在谱序中说的"神鹰救难"的情节。

佘夫人遗腹生子，名天飞，字鹏来，号凌云，落业水流坪，是为八坪谭氏之始祖。天飞生桂芳，是为三房，此即水流坪谭氏先祖。此后，其嫡传顺序为：谭鹏、彦章、谭景、世宦、子富、维乾、国纪、开都、鼎璠、谭孝、承先、先命、继馗、启盛、大善。

爷爷谭大善娶凤台郑家村郑爱芝，生养五子，文周、文柏、文寿、文彩、文红，一女喜菊。爷爷开明豁达，勤劳善良。在世之时，长夫短夫，无不应者，常年奔波在外，难以顾家。奶奶爱芝，羸弱之身，勤扒苦挣，以短工之苦、升米之薪，养活全家。耄耋之年，仍开荒种地，自食其力，村人无不敬重。至九十二岁，福寿双归。

父亲少时，其舅父凤台郑家村郑振厚膝下无子，乃以外甥为子，不改姓氏，约为养老送终，如有子则从郑姓，此即吾姓也。自此，父亲告别了他的出生地水流坪，走进了他躬耕一生的郑家村凤凰岭，并最终长眠于斯。

凤台郑家，系出荥阳堂。据有关资料："先祖汉代落居巴鹤。荥阳家风，承传千古，祖传诗礼元闻尚书之履，声响蓬莱。崇出通德之门，辉联阀阅之元气。"

如果再往上溯，据《国语》载，郑姓为郑桓公之后。前770年，郑武公灭虢、郐两国。前744年，在位二十七年的郑武公薨，葬于荥阳敖山的飞凤顶。是故郑氏视荥阳为家族神圣的祖地，并有"天下郑氏出荥阳"之说。

郑家亦是乡邑望族。郑家村的先祖可上追至有能公，有能生全江，全江生学朗，学朗生必俊，必俊生振厚。据传，当年因为堪舆风水的缘故，郑家村曾设坛招凤，留下了招凤台、凤凰岭、栖凤垭三个地名，一直沿用。至今，此处仍为郑氏聚居之地。三地相距数里，却有宽大的青石板路相连，多处设瓦盖凉亭，至今遗迹尚存。

父亲坦荡耿直，不拘小节。苦世之人，备受磨难。终其一生，耕田耙地，割草砍柴，背脚打杵，屠猪宰羊，凡可谋生者，无不全力以赴，从不言苦。即碑文中"苦人所不能苦，忍人所不能忍"也。

父亲体格不魁，却天生神力而不自惜己身。无论本村外村，每有接媳妇背大柜者，他都是不二人选。小时候，经常见到父亲背着鲜红的大红柜子，将打杵子稳稳地支住脚背子，中气十足地拖着长声："送恭贺咯！"数十人的迎亲队伍随声附和，瞬间点燃了满院的欢乐。一时间，鞭炮声、恭贺声、欢笑声，不绝于耳。父亲立在队伍的最前面，虽翻山越岭、长途跋涉却气定神闲，欣然接受喜家的酒食慰问。那形象，就像一位远征凯旋的将军，在我幼小的心里激起无比的自豪。

记得在我三四岁的时候，村里演戏。这是小山村极为难得的娱乐活动，父亲背着我早早地来到了现场。由于观众太多，父亲只能让我骑在他脖子上看。台上锣鼓丝竹，绿衣红裙，咿咿呀呀，而我只看到热闹。毕竟是小孩子，不知什么时候，我竟然睡着了。童梦之中，一泡热尿，酣然而至。父亲正看得起兴，忽然感觉脖子湿热，他当然知道出了什么事，侧下身子想将我放下来。哪知由于尿湿皮滑，我便头向下朝石头砌成的台阶栽去。说时迟那时快，平时笨手笨脚的父亲，此时却身手敏捷，猛地一把抓住我的小脚，另一只手薅住我的领口，倒提葫芦似的将我从阶檐下生生地拽了回来。长大以后，我想也许这就是父爱的力量。为了孩子，不顾一切，是父亲的本能，或者说是父爱的本质。

1982 年，父亲 44 岁，我 20 岁，我幸运地考上了恩施师专。父亲背着一床专为我置办的崭新棉被，带着亲戚朋友凑来的盘缠，将我送到野三关镇，我将在这里坐汽车到恩施。自此以后，我与父亲便聚少离多。临别时，父亲对我说："你是爬桐麻树上去的，难为你哒。"当时意气风发的我，没有太在意父亲这句话的意思。后来回想起来，我依然记得他的眼中似曾闪过一丝谦卑的泪光。桐麻树，在我老家是一种常见的植物，无枝无蔓，一柱擎天，其皮纤维丰富，可搓绳亦可织布。多年以后，我已为人父，想起当年的那一幕，我才明白，他用"无枝可攀"的桐麻树贱比自己，是想婉转地表达对我其实根本不存在的亏欠，这是一种怎样的无私和博大！

父亲福大命大，多次遇险，却总能死里逃生。老家的杨合公路通车后，有一次，父亲坐一辆农用车回家。下车时，阴差阳错，他的裤带竟然被车厢后面的铁钩挂住了，挣脱不得。开车的人毫不知情，正常行驶。就这样，父亲在碎石公路上被活生生地拖行了半里地。幸得车上有人发现了他，急叫停车，他才被人解救下来。众人看时，他那一双胶鞋擦得稀烂，人却安然无事。人们说，文周积德行善，得到菩萨的保佑，是好人得好报。

还有一次，我家山后同族的叔叔郑永章打水井，请了包括我父亲在内的一帮人来赶石头。快到中午时分，不知怎的，一块比簸箕还大的巨石突然滑了下来，不偏不倚，将父亲整个人压在下面。众人大呼："拐哒（糟了），这下肯定活不成了。"有人还说："全尸也可能得不到。"雇主永章急急赶来，哀求道："哎呀，老子们啦，你们快点帮忙挖，叫文周睡我的棺材，我来给他当孝子！"一群人遂用双手抬、用木杠撬，费了将近半个时辰，终于合力将我父亲从巨石底下挖了出来。掀开大石，只见父亲缩成一团，再扶起来一看，仅仅掉了半边耳朵，其余完好无损。再过一会儿，父亲竟然自己走回了家。众人称奇，说是老天可怜好人，给父亲添了寿。

父亲心善，怜贫助弱，与世无争。无论生前身后，村人无不说"文周是个好人！"呜呼，人活一世，有此盖棺之论，夫复何求！

2011年农历九月二十三，父亲不小心摔了一跤，当即不省人事，急送医院不治，溘然长逝，前后只不过个把时辰。他呼完最后一口气时，唯我弟媳李发英在侧，紧抱着父亲，啼号哀告，久呼不回。李发英，清太坪白果树坪人氏，家风淳朴，贤惠慈善。嫁入郑家，孝亲悌长，相夫教子，勤俭持家，代夫尽孝，是我父亲生前最后见到的亲人，在此向她致敬。

父亲走时，我在东莞，未能为他老人家送终。待我携妻将子赶回家时，父亲已装殓完毕。一副黑棺，躺在堂屋。堂前是我亲撰的挽联"与邻为友，与世无争，一辈子甘做好人；以耕为本，以德为荣，七十三终成真仙"，白底黑字，苍冷肃穆。我知道，父子之间的阳世之缘，就此尽矣。

父亲走得干脆利索，一如他生前的性格。也许他生前吃了太多的苦，临走时没有受到病痛的折磨，我想这是苍天对忠善之人的厚爱，也是父亲积德行善、克己修为的福报。作为孝子，心实慰之。

自此以后，且不说那天大的生养之恩，只要每每想到此生未曾报阶檐前那一薅之恩，未曾了野三关临别时那一言之情，终身不谅之憾也！

又三年，为父亲立碑，乃成此文，勒石刊刻，以记慈父之德，以叙父子之情，以慰犬子之心。

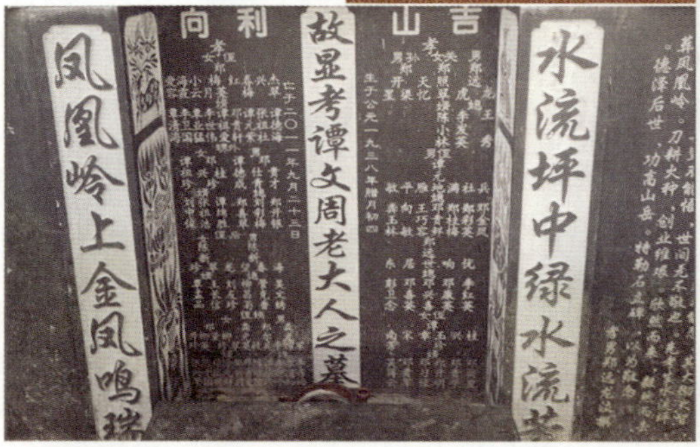

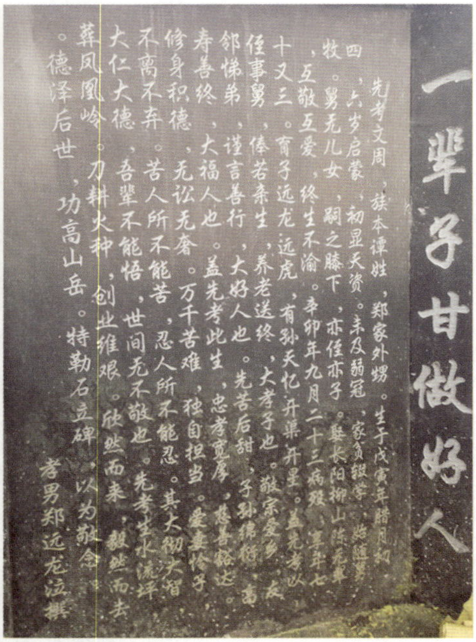

全家福

水流坪，先祖天飞公落业之处，父亲出生之地。坪中天生四十八股活泉，是以绿水长流、生生不息。

邓公玉麟将军墓志铭

邓公玉麟将军，谱名世泰，字炳三，土家族。光绪七年（1881）生于巴东县野三关石桥坪。天资聪颖，孔武刚烈，少失怙恃，且耕且读。十六岁从武，至宜昌，投湖北新军。睹列强横行，民生凋敝，便萌生反清之志。

后至武昌，受民主共和思想影响，积极参与辛亥革命筹备活动，协创湖北共进会，任调查部正长。远涉扬州暗结新军，复受命回武昌开办同兴酒楼，义聚志士。力促文学社、共进会合谋共举，殚精竭虑。

首义之日，勇担大任，冒死传令，亲赴南湖，率发第一炮，克摧武昌，共和肇兴。首义成功，任军政府谋略处要职。阳夏之役，为鄂军第七协统领，身先士卒，苦战汉阳，血洒磨山，坚守武昌，气震江汉。

民国二年（1913）任总统府咨议，南方驻北京将军团代表。授民国首批陆军中将衔，勋三位，荣获二等文虎章、二等嘉禾章。

民国初，帝制复辟，将军助黎反袁。府院之争，拥黎倒段。护国之役，至广州大元帅府，襄助北伐，奔走京津沪粤桂，无私拥戴中山先生。北伐间，曾任右翼一路军司令，威扫荆沙宜昌，锋掠五峰长阳。

民国十六年（1927）离军界，在汉创办辛亥烈士遗孤教养所、辛亥革命子弟学校。后居沪，开办亚洲养蜂厂。民国二十七年（1938）回鄂，在香溪创办民生煤矿公司。抗战期间，倾情国殇，出任重庆战地军事委员会顾问。民国二十八年至民国三十四年（1939—1945）间，回乡兴学倡农，德被桑梓。

解放初，将军被列为开明士绅。一九五一年春衔冤蒙难。一九八二年平反昭雪，立墓纪念。

盖将军，乃辛亥元勋，乡之殊荣，人之楷模，虽近代历史几度跌宕，然将军终不失爱国爱民之根本。值今重建将军墓，敬辞以纪功德，以启后世。

郑远龙敬撰

致敬元勋

2005年10月初，首义元勋邓玉麟将军的嫡孙邓中宪从上海打来电话，称老家巴东县正在筹划重修玉麟将军墓，他与中仁、中哲几兄弟商量后，一致推荐我为将军墓撰写碑文，并嘱我先作准备。

约一个月后，收到巴东县人民政府办公室正式公函，邀我执笔，起草将军墓志铭。

初受此命，心实惶之。碑，重器也；碑文，重器之重也。思考了很久，后来终于想明白了，为将军墓撰写碑文，我应是当仁不让。

于公当写。我知道，撰写碑文，一般只有身份地位相当者方可担之。虽然无论是从功业地位来说，还是从声望学识来说，我均不足以为将军牵马扶鞍，但巴东是我老家，府办之邀，是为抬举，断无轻拒之理。

于私当写。中宪三兄弟与我情同手足。1999年，拙作《首义元戎邓玉麟》初稿完成后，我亲赴上海，采访他们全家，受到了热情接待。其时，中宪的母亲徐凤璋女士仍然健在。老人家80多岁了，仍然面色红润，耳聪目明，礼数周全，谈吐优雅，不愧是大家闺秀。临别时，老夫人与我合影留念，并相约再去上海看她。但此后，由于我俗务繁忙，再也没有见过她老人家，甚为遗憾。在沪期间，他们全家为我提供了大量珍贵的资料和实物，对书中许多史实进行了补正，让我大为感动。自此，我与中宪一家经常联系，情同兄弟。如今，兄弟相托，安能不从？

于理当写。1985年，我参加工作时，即萌念写一本关于玉麟将军的书。当了记者以后，我得以方便地踏寻将军足迹。老家的巴东、宜昌自不必说，在将军故里石桥坪村邓正申家里，我曾见过一件将军穿过的夏布长衫。据正申说，那是当地农民协会分给将军的，由于他穿着太长，乃将长衫的下摆剪短了一掐多。正申将那长衫找出来，我一试，却盖住了我的脚背。由此，我对将军伟岸的身躯有了更为直接的感受。首义之地的武汉，我更是不知跑了多少趟。有段时间，我几乎天天泡在首义纪念馆。此外，我还亲往北京、上海、广州等地，采访了大量第一手资料。说句吹牛的话，在当时，研究玉麟将军，用心之深如我者，不敢说没有，起码不多。从这个意义上说，巴东县府办的眼光是不错的。

于情当写。我老家郑家村与将军老家石桥坪村相距不过十余里，我从小就是听着将军的英雄故事长大的，对将军充满了崇敬之情。将军的家国理想、超人胆识、奋斗精神和亲民情怀，深刻地影响了我的精神和人格。在创作《首义元戎邓玉麟》的过程中，我俯瞰了中国近代那一段风起云涌、波诡云谲的历史，在书中与官僚政客、文人武夫、商贩走卒乃至芸芸众生进行了心灵对话，体验了将军追求革命、献身理想、意气风发、叱咤风云的英雄情怀，感悟了将军或喜或悲、或思或念、或痛苦或悲愤的心路历程。正是将军的不朽功绩给了我创作的源泉，给了我丰富生活阅历、体验不同人生的机缘。如今，我能有幸为将军撰写碑文，用另一种方式表达对将军的敬仰之情，乃是我的福分。当然，从此以后，我这个碌碌无为之小辈的名字，也可能蹭着将军的鼎鼎威名，得以不时被人提起，此亦将军再次赐福于我也。

铸金刻石，立于千秋，传之后人，或表其人、或纪其事、或彰其功、或感其恩，古今中外之碑，概莫能外。

多年前，我有幸在成都武侯祠拜谒了《蜀丞相诸葛武侯祠堂碑》，此碑由唐朝宰相裴度撰文，柳公绰书，名匠鲁建刻。裴度的碑文褒评了诸葛亮短暂而悲壮的一生，竭力赞颂其高风亮节、文治武功。书丹者柳公绰，为楷书柳体创始人柳公权之兄，其书法浑厚笃实，既有柳体笔韵，又自具风格。后人赞赏此碑笔力雄健、辞丽义精，书法遒劲端严，刻工刀法谨严、超群绝伦。

当然，古人中也多有碑而不文者，如女皇武则天，自认为丰功伟绩非文字可纪，遂立无字碑。再如在淝水之战中以区区八万人马，击败了百万前秦虎狼之师的东晋名士、大军事家谢安，也立了无字碑。后人猜想，谢安功高盖世，褒既难，贬又不该，只好空着了。

有人说，碑联多出绝品，诚如是也。汉朝大将韩信墓前的祠堂中有一联“生死一知己，存亡两妇人”。知己，指萧何；两妇人，一是漂母，一是吕后。

寥寥十字，道出了韩信悲剧的一生。

著名书法家启功先生生前自撰墓志铭：“中学生，副教授。博不精，专不透。名虽扬，实不够。高不成，低不就……”写得坦荡俏皮，只有真正看透生死的人，才能如此豁达。

还有一无名氏碑文：“初从文，三年不中；后习武，校场发一矢，中考官，乱棒逐之出；遂学医，有所成。自撰一良方，服之，卒。”这可能是世界上最倒霉的碑文。

英国的威斯敏斯特大教堂有一块无名氏的碑文，受到世界上无数达官政要的推崇：“当我年轻的时候，我的想象力从没有受到过限制，我梦想改变这个世界。当我成熟以后，我发现我不能改变这个世界，我将目光缩短了些，决定只改变我的国家。当我进入暮年后，我发现我不能改变我的国家，我的最后愿望仅仅是改变一下我的家庭。但是，这也不可能。当我躺在床上，行将就木时，我突然意识到：如果一开始我仅仅去改变我自己，然后作为一个榜样，我可能改变我的家庭……”极富哲理。

文章千古事，况碑文乎？虽然我自认为对玉麟将军的生平、思想、功绩等比较了解，但我仍十分用心，丝毫不敢马虎。我花了一个星期时间，再次查阅有关资料，甄别史实。初稿完成后，我放置了数日，再来修改。又七天，我选了一个周末的晚上，进行最后的定稿。

夜深人静，万籁俱寂。我在办公室静静地坐了半个小时，努力使自己从一天的俗务中摆脱出来，尽力调理心态，酝酿情绪。此地无香，我将三支香烟点燃，立于烟灰缸中，然后向北拱手鞠躬，以表达我的虔诚之意。那烟缓缓升腾，稍高时合为一处，渐升渐远，轻轻地向北飘去，慢慢变淡，及至消失不见。

玉麟将军于晚清光绪七年（1881）正月生于巴东县石桥坪村。此地灵异，颇多奇处。坪中有一“五样树”，为一棵母树上生四株不同种类的树。母树为椿树，其他分别为樱桃、木瓜刺树、刺楸和裤裆杈树。人谓四子抱母，五树同心，花果同根，为祥瑞之相，当出人杰。

1897 年，16 岁的邓玉麟赴宜昌从军，入湖北新军步兵第三十一标。1910

年，邓玉麟即成为革命组织共进会的骨干，在武昌以“同兴酒楼”为掩护，从事革命活动。

1911 年秋，邓玉麟力促以孙武为首的共进会和以蒋翊武为首的文学社统一指挥，共同举事，并全盘负责起义联络以及弹药、军旗、文告、照会等事宜。10 月 9 日，宝善里炸弹失事后，在起义人员面临将被逐一捕杀的危急情形下，邓玉麟冒死通知新军各营提前起义。10 月 10 日晚 7 时，武昌城内工程第八营在熊秉坤的指挥下打响第一枪。邓玉麟闻声带领士兵率先冲进军械库，与临时总指挥吴兆麟等人率南湖炮队驰登蛇山，集大炮数门轰击湖北督署，是为“首义第一炮”。

阳夏战争期间，邓玉麟出任步兵第七协统领，固守武昌沿江一线，与清军血战扁担山、磨子山。汉阳失守后，清军欲扑武昌，乃与熊秉坤拼死奋战，固守十里江防。1912 年 1 月，任第四镇统制。1913 年，获授勋三位、二等嘉禾章、二等文虎章，领陆军中将衔。

1926 年，任护法大元帅府参军、北伐军左翼第一路军司令，率部自醴陵出发，攻荆沙、克宜昌，锋抵长阳、五峰。

1927 年“七一五”政变，将军因掩护共产党人董必武而被抄家，乃走避上海经营实业，自此脱离军界。抗战期间，拒绝汪伪政府收买，放弃上海产业返回武汉，后居秭归香溪。

1940 年，将军回到家乡石桥坪村，创办石桥小学。

1951 年 3 月，年届七十的邓玉麟将军受一起“反革命暴动案”牵连而被错杀。

1982 年 6 月，巴东县人民法院复审此案，宣告邓玉麟无罪。1983 年，巴东县人民政府为之修墓立碑。

2005 年 10 月，巴东县斥资重修邓玉麟将军碑墓，并建广场、立雕像。

将军雕像高 280 厘米，由巴东县政府、县民族宗教事务局投资主建，野三关镇政府、石桥坪村民委员会承建，巴东县江南地区邓氏理事会协建。雕像为华中科技大学设计院根据邓玉麟将军嫡孙邓中仁、邓中哲、邓中宪、邓中伟提供的邓玉麟将军 47 岁时穿将军服的照片精心雕刻而成，现为当地爱国主义教育和革命传统教育基地。

将军墓落成时，本文被刊刻于墓碑左侧。原文中有“无公则无首义，有史必有斯人”句，系仿章太炎先生挽黄兴联“无公则无民国，有史必有斯人”之句。

碑文不算太长，窃以为辨史严谨，行文畅达，褒评恰当。但那区区数百言，是否回报得了厚重的乡梓之缘、兄弟之托，不得而知。

将军墓坐落于故居左侧后方。将军故居1940年建成，坐山犀牛望月，朝向骏马奔腾。四围金狮拜灵，玉龙盘山，白虎镇堂，七星赶月。故居为砖木结构四合天井屋，坐南朝北，两栋共十一间，现为湖北省重点文物保护单位。

将军当年亲手栽植的两棵金桂花树，至今仍然枝繁叶茂，芳香宜人。

将军生于斯，葬于斯。生死之间，实一步之遥耳。

22年前，采访玉麟将军长媳徐凤璋、长孙邓中仁。

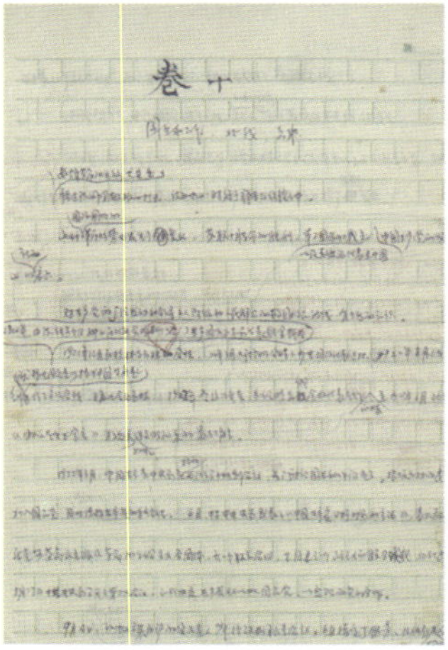

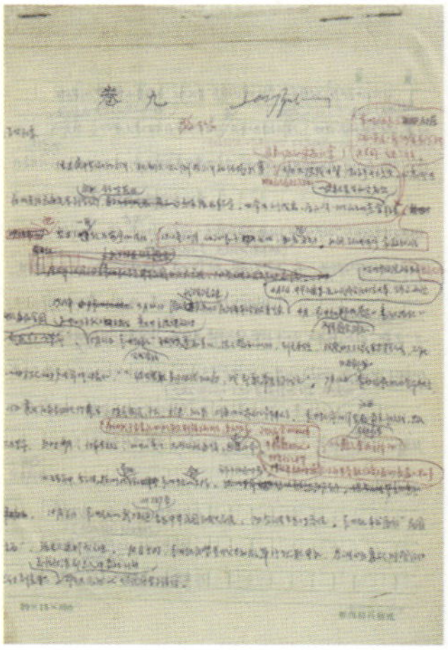

居然找到了35年前《首义元戎邓玉麟》的手稿，计28本。

挽同学爱子

联：

彼来有缘，二八虽短已知足；

此去无忧，三九犹长不放心。

碑面正中：

念子才多命且奇，乱中抛掷少年时。

横额：

韶华春晖远。

子胡不归

这是我平生写得最为痛苦、最为艰难的碑联，没有之一。

农历乙未羊年冬，东莞出现了极其罕见的降雪天气，极寒。

据相关气象资料载，东莞历史上真正有记录的降雪仅有四次。第一次是明永乐十三年（1415），气象志记载：秋，东莞飓风大水；冬有雪，梅枯死。第二次为明万历四十六年（1618），气象志记载：十二月，阴寒甚，雪昼下如珠，次日复下如鹅毛。第三次为清光绪十八年（1892），气象志记载：十一月十七日、十八日，东莞大雪，平地积二寸余，果木多冻死。第四次就是2015年的这一次。

夜幕初降，寒雨绵绵。从阳台上望去，远处的山，朦胧混沌，若隐若现。慢慢地，小雪始现，不一会儿，树梢上、地面上已积寸余。

夜色渐深，忽然接到一个久未联系的同学从北方一个更寒冷的地方打来的电话，一下子就冻住了我的心。电话接通后，他只“喂”了两声，却说不出话来。抽泣良久，他才吞吞吐吐地说，我们另外一个同学正在上高中的儿子，前日从学校的教学楼跳下，诀世而去，年仅16岁。

最后他说，那同学念父子情深，拟为其独子砌冢立碑，并请我代拟碑联。

这个消息如雪天炸雷，惊得我不知所措。很长一段时间，彼此无语，只听见一次次或长或短、或有声或无声的叹息。他想说，却不知从何说起。我想问，又不知从何问起。最后，我就干脆直接把电话挂了。

既为同学，皆为人父，我自能体会那位同学的悲恸哀伤。我呆坐在沙发上，一夜未眠，复一日未食，只为我那苦命的同学和他那同样苦命的孩子，也为了那份我愿意担当但又实在担当不起的重托。

终日恍惚之中，莫名其妙地想起了曾主讲过广东端溪书院的清代大儒全望祖。他在《姚敬恒先生事略》中说，姚敬恒拜儒学大师应潜斋为师。潜斋大师的朋友沈甸华去世后，他竟两日不食。敬恒问，何至于此？潜斋答，无以为其丧也，敬恒大为感动。潜斋先生殁后，有《潜斋文集》等十余种著述存世，敬恒乃以先生弟子之礼执其丧事，后人甚表其行。

想着自己的无心之为，居然效仿了古人之行，也算慰了同学之情，心里逐渐舒坦了一些。

一直头昏脑涨，实在不知道从何处着想，不知道从何处着手，就找些书来看看吧。

刘勰在他的《文心雕龙》中对“诔碑”有着深刻的论述。他认为，诔这种文体始见于周代。当时的士大夫们必须具备的重要才能之一，就是能够写出一手漂亮的诔文。所谓诔，就是积累，累列死者生前的德行，加以表彰，使其流传。他还列举了孔子死后鲁哀公亲自作诔和柳下惠的妻子为柳下惠作诔两例来说明诔文的写法：“写远追虚，碑诔以立。铭德慕行，文采允集。观风似面，听辞如泣。”

给我打电话的同学说，只给我三天时间，这实在是难为我了。因为毕业之后，同学们天各一方，我对另外那位同学及其孩子的情况一无所知，更不知道他想要我写成什么样子。再加之那同学正忍受丧子之痛，又不方便问得太多。如此一来，除了硬着头皮闭门造车以外，已别无他法了。

记其功？孩子尚在少年，求学途中，学业尚未完成，于家庭与社会自然是未建寸功。虽然记功述业是诔文的通行做法，但对这个孩子来说，不太合适，也不能勉强。

彰其德？常言说，有德即有道，道德不分家。大德之人必然有大爱，心胸开阔且眼界深远，敢于担当，忍辱负重，百折不挠。若从品德这个方面着力，很显然，这孩子是担当不起的，所以，也不能为难了这孩子。

表其行？虽然我不了解孩子当时的具体情况，但无论如何，父母的养育之恩未报，本人的社会责任也未承担，都不应该选择以极端的方式来告别人世。我们虽然没有理由去责怪他，但也不能鼓励和彰扬这种行为。

哀其情？此似可行。但转念一想，感觉立意稍低。着力渲染那种呼天抢地的悲痛，虽然操作容易，但只会徒增伤悲，这就相当于将他那颗伤得无法承受的心再次撕开，谁能忍心这样干？

能不能将境界再提高一点，给人一些安慰、一些鼓励、一些思考？我仍想再努力一把。

断断续续想了两天，到底从哪个点入手才能提高立意，仍然没有头绪。到后来，我甚至有些绝望了，几次都想要放弃。要不，就以悲苦的笔调，极写一种痛断肝肠的哀恸？一般而言，即使如此，也不是不能交差。但如果那样，于同学，我不忍心；于自己，却也不甘心。

在冥思苦想中，我突然记起了不知是谁说过的一句话："亲人是上天赐予的友人，朋友是自己找到的亲人。"我眼前一亮，对了，亲人也是友人，友人也是亲人。从这种关系入手，便可以将立意集中到人们常说的"缘"字。站在这个高度，俯瞰这个不幸的事件以及事件中不幸的当事人，就会发现，亲与友，情与理，生离与死别，偶然与必然，原来那些剪不断理还乱的关系，逐渐变得清晰起来。虽然，那是一幕谁都不愿意演、谁都不愿意看的人间悲剧。

于是，上联中的前半句"彼来有缘"就脱口而出。缘，就是天意，就是天命，就是天年。在这个意义上，道佛两家彼此尊重，所见略同，达成了共识。缘，天意，无形无象、无影无踪却又无处不在、无所不能，大其无外，小其无内。所以墨子说："顺天意者，兼相爱，交相利。"认识一个人，是天意；喜欢一个人，是天意；错过一个人，也是天意。因爱而痛是天意，因爱而恨也是天意。牵手是天意，放手也是天意。一切的一切，全都是天意。世俗之人无须抱怨，无从反抗，无法挣扎。爱也罢，恨也罢，哭也罢，歌也罢，圣人也罢，凡人也罢，欺人也好，自欺也好，我们只能相信，只有顺从，只好接受。除此之外，毫无他法。

顺着这个思路，上联的下半句也就水到渠成："二八虽短已知足。""二八"，十六也，是孩子的生年，这一下子就奠定了一个悲怆的基调。联中一个"短"字，极言痛惜。想你青春年少，玉华初放，原只望彼此眷顾，伴我终老。谁曾想，你竟如流星划过，先我而去，走得如此决绝、如此匆忙，来不及作别你至爱的亲人，来不及收拾你心中的行囊。此情此景，怎不叫人痛断肝肠！

上联中，虽然是极其简单的一个“短”字，在这里却蕴含了相当丰富的情感内容。当然，此处的情感铺排也是必须的，是为后面的立意作准备的。火山般喷涌而出的情感最后熔铸成了立意的基石，稳稳托住了“已知足”的理性高地。老子说：“祸莫大于不知足，咎莫大于欲得，故知足之足，常足矣。”我们要以虔诚之心，叩拜冥冥之中的天命，成就了这一段父子之缘、母子之缘。要感谢上苍之垂怜，孩子的飘然而至，让我们成为父母，让我们享受了天伦。孩子的回眸一笑，让我们的心有了牵挂，让我们的情有了寄托。正是因为有了孩子，我们才品出了思念的苦涩，掂出了责任的分量。往后余生，纵是只有万千无尽的思念来相伴，我们也依然知足。如此这般，上联的整个境界也就豁然开朗了。

人们说，写对联，难在下联。难在哪？难就难在它受上联的句意、字数、词性、结构、平仄、对仗等的限制，可发挥的空间极小，所以历史上出现了不少的绝对和孤对，原因就在这里。

写完上联，我长舒一气，点燃了一支烟。站在窗前，只见夜空倦怠，万籁俱寂。雨浸寒风，雾锁远山。韶华远去何处寻，碧空斜影问孤雁。你从花间走来，为何昙花一现？一场红尘梦，一份千年缘。一朝邂逅，一生思念。恍惚间，在那袅袅上升的几缕香烟和缓缓落下的一弯瘦月中，我终于捕获了下联中的前半句“此去无忧”。当然，这也是从上联依字得来。虽是万般不舍，却也不忍责怨，因为他还只是个孩子。只要孩子你能解脱，一任你的选择。如要怨责，那也只能自责。只因我生计忙碌，忽视了你内心的忧郁；在你最需要帮助的时候，我却姗姗来迟。此恨绵绵，了无绝期。如此写法，就将一种无私而博大的父母之爱升华得高洁而透彻。

当年颜真卿写《祭侄文稿》时有“念尔遘残，百身何赎”“抚念摧切，震悼心颜”“魂而有知，无嗟久客”之句。其情如巨浪奔袭，排山倒海。这种写法虽然畅快淋漓，却与本联整体风格不符，乃舍而不用。下联中的下半句“三九犹长”，实写时序。想你此去，三九寒天，黄泉路长，荒野孤魂，叫我如何放心得下？

细细想那场景，那口吻，那情调，可曾似送子上学时的叮嘱？抑或似迎子晚归时的唠叨？此种笔法，其情如寒溪呜咽悲鸣，又如苦孺咬唇饮泣，满抑而后溢。唯其忍痛藏悲，其痛益其动人。

回看整联，十分接近“字字相对，意意相离”的所谓“无情对”。这种对联在实用联中极难为之，也很少见到。遣词用字极其平实，无铺排，无雕琢，无一生冷之字，无一费解之典。只以父母与孩子日常对话的口吻，写出了天道之道、人情之情，此我始料未及也。

另一联“念子才多命且奇，乱中抛掷少年时”，拟用于碑面中堂。按老家习俗，碑面正中一般为竖排逝者名讳，两边是孝名。但孩子尚未婚配，亦无子嗣，当无孝名。思来想去，还得另镌一联于名讳两边，以纪其事。

此联直接引自宋初时大学者徐铉的诗《赠泰州掾令狐克己》的首联。原诗为：“念子才多命且奇，乱中抛掷少年时。深藏七泽衣如雪，却见中朝鬓似丝。旧德在人终远大，扁舟为吏莫推辞。孤芳自爱凌霜处，咏取文公白菊诗。”徐铉十岁能属文，与韩熙载齐名。他在南唐时期当过翰林学士、吏部尚书。归宋以后，曾与人共同校订《说文解字》。他还喜爱香道，每遇月夜，露坐中庭，焚香一炷，澄心伴月。因此，他把这种自制的香称为“伴月香”。

想徐铉其人，再品其文，觉得将本诗的首联用在此处，十分贴切。诗意通俗易懂，赞其才，惜其命，感其时，叹其行，词恰当，意也恰当，我甚至怀疑这是专门为那孩子定制的。这种惊人的巧合，也许是冥冥之中的天意吧。

姑且不从对联创作的角度论，也不敢妄断。单只从努力用功的角度来看，窃以为，此联应该无负逝者，无负生者，应该对得起信任我的同学，也对得起教过我的先生。

很长一段时间，我不敢问远方的同学，也不敢想曾经的思路，更不敢回望当时我是如何在理性的煎熬与感性的蒸煮之中，竭尽全力践行同学之托的痛苦过程。我只在想，许多年以后，人们偶然踏入这青山，路过这旧碑，不知是否识得此联，悟得此意，懂得此情。

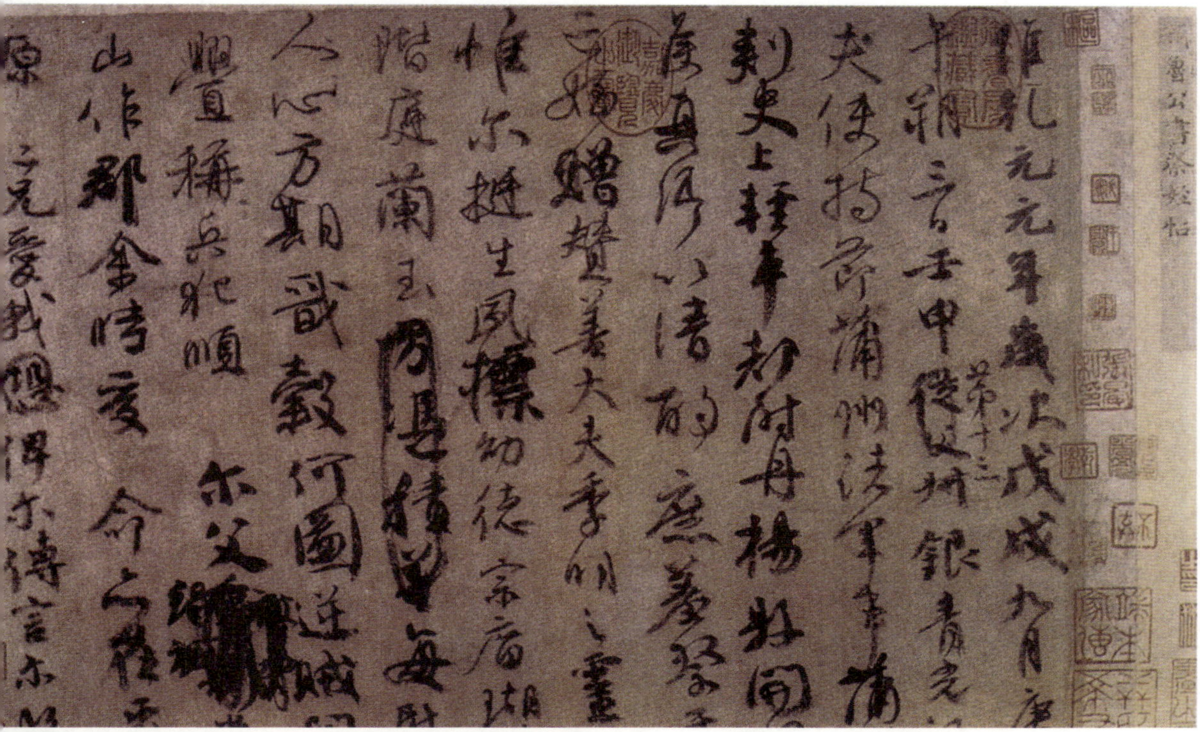

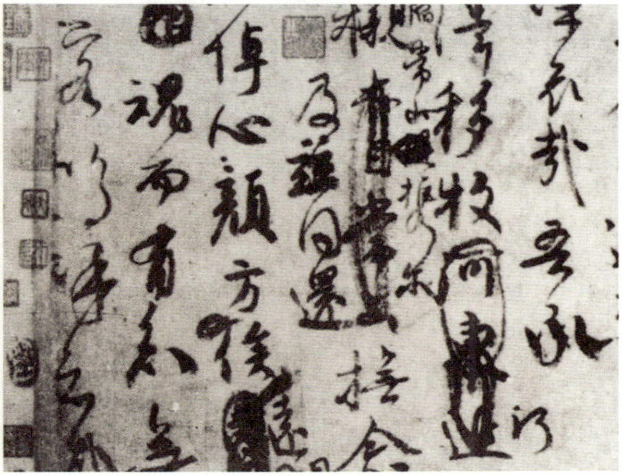

颜真卿《祭侄文稿》

其体，平正奇险；其法，恣意灵动。

其墨，苍润率性；其情，悲凝峻涩。

四言诗五首

一、遥寄同学聚会

亥年秋，巴东县第二中学同学聚会，邀我参加。俗务缠身，厚颜告假，遥致此文，以示祝贺。

岁在己亥，时序金秋；
群贤毕至，清风杨柳。
忆我同学，少年风流；
负笈野三，家国情稠。
思我同学，情深谊厚；
书生意气，挥斥方遒。
敬我同学，劬勤奋斗；
尽忠尽孝，亦福亦寿。
贺我同学，诗酒和酬；
遥祝盛会，长揖顿首。
意在青山，天长地久。

二、致谢国维老师家属唁电

恩师谢国维不幸病逝，公祭之时，我出差海峡对面。入土之日，亦未能亲临举棺，泣写此电，以寄哀思。

闻公噩耗，叩首哀悼。
敬公品德，望重节高。

忆公才俊，泪湿旧袍。
念公恩重，肠断肝烧。
哭公此别，何时相抱。
奠公灵前，明烛高照。
愿公宽慰，一路走好！

三、幺爸郑永俭、幺婶梁仔英生碑碑文

辛丑年夏，幺爸郑永俭拟自建生碑，嘱我撰写碑文。想我少时，幺爸幺婶对我百般疼爱，视如己出。及长，我离乡背井，不曾尽孝，心实惭愧。今受此命，惶恐之余，用心成文。除碑文外，另撰三联，一为“永以为思厚德千秋，俭故能广鸿祚万世”，一为“仔肩乃终基业磐石，英容犹在懿范熏风”，一为“福地照明月，寿域绕青山”，一并奉上，略表孝心。

永俭仔英，忠正敦诚。
俭生苦世，少年艰辛。
筚路蓝缕，寝竹食蕈。
中年坎坷，罹尘不争。
老年得福，子孙孝顺。
仔英贤淑，慈慧聪颖。
修德行善，温良谨勤。
孝老悌长，恤弱睦邻。
养儿育女，负荆躬行。
恩爱相守，比翼和鸣。
生前同心，殁后同陵。
行追先贤，德启后人。

四、幺儿开星小学毕业谢札

六年前，我送开星入莞师附小，两人牵着手，傻傻地站在校门口，对着教学楼齐声高呼：“我们上小学了！”引来一片惊异的目光，暗自得意。六年

间，每在校门外咧着嘴向里张望，只要一见他那走路的姿势，便知小子来也。六年后，老师嘱我在毕业纪念册上写几句话，思虑良久，觉得还是以开星的口吻来写合适些。

谢我师长，一枝萱草。
三尺讲坛，夙夜辛劳。
愿你耕耘，果实花俏。
谢我学友，一个拥抱。
六载相伴，风雨嬉笑。
愿你飞翔，志逐青鸟。
谢我附小，一鞠紫袍。
九鹤鸣水，声闻江皋。
愿你青春，芳华不老。

五、幺儿开星初中毕业纪念册题词

开星初中时，皆卯时起床，洗漱餐毕，卯正一刻准时出发，奔向可中。早出晚归，从未懈怠。三年间，行程十万余里，始知为父教养责任之重、小子求学问道之艰。毕业之际，遵嘱寄语，但此心愿。

愿你忠孝，爱国事亲。
愿你明志，放飞心灵。
愿你温良，睦友重情。
愿你宏达，信义谦诚。
愿你博学，格物笃行。
愿你开心，笑逐人生。

叩问诗魂

一次整理旧时文稿，随手翻看。偶然发现，在我的非职业闲作中，类似“四言诗”的形式偏多，感觉有点什么缘分藏在里面，动了几次念头，想认真梳理一下。这次编辑本书，总算找到了一个机会。

中国诗歌的发展，从字数的角度来考察，似乎有一个“从少到多不过十”的有趣现象，从早期的二言开始，到四言、五言，再到七言，除了极少数特别的情况外，很少有每句超过十言的诗。这就像小孩子学说话一样，从单音节开始，逐渐增多，而到了一定长度时，又不得不断句。

这种现象，令人首先想到的是，人赖以说话或者歌唱的物理基础或者叫作生理机能——气息。人的呼吸长度是有一定限度的，最舒服的、最动听的可能就是四个字的句子。

中国最早的诗，据说是《弹歌》，它是一首二言诗：“断竹，续竹；飞土，逐宍。”说的是古人把竹子做成弹弓，然后狩猎。到了西周，四言诗趋于成熟，取代了二言诗。我国第一部诗歌总集《诗经》中，虽然杂有三、五、七、八、九言之句，但以四言为主，仍属于四言体。如《蒹葭》：“蒹葭苍苍，白露为霜。所谓伊人，在水一方。”如《氓》：“氓之蚩蚩，抱布贸丝。匪来贸丝，来即我谋。”如《子衿》：“青青子佩，悠悠我思。纵我不往，子宁不来？”于是，后世有不少文人就把这种四言诗体称为“诗经体”。

西汉时，五言诗兴起，但仍以四言诗为多。至东汉，以乐府诗为代表的五言诗逐渐成为主流，而且佳作迭出。这种诗体故事情节翔实完整，人物刻画细致入微，性格塑造鲜明突出。它们不仅有着较深的思想内涵，而且还着重描绘典型细节。汉乐府在中国文学史上有着极高的地位，可与诗经、楚辞鼎足而立，而且出现了我国古代最长的叙事诗《孔雀东南飞》。《长歌行》中的“少壮不努力，老大徒伤悲”也是千古流传的名句。

对于这种情况，南朝钟嵘在其《诗品序》中说，时人对于四言，“每苦文繁而意少，故世罕习焉。五言居文词之要，是众作之有滋味者也”。也就是说，四言诗字数太少，不能很好地表达纷繁复杂的社会生活和人类自身丰富多彩的情感世界，而五言诗却能满足人们这种表达的需求。虽然如此，这一时期仍有不少四言诗的绝世佳作，如曹操的《短歌行》：“对酒当歌，人生几何！譬如朝露，去日苦多……青青子衿，悠悠我心。但为君故，沉吟至今……”称得上是继承了《诗经》四言正体的遗风。明朝文人吴讷编写的《文章辨体序》称其“词严气伟，非后人所及”。

唐代的诗歌，继承了汉魏民歌、乐府传统，丰富和发展了前代的五言、七言古诗，而且还出现了叙事言情的鸿篇巨制。唐朝的诗人不仅扩展了五言、七言形式的表现空间，还创造了风格优美、形式整齐的近体诗，即律诗和绝句。他们在强调古代诗歌的音节和谐、文字精练、意境优美的艺术特色的同时，还对诗的字数、句数、平仄、押韵、对仗等作了极其严格的规定，从而将中国的诗歌艺术推进到一个前所未有的巅峰时代。唐诗代表了中华诗歌的最高成就，更是世界文化发展史上最具风采的巍峨丰碑之一。

即使如此，四言诗在唐代仍然顽强地展示着自己的存在。如诗仙李白曾写过一首长达35行的四言长诗《雪谗诗赠友人》：“嗟予沉迷，猖獗已久。五十知非，古人尝有。立言补过，庶存不朽……”被时人称为“江东名僧”的诗僧皎然有《与昂上人两字继合四句初字日》：“有一鸟雏，凌寒独宿。若逢云雨，两两相逐。”

柳宗元曾写过一篇《平淮夷雅》：“皇耆其武，于溯于淮。既巾乃车，环蔡其来。狡众昏嚚，甚毒于酲。狂奔叫呶，以干大刑……淮夷既平，震是朔南。宜庙宜郊，以告德音……”全诗长达400余字，在四言诗中算是鸿篇巨制了。

最为夸张的是韩愈的《元和圣德诗》：“皇帝即阼，物无违拒。曰旸而旸，曰雨而雨。维是元年，有盗在夏。欲覆其州，以踵近武……”他在自序中说：“辄依古作四言《元和圣德诗》一篇，凡千有二十四字，指事实录，具载明天子文武神圣，以警动百姓耳目，传示无极。”1 000多字的四言诗，绝对是天下无二。

这两位唐代著名的大家，完全模仿《诗经》中颂诗的笔法，彰显功业，赞美圣德，昭告宗庙，启示后人。

即使是唐朝诗人们最为得意的七律和七绝，细细品来，也是以四言诗为基础的。从断句的角度来分析，绝大部分七言诗可断为四加三的结构，极少可断为五加二或其他结构的。

唐朝的诗人们把律诗作得太绝了，达到了几乎无法超越的地步。正如鲁迅所说的：“我以为一切好诗，到唐朝已被作完，此后倘非翻出如来掌心之‘齐天大圣’大可不必再动手了。”所以宋代的文人们知难而退，不是把前人的律诗绝句作得更“律”更“绝”，而是另辟蹊径，借助于音乐曲调艺术的繁荣，转而专攻另一种形式更加灵活、句式长短不一、更有利于歌唱的词。他们或婉约或豪放，有大江东去，有小桥流水，无论是道德文章，还是儿女私情，皆可入词。于是，无数精通语言音律艺术的大师，进入了一个崭新的天地，驰骋挥洒他们的才华智慧。

比较唐宋之诗，唐诗总爱用感性形象来表现现实，宋词则多借助理性思维来解剖现实。唐诗靠灵感，宋词靠才学。灵感不能勉强，而才学却可以通过努力而获得。唐诗靠感性，宋词靠理性。感性难以捕捉，而理性可以通过思考和推理而获得。无论如何，唐诗宋词双双比肩，各呈其美，各臻其盛，形成了中国诗歌发展史上的两大高峰，傲然双绝，千古不朽。

但是，我们也发现，在宋代著名词人中，也有很多写四言诗的。即使是宋词的代表人物如苏轼也写了不少四言诗，他的《江郊》：“江郊葱昽，云水蒨绚。碕岸斗入，洄潭轮转。先生悦之，布席闲燕。初日下照，潜鳞俯见。”另一词《和陶时运四首·其一》：“我卜我居，居非一朝。龟不吾欺，食此江郊。”

宋词中不少标明词牌的作品，仍然可以窥见四言诗的影子，如柳永的《雨霖铃》：“寒蝉凄切，对长亭晚，骤雨初歇。都门帐饮无绪，留恋处，兰舟催发。执手相看泪眼，竟无语凝噎。念去去，千里烟波，暮霭沉沉楚天阔。多情自古伤离别，更那堪，冷落清秋节！今宵酒醒何处？杨柳岸，晓风残月。此去经年，应是良辰好景虚设。便纵有千种风情，更与何人说？”可以看出，

"竟无语凝噎"中的"竟"字,"更与何人说"中的"更"字,其实并无实际意义,原本也可以删去而成四言,因为词牌的规定和歌唱的需要而变成了五言,否则就会出现周汝昌先生批评的"荒腔倒字"现象。在宋词中,这种现象比比皆是。

宋金之际,北方少数民族相继入主中原,他们带来的胡曲番乐与汉族地区原有的音乐相互融合,孕育出了一种新的乐曲品种,于是,散曲便应运而生了。

元曲除了讲究宫调、曲牌、曲韵、平仄、对仗以外,还出现了"衬字",这在前朝的诗词之中是从没有过的。所谓"衬字",是指在曲律规定的字数之外所增加的字,不受音韵、平仄、句式等曲律的限制。如尚仲贤《王魁负桂英》"殿阶前空立着正直牌","前"和"着"是衬字。关汉卿的《一枝花·不伏老》中"我正是个蒸不烂煮不熟捶不扁炒不爆响当当一粒铜豌豆"最为典型,"响"字前的衬字多达十多个,这表明元曲的句法相当自由,极富变化。同时,元朝的文人们开始关注市场规则和粉丝们的心理,增强了对票房和效益的考量。于是,在曲中大量采用俗语俚谚,谐笑调谑,彻底放下了前朝文人的穷酸架子。

元初从端平元年蒙古灭金,到延祐元年开科取士,北方的蒙元统治区停废科举长达80年之久。当时的不少文人由于科举无望,不得已混迹于"娱乐圈",于勾栏瓦肆之中,缅怀他们的家国之梦。但他们还是很敬业,于酒酣酒醒之际,时不时还奋力抖落满身的烟尘粉脂,摇曳着他们的文人情怀,践行着他们的文人担当。这些百无一用的书生不停地去拷问历史、解剖现实、反思人生,最终成就了一批如关汉卿、郑光祖、马致远等让后世景仰的名家,传下了《窦娥冤》《西厢记》《梧桐雨》《汉宫秋》等流芳百世的不朽作品。元曲以其题材之广泛、揭露之深刻、语言之通俗、形式之活泼、风格之清新、描绘之生动、手法之多变,在中国古代文学艺苑中独树一帜,放射着璀璨夺目的异彩。但我们也看到,从汉语诗文学格律美的贡献上来说,元曲并没有超越宋词的高度和精度,或者说,曲对词并没有像词对诗那样的格律发展。当然,他们已经很努力了。

元曲句式无论如何变化，其四言的基本结构单元的地位仍无法改变，比如《窦娥冤》的题目和正名为："秉鉴持衡廉访法，感天动地窦娥冤"，也是四加三结构，四言是基础。

明太祖朱元璋的儿子宁献王朱权编写的《太和正音谱》，把元杂剧分为十二科："一曰神仙道化；二曰隐居乐道；三曰披袍秉笏；四曰忠臣烈士；五曰孝义廉节；六曰叱奸骂谗；七曰逐臣孤子；八曰钹刀赶棒；九曰风花雪月；十曰悲欢离合；十一曰烟花粉黛；十二曰神头鬼面。"每一科的标题，用的都是四言结构。

宋元之后，手工业和商业进一步发展，由此带来了都市的繁荣，为民间说唱艺术的发展提供了场所和观众。城镇化进程的不断加速，又极大地刺激了市民阶层对文化娱乐的需求，这种需求直接推动了娱乐产业供给侧结构的调整，从而产生了新的文学样式，这就是小说的雏形——话本。明代经济的发展和印刷业的发达，为小说脱离民间口头创作进入文人书面创作提供了物质条件。明代中叶，白话小说作为成熟的文学样式正式登上文坛。

明清以后，传统诗词的主体地位逐渐让位于小说。明清时代的文人们在写诗之余，集中精力专攻大部头的小说，产生了《三国演义》《水浒传》《西游记》《金瓶梅》等代表作品。但我们也看到，明清小说包容和吸纳了传统的诗歌，而这些在四言诗体基础上被打磨了几千年的诗词歌赋，也为明清小说在刻画人物形象、描摹人物心理、烘托环境氛围、抒发作者情感等诸多方面提供了方便，极大地丰富了小说的表现形式。

应该承认，明清的诗歌成就没有超越前朝，但也有不少名作。如风流才子唐寅的《一剪梅》："雨打梨花深闭门，孤负青春，虚负青春。赏心乐事共谁论？花下销魂，月下销魂。愁聚眉峰尽日颦，千点啼痕，万点啼痕。晓看天色暮看云，行也思君，坐也思君。"四言诗歌的痕迹仍很明显。

现当代的诗歌，基本不讲究平仄对仗，也不屑于起承转合，但有一点还是咬牙坚持下来了，那就是押韵。因为这些追求自由的现代诗人们也明白，如果连诗歌中的"押韵"这最后一点装饰品都扔了，那它与分行的散文有何异？

人们仍然怀念那古色古香的“诗经体”。如钱锺书的《四言》：“欲调无筝，欲抚无琴。赤口白舌，何以写心。咏歌不足，丝竹胜肉。渐近自然，难传衷曲。如春在花，如盐在水……”凝练隽永，情深意长。

皖南事变后，周恩来在《新华日报》发表的题诗：“千古奇冤，江南一叶；同室操戈，相煎何急！”这里用的也是四言诗体，悲愤激越，力重千钧。

实际上，四言诗体以其古朴庄重的姿态，一直受到后人的尊重，颂诗碑铭之类也多见四言。如毛泽东的《祭母文》：“呜呼吾母，遽然而死。寿五十三，生有七子。七子余三，即东民覃。其他不育，二女二男。育吾兄弟，艰辛备历。摧折作磨，因此遘疾。中间万万，皆伤心史。不忍卒书，待徐温吐……天乎人欤，倾地一角。次则儿辈，育之成行。如果未熟，介在青黄。病时揽手，酸心结肠……养育深恩，春晖朝霭。报之何时，精禽大海。呜呼吾母，母终未死。躯壳虽隳，灵则万古。有生一日，皆报恩时。有生一日，皆伴亲时。今也言长，时则苦短。惟挈大端，置其粗浅。此时家奠，尽此一觞。后有言陈，与日俱长。”这篇祭文不算标点，计96句，384字。

不得不让人敬佩，胸怀天下苍生、谙熟古诗格律的一代伟人，特意选用四言诗体表达对母亲的挚爱与怀念，情动江河，理铸山岳，义盖人寰，令人荡气回肠，久难释怀。

考察“四”字的造字之义，据史书记载，“文祖仓颉”天生睿德，观星宿运动、察鸟兽足迹而造字，结束了人类结绳记事的历史，开创了万世文明之基，以至于“天雨粟，鬼夜啼”，因为那实在是一件惊天地泣鬼神的不朽功业。汉字的“一字一音，形方意明”的形制框架，奠定了中华诗文化的物质基础。

东汉许慎在《说文解字》中称：“囗，四方也。囗中八，象四分之形。”说“四”字具沉稳厚重深邃之意也。

中国道家对“四”字的哲学解释是，二二之数，双全之意。《易》有“无极生太极，太极生两仪，两仪生四象，四象生八卦”之说。天有四时，地有四方，年有四季，城有四门，人有四喜，行有四德，文有四书。出于对“四”字的偏爱，人们赋予了它太多的寓意。办公之处、居家之所的字匾，多是四个字的，因为那是正和之意。对联中的横额也是四个字的，因为那是门的宽度，无论是天堂之门还是智慧之门。

回望历史，四言诗在中华民族整个诗文化中的地位极其崇高。从字数上看，字数为奇的诗，律诗也好绝句也罢，五言、七言的占绝对多数。在字数为偶的诗中，极少出现六言诗和八言诗，唯四言诗一枝独秀，生生不息。在中华民族灿烂的历史文化长河中，四言诗体已经深深地渗透到其他很多种文体了，半诗半文的赋中的大段铺陈，多见四言句式。在颂、赞等多种文体中，亦有四言句式的大量应用。在明清小说中，更是多见。如果把这些四言句式单独拿出来，未必不能称作四言诗歌。

以四言诗体为基本形制的《诗经》始于遥远的西周。周王朝一共传国君32代、37王，享国790年。那个时代是中华文化的孩提时代，因此，后人也把四言诗视为整个中华民族的儿歌和童谣，长久地追忆。回望四言诗，它以磐石之重、玉磬之音、青铜之美、馨香之气，贯穿于整个中华文化的始终，从未间断，从未离去，而且仍将永世传承。每当翻开它那简练朴拙的封面，凝望它那中正仁和的形态，击拍它那沉稳平舒的节奏，沐浴它那典雅庄重的气象，我们的脑海中就会闪现文化图腾照耀的智慧之光，耳边就会回响起祖先的神圣之音。想象着祖先们于市井阡陌之中躬问于世象而成就于“风”、于青灯瘦月之下追问于内心而成就于“雅”、于郊庙祭祀之时叩问于先祖而成就于“颂”的种种动人的场景，不由得心生庄重肃穆的敬畏之情。令人欣慰的是，它作为一种以诗体的名字存在的文化基因，千百年来，一直被信仰、被保留、被复制、被进化、被优选，并且深深地融入了我们的文化血脉之中。它是中华文明傲然立世的文化性格，是矗立于华夏大地上的文化地标，是开启东方智慧宝库的文化密码。它有着童谣般的亲切，也有着颂歌般的庄严，像妈妈的味道一样，像祖先的圣训一样，永远被记忆、被怀念、被膜拜，一代又一代。

在先秦时代，有“五经”之说，指的是《诗》《书》《礼》《易》《春秋》。汉代有“七经”，唐代有“九经”。五代时蜀主孟昶石刻“十一经”“十二经”，宋代则在“十二经”基础上再加《孟子》成为“十三经”，一直沿用。千百年来，《诗经》一直雄居群经之首，传颂至今。

四言诗体，从来不需要被想起，永远也不会被忘记。再回首，蓦然发现，它原来就在我手边、就在我心里，只是我忽略了它的存在。我忽然发现，真正宝贵的东西，不需要刻意安排，只需要顺手拿来。

有些事情，一旦想明白了，又会莫名其妙地产生一种歉意、一种怅然，甚是奇怪。

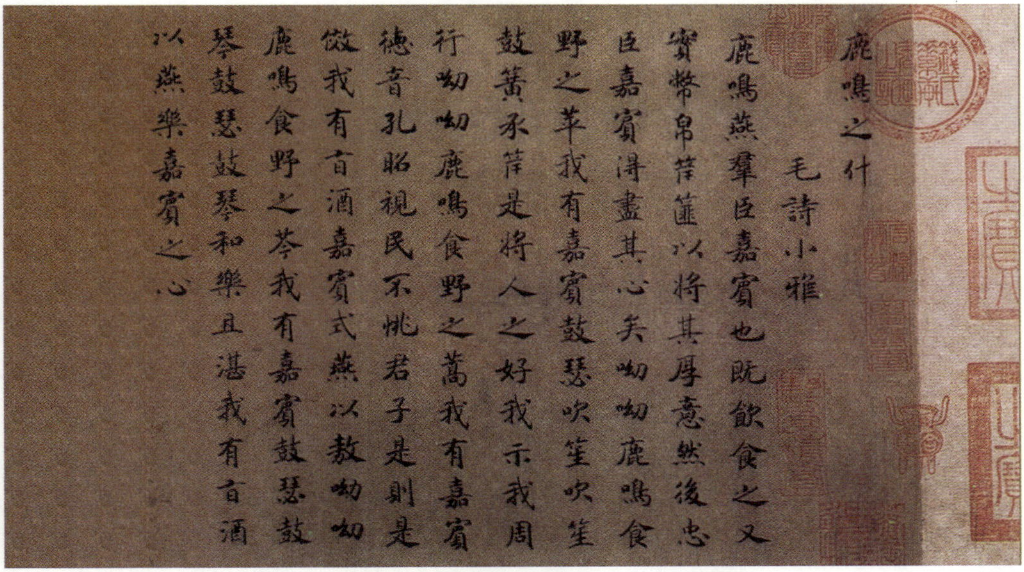
鹿鳴之什
毛詩小雅
鹿鳴燕羣臣嘉賓也既飲食之又
實幣帛筐篚以將其厚意然後忠
臣嘉賓得盡其心矣呦呦鹿鳴食
野之苹我有嘉賓鼓瑟吹笙吹笙
鼓簧承筐是將人之好我示我周
行呦呦鹿鳴食野之蒿我有嘉賓
德音孔昭視民不恌君子是則是
傚我有旨酒嘉賓式燕以敖呦呦
鹿鳴食野之芩我有嘉賓鼓瑟鼓
琴鼓瑟鼓琴和樂且湛我有旨酒
以燕樂嘉賓之心

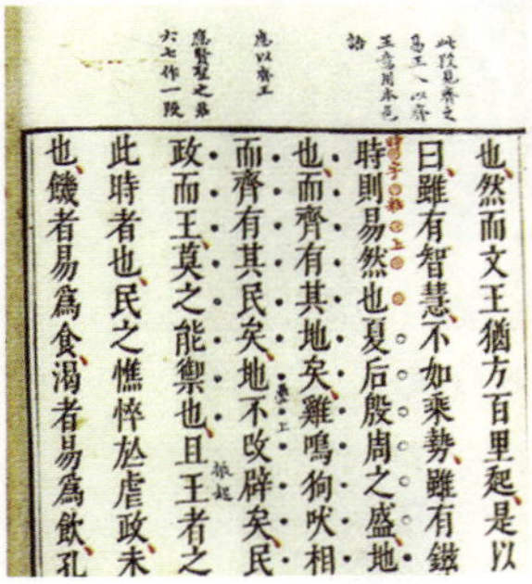

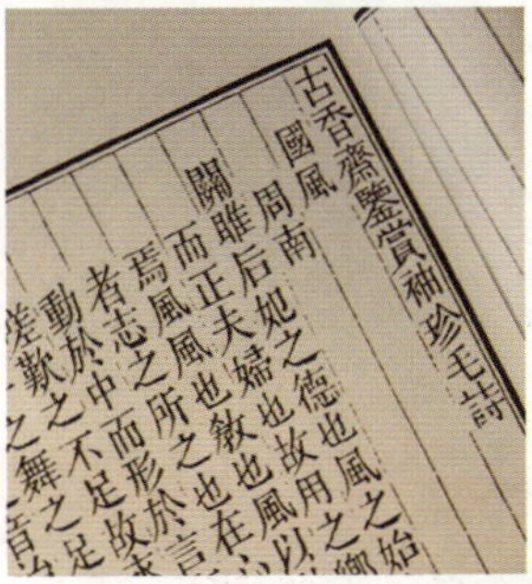
古香齋鑒賞袖珍毛詩
國風
周南
關雎后妃之德也

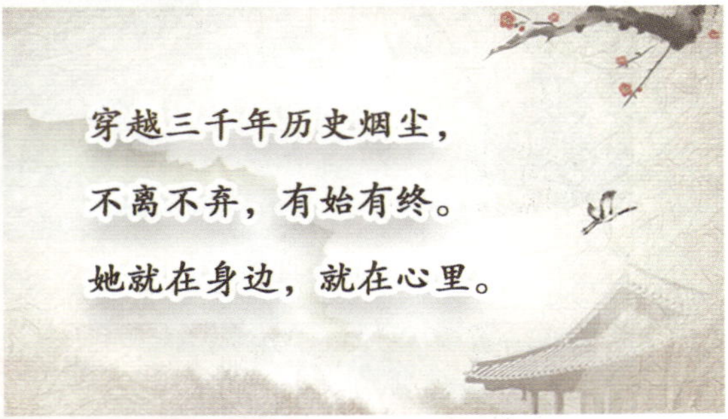
穿越三千年历史烟尘，
不离不弃，有始有终。
她就在身边，就在心里。

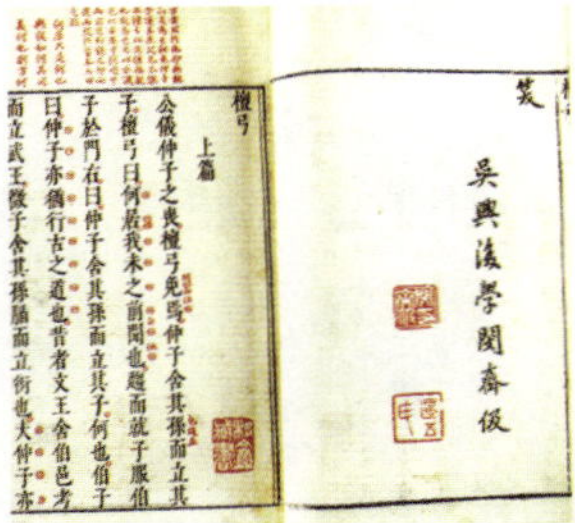

诗经
欽定詩經傳說彙纂

附图

与兵哥（右一）、超哥在遵义采访

在新疆天池采访

最佳搭档

在那拉提草原采访

经常采访别人，这次终于被别人采访了

曾是班篮球队前锋（后排中）

与本家大哥的合作

傻傻地留着长发

跟着我尊敬的领导和朋友峰兄在西藏采访

探访斯芬克斯之谜

在南非好望角采访

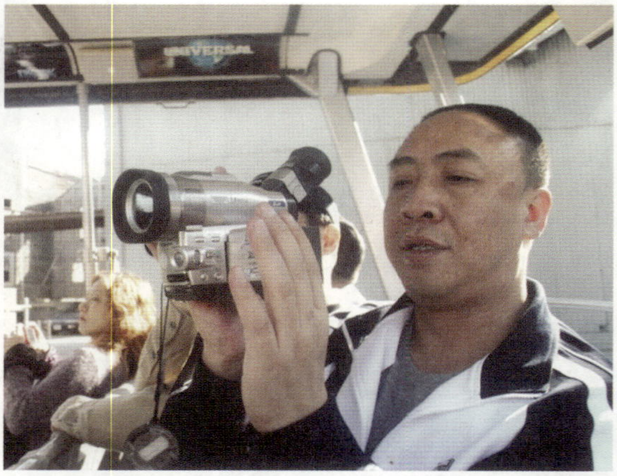

在新西兰采访毛利人

在美国费城采访

跋·文心自注

写完本书初稿，轻松了许多，但书名却一直苦苦地折磨着我。

那日午后，我点燃一支香烟，像往常一样，坐在书桌前，闭目静思。不一会儿，一阵睡意袭来，我不知不觉进入了一种似睡非睡、似醒非醒的状态。

正恍惚之际，忽觉韶乐萦耳，异香扑鼻。一女子状若飞天，长裙轻拂，飘然而至。我定睛一看，她眼若丹凤，面泛桃晕，那体态，那神情，犹觉似曾相识，可又记不起来在何时何处见过。

我大惊，急问何人。

那女子轻移莲步，已至桌前。再一细看，她双唇饱满，唇角圆润。项下悬一古玉，晶莹通透，脂白之中还缀着新绿。

“所忧者何?”女子问。

“我本无忧。”

她粲然一笑:“此言不诚。汝之忧非为文不达意，非为注不达诂，唯名不副实也。”

“何由知之?”我愈加惊奇，努力挣扎却又动弹不得。

“汝漂泊江湖，用心为人，用心为文，诚不易也。今者文集告成，心可安矣。汝文心在兹，已昭明自注。文注表里，形神自足，个中真味，任由品评，何苦纠结?”

“文心自注?”我顿感法喜，正欲再问，那女子却飘然而去。

梦醒之后，我满头大汗，使劲揉了揉眼睛，似有泪渍。环顾四周，寂静如常。再看那横卧在烟缸上的香烟，已然燃尽，唯其余烟袅袅冉冉。

一个真真切切的白日之梦，是我平生从未有过的奇遇。

这不就是黄粱一梦嘛！我自嘲道。

人生如梦，梦如人生。《红楼梦》说，贾宝玉梦游太虚幻境，不听警幻仙姑之言，参不透“春梦随云散，飞花逐水流”之真义，遂欠下风月之债，在孽海情天中被折腾得万念俱灰，最终才回到青埂峰下，了结尘缘。

《庄子》说，庄周在梦中化为蝴蝶，遨游天地，物我两忘。梦醒之后，发现庄周仍是庄周。究竟是自己在梦中变为了蝴蝶，还是蝴蝶在梦中变成了自己？不知，也不可知。由此，他认为梦亦真、真亦梦也。

其实，这世间只有无常的梦幻，没有不变的永恒。凡夫俗子如宝玉、参天圣贤如庄子无不有梦。有梦乃有真情，无梦即无人生。要是美梦，就好好珍藏。如是噩梦，就早早醒来。生命中真实存在过的，那是有血有肉的历史；梦境中曾经发生过的，那也是有灵魂的生命。一切生命的运动和历史的轨迹都值得我们去尊重、去怀念，用我们的感觉、我们的禅心和我们的悟性。当然，一切的感觉、所有的禅心、全部的悟性，最终都会归于一梦，不再醒来。

回想那年，我中年得子，喜不自禁，特别想给他取个满意的名字。我查了许多古籍，访了不少大师，仍觉不太如意。忽一日，我的一位同事陈小姐无意中脱口而出：“开心就好。”于是，我茅塞顿开。

联想到那天中午那个神奇的梦境，我心顿悟，莫非玉女垂怜，专为赍赏书名于我？既是梦中所悟，又是玉女所赐，那绝对不可辜负，于是便有了本书之名《文心自注集》。

但那梦中女子到底是谁？我至今也没有想起来。

致谢

感谢我尊敬的老领导，著名记者、作家胡国华赐序。

感谢我的老友亘玉赐序。

感谢我的老友田宗伟设计封面、校阅全书并书赠贺诗。

感谢著名书法家李峻岳题写书名。

感谢我的好友、独立艺术家周汉标赐印。

感谢我的好友梁志刚、胡毅峰、李树祥、李娜、杜少华、黄本维、黄在满、邓正睿、谭贤成、田珍安、李先翼、郑克章、张曼缔、欧阳建兵、杨秋声、廖宝琴、叶纯、木凡校阅部分书稿。

感谢东莞广播电视台黎树根、赖昆鹏、廖唯方、李志良、苏哲新的关怀和指导。

感谢我的同事吕志劲、李得云、陈伟全、杨小敏、周方、李群群、邹伟锦、阳玉明、张菲、王晓的关心和帮助。

特别感谢我的妻子王秀的鼓励和支持。

特别感谢暨南大学出版社张晋升社长、张仲玲副总编和武艳飞主任的鼎力支持。